사랑의 전설

나남출판

■ 저자 약력

최 성 룡

1942년 경북 상주 출생.
서울대학교 법과대학 졸업.
뉴욕대학교 CEO 과정,
런던 Euromoney 주최 'Shipping Finance Techniques' 과정,
American Management Associations 주최 'Joint Ventures Overseas' 과정,
사단법인 북방권 교류협의회 주최 '제 1기 중국학부' 등을 수료.
한국수출입은행 뉴욕사무소 차장, 금융부장, 뉴욕사무소 소장,
선박금융부장을 거쳐 임원 역임.
삼성엔지니어링주식회사 고문, 금호생명주식회사 사외이사 역임.

• 저서: 장편소설 《골든 에이지》, 시집 《사랑한다는 말밖에》 등.

나남창작선 73

사랑의 전설

2005년 3월 20일 발행
2005년 3월 20일 1쇄

저자_ 崔成龍
발행자_ 趙相浩
디자인_ 이필숙
발행처_ (주) 나남출판
주소_ 413-756 경기도 파주시 교하읍
        출판도시 518-4
전화_ (031) 955-4600 (代)
FAX_ (031) 955-4555
등록_ 제 1-71호(79. 5. 12)
홈페이지_ www.nanam.net
전자우편_ post@nanam.net

ISBN 89-300-0573-X
ISBN 89-300-0572-1 (세트)
책값은 뒤표지에 있습니다.

나남창작선 · 73

사랑의 진실

최성룡

NANAM
나남출판

I

1992년 여름 카리브 해의 케이먼 군도 앞바다에 호화 여객선 판타지(*Fantasy*) 호가 유유히 흐르고 있었다. 선상에는 파티가 무르익어 가고 있었다. 미주조선주식회사와 미국의 트랜스 라인(Trans Line)사 간의 컨테이너선 12척 수출계약조인식이 벌어지고 있었던 것이다. 케이먼 군도는 조세도피처로 배의 국적을 케이먼에 등록하면 세금면제를 받는 이익이 있다. 선박수출 수주자(受注者)이자 건조회사인 미주조선주식회사의 홍민기 회장은 한껏 상기된 표정으로 마이크를 잡고 있었다.

"Chairman Alec Hunt, representatives of the participating banks, distinguished guests from USA business community, ladies and gentlemen, I am deeply honored for the privilege of welcoming you aboard this beautiful Fantasy … ."

샴페인은 넘쳐흐르고 모차르트의 아름다운 선율이 은은히 카리브해에 울려 퍼지고 있었다.

이번 수출계약의 자금지원 은행인 범양은행 은행장인 유현우는 샴페인 한 잔을 들고 대중을 벗어나 갑판 브리지로 갔다.

어둠이 깔린 대서양에는 별들이 선명하게 빛나고 있었다. 여름이 마지막 그림자를 길게 드리우고 있었다.

해조의 향기가 바람에 묻어서 코끝을 간지럽게 하고 가끔씩 불어오는 신선한 바람이 씁쓸한 마음을 식혀주고 있었다.

알렉 헌트! 트랜스 라인! 이것은 일종의 도박이었다. 금융인이 개입할 거래가 아니었다.

알렉 헌트, 무일푼으로 자수성가하여 해운회사를 소유한 괴력의 사업가. 이 점에서 미주조선의 홍 회장과 일맥상통하는 점이 많고 유유상종이라 할까. 이래서 이번 거래가 성사되었는지도 모른다.

트랜스 라인의 신용상태를 조사해 보았더니 온통 빚투성이었다. 알렉이 보유하고 있는 선박 10척은 모두 연불거래(계약금조로 15%만 조선소에 지불하고 나머지는 8년간 분할상환하는 조건으로 자금은 조선소 소재 국가의 은행이 지원해 주는 거래)로 구입한 것으로 그나마 지금까지는 미국 은행들이 지급보증(만일 알렉이 연불대금을 못 갚으면 미국 은행이 대신 갚아 주는 보증)을 서 주었으나 이제는 이것도 한도가 차서 미국 은행들이 지급보증 서는 것을 거절하였다. 그럼에도 불구하고 알렉은 의욕적 사업계획을 가지고 한국을 찾아오게 된 것이다.

컨테이너선 12척을 세계 곳곳에 배치해 놓고 릴레이식으로 화물을 운송하겠다는 것이다. 즉, 부산항에서 출발한 배는 홍콩까지, 홍콩에서 출발한 배는 싱가포르로, 다음은 봄베이, 그리고 스위스

운하를 거쳐 나폴리, 네덜란드의 로테르담, 대서양을 건너 뉴욕, 파나마 운하를 거쳐 L. A. 롱비치, 태평양을 횡단하여 일본 요코하마, 요코하마에서 부산으로 화물을 실어 나르겠다는 사업계획이었다. 배의 속도는 시간당 12노트. 대형 컨테이너선 치고는 고속선이라 할 수 있었다.

알렉은 한국에 와서 먼저 한국의 선두 조선사이자 세계적으로 이름이 알려져 있는 우주조선에 찾아갔다. 그러나 우주조선은 호락호락하지 않았다. 1980년 중반 한 푼의 수출이 절박한 시절이었지만 선주의 신용상태를 다 따져보고 채권회수에 염려가 없을 때 수주에 응하는 게 우주조선의 영업방침이었던 것이다. 왜냐하면 외국은행의 지급보증이 있으면 별 걱정이 없지만 지금보증도 없이 수출선을 담보로 배를 가져가겠다는 것은 위험하기 짝이 없는 거래였던 것이다. 만약 트랜스 라인사가 부도가 나면 우주조선이 자금지원 은행에 몽땅 대불을 해야 하기 때문이었다. 담보로 잡는 배는 아무리 새 배라 해도 진수하는 순간 60%밖에 쳐주지 않는 게 해운업계의 관례였다.

알렉은 선박 전문지원 은행인 범양은행에도 찾아왔다. 프로젝션에 슬라이드까지 준비해 와서 사업계획을 거창하게 설명하면서 자금지원을 해 달라는 것이었다.

은행장인 유현우는 외국은행의 지급보증 없이는 곤란하다고 정중히 거절하였다. 알렉은 앞으로 지을 컨테이너선의 모형이라며 은제 모형선박을 선물로 주며 돌아갔다. 조그만 선물이기 때문에 예의상 거절은 못했지만 선물 가지고 다니는 거래선 치고 건실한 사업가는 보지 못한 게 유현우의 경험이었다.

그로부터 2~3년 후 미주조선의 홍 회장이 은행장실로 찾아왔다.

"이번에 좋은 거래가 있는데 유 행장님께서 밀어주셔야겠습니다."

"어떤 거래인데요?"

"미국에 트랜스 라인이라는 유명한 해운회사가 있는데 거기에서 컨테이너선 12척을 발주하겠다고 합니다. 트랜스 라인의 사장 알렉 헌트는 유능한 사업가로, 무일푼에서 자수성가하여 오늘의 대기업으로 성장시켰고 지금도 계속 사업을 확장해 나가고 있다고 합니다. 말하자면 저 같은 사람이지요. 하하하⋯."

홍 회장이 거침없는 성격인 것은 익히 알려져 있다. 솔직한 것은 좋다고 할 수 있겠지⋯.

"실무진에게 거래의향서, 거래조건, 트랜스 라인사의 재무관련자료 등을 제출하세요. 검토해 보겠습니다."

노련한 유현우는 알렉이 이미 은행을 다녀갔다는 것, 우주조선과 이미 접촉이 있었다는 것을 말하지 않고 홍 회장을 돌려보냈다. 트랜스 라인의 신용상태가 나빠서, 그리고 지급보증이 없어서 지원할 수 없다고 면전에서 거절하면 홍민기 회장의 반감만 살 수 있기 때문이다.

홍민기가 누구인가. 그야말로 맨손으로 자수성가하여 한국 굴지의 재벌로 성장한 사람이었다. 자금사정이 어려워 부도위기에 처하면 브리핑 자료를 만들어 가지고 대통령과 독대하여 미주그룹은 대한민국 국민 소유이자 대통령 소유라며 자기는 언제나 전 재산을 다 내놓고 백의종군할 용의가 있다고 대통령에게 읍소하여 자금지원을 받는다는 사람이었다.

재무부・상공부 고위관리가 퇴직하면 모두 자기 회사에 한자리씩 주고 주요은행 간부에게도 노후보장을 해 주며 중앙정보부, 감사원, 국회, 신문사 등 권력기관에는 끊임없이 촌지 갖다 바치고 술 사주고 나중에는 취직자리까지 보장해 준다고 한다. 홍 회장의 철학은 사내 이익금의 일정 비율을 이들에게 배분하는 게 회사의 성장을 위한 밑거름이 된다고 철석같이 믿는 것이었다. 이러한 마당발에게 밉보이면 여기저기 씹고 다닐 터인데 그것을 어떻게 당할 수 있겠는가.

바다의 파도가 하얀 물거품을 일으키고 있었다. 쓸쓸한 눈빛으로 파티에 즐거워하는 군상들을 바라보고 있자니 양심이라는 송곳이 더욱 가슴속을 후벼들었다. 갑자기 마음속 깊은 곳에서 울분이 솟아올랐다.

바다의 공기를 크게 들이마시니 싱그러운 해풍이 그나마 영혼을 편안하게 해주었다.

"미스터 유, 왜 혼자 서 계시오?"

맨트러스트 은행장인 브라이언 채프맨이 다가오며 말을 건넸다. 맨트러스트 은행은 트랜스 라인사의 주거래 은행이었다.

"미스터 채프맨, 대서양의 별들을 구경하고 있었소."

"별 하면 알퐁스 도데의 〈별〉이란 산문이 생각납니다. 양치기 소년이 주인집 아가씨 스테파네트에게 은하수, 대웅성좌, 오리온 등 여름밤의 별들을 설명하다가 무언가 산뜻하고 보드라운 것이 양치기 소년의 어깨 위로 사뿐히 내려앉아 아가씨는 잠들고 양치기 소년은 행복에 겨워 꼬박 밤을 세운다는 아름다운 이야기지요."

"미스터 채프맨은 문학소년이었던 모양이구려."

"지금도 《뉴욕타임스》가 선정하는 베스트셀러 소설은 빼놓지 않고 읽고 있습니다."

"그건 그렇고 왜 트랜스 라인사에 지급보증을 해 주지 않았습니까?"

"그야 유 행장이 사정을 더 잘 알 텐데요. 트랜스 라인사는 부채비율이 너무 높습니다. 좌우간에 이번 거래를 성사시킨 미스터 헌트는 대단한 수완가입니다. 저희는 불가능한 거래라고 보았는데, 혹시 유 행장은 어떻게 해서 이 거래를 성사시켰는지 비하인드 스토리(이면의 비사)를 아십니까?"

"저야 모르죠. 다만 이 거래를 성사시키기 위하여 미스터 헌트가 일본, 유럽 등의 온갖 조선소를 다 쑤시고 다닌 거로 알고 있습니다. 이러던 차 신설 조선소로 수주실적이 절박한 미주조선이 이 거래를 덥석 물었는데 저희 은행은 수출보험에 들게 하고 자금지원한 것뿐이니 자세한 내막은 잘 모릅니다."

그렇다. 이번 거래는 홍 회장과 알렉 헌트의 합작품인 것이다.

얘기를 좀 거슬러 올라가면, 여기에는 비운의 조선사 기륭조선이 있었던 것이다. 우리나라 조선산업의 선구자였던 기륭조선은 6척의 시리즈 선박인 PROBO선(정유제품, 원유, 광물, 곡물 등 다양한 화물을 바꾸어가며 적재할 수 있는 배로서 Product, Oil, Bulk, Ore의 약자임)을 수주한 것은 1983년 여름, 그해는 해운시장의 불황으로 선가가 바닥이라고 본 선주들의 투기적 발주로 인해 세계 조선시장이 '침체 속의 미니붐'이라는 이상현상을 보인 해였다. 곧 다가올 선박 인도 지연사태를 예고하는 불길한 징후였던 것이다.

문제의 발단은 6척 중 첫 번째 배의 건조가 완성되어 시운전하는 과정에서 터졌다. 운항중의 안정성과 뚜껑 액체유출방지 고무(hatch-cover seal)의 성능에 결함이 발견되었던 것이다.

선가의 잇단 하락으로 인수거절의 빌미를 찾던 선주로서는 얼씨구나 하고 이를 핑계로 갖은 악랄한 수법을 쓰기 시작하였다.

북구, 특히 노르웨이의 선주들이란 술집 바(bar)에서 사업얘기를 안주로 삼아 맥주를 마시다가 해운사업이 호황의 기미를 보이면 10

명 내지 12명의 파트너를 모집하여 선수금(배값의 15% 해당액)을 걸어 배를 발주하는 것으로, 일종의 곗꾼들 같은 것이다.

그러나 선박건조중이라도 해운시장이 호전되어 배값이 오르면 배를 즉각 전매하여 시세차익을 챙긴다. 진정한 해운회사가 아니고 배를 일종의 주식처럼 생각하고 사고파는 투기꾼들로 생각하면 된다.

PROBO선은 이들에게 당한 것이다. PROBO선은 방향전환시 안정성에 문제가 있어 엔진부위의 선체에 핀(fin)을 달고 있었는데, 쾌속정 등 속도가 빠른 일부 군함의 경우 외에는 상선에 핀을 부착하는 경우는 없었다. 해치커버 씰(hatchcover seal)은 유류 등 액체화물이 새지 않도록 장착하는 일종의 고무패킹인데, 어떠한 기후조건에서도 딱딱해지거나 금이 가지 않아야 하기 때문에 고난도의 제작기술을 요하는 것이었다.

선주들은 성능하자를 이유로 선가감액과 하자수리를 요구해왔다. 그 과정에서 선박인도의 지연이 장기화되자 자금사정이 어려워진 기륭조선은 급기야 법정관리를 신청하게 되었고 마침내 공중분해되고 말았다. 이리하여 기륭조선은 비운의 배 PROBO를 남기고 불행하게도 한 시대를 마감하였다.

그런데 부산에 소재한 기륭조선은 거제에 100만 평에 달하는 거대한 조선소를 건설하고 있었다. 거의 완공단계였으나 1980년대 말에는 조선산업이 불황이었기 때문에 이것을 인수하려는 회사가 없었다. 이때 정부의 산업합리화 정책의 일환으로 미주그룹이 기륭조선의 거제조선소를 떠맡게 되었다. 미주그룹은 울며 겨자 먹기로 기륭조선을 인수했다.

그런데 문제는 조선소가 완공되어 가는데 일거리가 없다는 것이었다. 수주가 되지 않았다. 이에 다급해진 홍 회장은 알렉의 제안을 덥석 받아 들였고 문제점 해결에 나서기 시작했다. 이것도 홍 회장의 특기라면 특기였다.

문제는 지급보증이었다. 외국 일류은행의 지급보증은 어림도 없고 이·삼류은행의 지급보증을 받을 재간도 없었다. 물론 범양은행 측에서는 외국 삼류은행의 지급보증은 받아주지도 않겠지만.

홍민기는 대한수출보험기금의 박치수 이사장을 찾아갔다. 박치수 이사장과는 일면식도 없었다. 다급한 김에 무작정 찾아간 것이다. 가기 전에 비서실장에게 지시하여 박치수에 대한 정보를 수집하였다.

박치수는 모 국회의원의 수행비서를 하다가 국회의원의 빽으로 대한수출보험기금에 입사한 사람으로 권모술수에 능하고 권력자에게는 무조건 아부하며 모 정치권 실세를 평소 형님처럼 모신 결과 이사장이 된 사람이라는 것이다. 통이 크고 돈 좋아하며 멧돼지같이 밀어붙이는 성격으로 봐줄 때는 화끈하게 봐주는 사람이라는 것이었다. 그런 사람 다루는 것은 홍민기의 특기였다.

"박 이사장님, 진작에 찾아뵈었어야 하는데 지금에야 인사 올리게 되어 대단히 죄송하게 되었습니다."

"대(大)미주그룹의 홍 회장께서 이렇게 찾아주시니 영광입니다."

'역시 속물이구나 ….'

홍민기는 생각했다.

"이번에 빅딜(Big Deal)을 하나 성사시켰는데 문제는 담보입니다. 수출보험기금에서 보험만 인수해 주시면 저희 조선소는 말할 것도 없고 국가적으로 큰 이익이 되겠습니다."

"수출금액이 얼마나 됩니까?"

"3억 달러입니다."

"그렇게 많습니까? 발주자의 신용상태는 둘째치고 우리 회사에 현재 적립된 기금사정으로 보아 그렇게 큰 금액은 인수할 수 없습니다."

"이번 프로젝트는 저희 조선소의 사활이 걸린 건으로 일전에 청와대에 들어갔을 때 대통령께 보고 드렸더니 대통령께서도 관심을 보이셨습니다."

박치수는 권력이라면 납작 엎드리는 사람이라는 정보를 사전에 입수하였기에 은근히 압력을 넣어 본다.

"그래요? 대통령께서 관심을 가지고 계시다면 적극적으로 검토해 보겠습니다."

"국가기간산업 하나 살리는 셈치고 제발 꼭 지원해 주십시오. 부탁드립니다."

홍민기는 회사로 돌아오는 길에 박치수에게 휴대폰을 걸었다.

"아까는 실례 많았습니다. 거래의향서(*Letter of Intent*), 트랜스 라인사의 신용상태, 거래조건 등을 담은 서류가방을 소파 옆에 놓고 왔는데 참고하시기 바랍니다. 다이얼 번호는 007, 007입니다. 가방 속에 든 내용물과 가방은 되돌려 주실 필요 없습니다."

"그렇지 않아도 비서가 가방을 놓고 가셨다기에 돌려보낼 참이었습니다."

"돌려보내실 필요 없습니다."

박치수가 가방을 열어보니 007 가방 속에는 얄팍한 서류와 2억 원의 현찰이 있었다.

영어 한마디 못하는 박치수도 판타지호에 탑승하여 여기저기 갑판을 누비고 있었다. 옆에 통역사이자 수행비서가 그림자처럼 붙어 다니며 통역을 해주고 있었다. 영어를 못한다고 해서 기죽을 박치수가 아니었다.

　유현우는 슬그머니 선실로 내려온다. 아내에게 편지를 쓰기 위해서였다. 해외출장이든 국내출장이든 집을 떠나면 아내에게 편지를 쓰는 게 현우의 오래된 습관이었다. 아내, 한소희! 현우에게는 한소희가 이 세상 유일한 여자였다. 앞으로도 그러할 것이다.

　아름답고 우아하며
　따뜻하고 슬기로우면서
　참을성 많은 그대!

　우물처럼 심지가 깊고
　바다처럼 언제나 신선하고
　너그러운 그대!

　흔히들 여자는 恨의 덩어리요
　맺힘이요
　슬픔과 눈물의 상징이라지만….

　상처받는 것도 삶의 한 조각
　그 상처 위에 딛고 일어서서
　이 아름다운 삶을 펼치는 것이 여자의 지혜

　한세상 살아가노라면
　죽고 싶도록 상처받을 때가
　時도 때도 없이 닥치는 법
　슬퍼서, 아파서, 억울해서, 괴로워서 죽는다면

이 세상 살아 남을 사람이 얼마나 될까….

이제 어두운 터널을 지나
드넓고 탄탄한 대로가
그대 앞에 활짝 펼쳐 있다

지금 그대는 맑은 눈동자로
터질 듯한 자유를 만끽하며
이 확 트인 비단길을 음미하고 있다

손 뿌리가 얌전하여
음식 솜씨와
바느질이 음전한 그대

마음 가득 소망과 기쁨을 안고
젊은 시절
억눌렸던 꿈을 펼쳐라

여자는 여자의 길을 가고
남자는 남자의 길을 가면서
더불어 걸어 나가는 것이 바람직한 삶

울고 싶을 때는
실컷 울고
아름다움 앞에서는 머리를 숙이자

이 카리브 해의 신선한 여름 바다처럼
마음 밑바닥에 삶의 애환을 삼키고

푸르고 너그럽게 흘러가라

　현우는 출국하기 전날 밤 노모를 모시는 문제 때문에 약간의 사소
한 말다툼한 것이 마음에 걸려 이러한 심정을 토로해본다.

Ⅱ

　미주조선은 무사히 컨테이너선 12척을 건조하여 인도하였다. 신설 조선으로서 성공적인 작업량이었다. 조선소는 항상 활기에 차 있었다. 홍민기 회장은 탄생도 못하고 쓰러져갈 뻔한 조선소를 정부의 강압에 억지로 인수하여 번듯한 회사로 키워놓았다고 요로 요로에 자랑하고 다녔다. 앞으로는 우리나라가 조선강국이 될 것이며 현재는 일본이 세계 조선시장을 제패하고 있으나 미주조선이 정상가동만 하면 일본 따라잡기는 시간문제라고 강조하고 다녔다. 일본은 인건비가 엄청나게 비싸고 조선업의 역사가 깊어 근로자들의 연령이 평균 40~50세이나 한국은 조선소 근로자 평균연령이 30대라는 강점이 있었다. 젊은 사람은 열심히 일하고 머리도 잘 돌며 기술습득도 빨라서, 지금은 생산성이 일본에 미치지 못하지만 가까운 장래에 일본을 추월할 것이라는 것이었다.

　자수성가로 대그룹을 일구어낸 사업가답게 홍민기는 미래를 내다볼 줄 아는 혜안이 있었다.

배는 공사지연 없이 한 척 한 척 순조롭게 인도되고 있었다. 도산해버린 기륭조선의 숙련공들이 대거 유입되어 일하고 있어 결정적 도움이 되고 있었다.

배 짓는 것은 아파트 짓는 거나 다름없었다. 철판을 용접하여 외벽을 쌓는다는 점이 다를 뿐 속은 아파트 짓는 거나 별로 다른 게 없었다. 조타실, 선장실, 선원실, 식당 등 건설공사가 대부분이었다. 엔진이나 조타실 설비 등은 조선선진국인 일본이나 유럽 등에서 수입해서 장착하였다. 갑판에 올라가면 축구장 한두 개는 될 만큼 거대한 배였다. 이러한 배에 선원은 5~6명이란다.

배를 다 지으면 1~2개월 거제 앞바다에서 이상이 없나 시운전을 해보았다.

홍민기는 기분이 좋아서 시운전 배에 승선하여 이순신 장군이라도 된 양 한껏 호연지기를 누렸다. 돌아와서는 간부요원들과 영빈관에서 식사를 했다. 약간 언덕에 위치하여 에메랄드같이 푸른 거제 앞바다가 한눈에 들어오는 영빈관의 상석에 앉아 갓 잡아온 도미회로 점심을 즐기는 것이다.

홍민기는 술을 못했다. 겨우 맥주 한 컵 정도. 오늘도 예의 토마토 주스에 러시아제 최고급 보드카를 몇 방울 넣은 블러드 메리를 홀짝거리며 식사를 즐기고 있었다.

"신 소장! 공정에 아무런 차질이 없지?"

"예, 걱정 놓으십시오."

평생을 조선소에 바쳐 머리가 반백이 된 조선소 소장은 홍민기보다 10살이나 더 많지만 홍민기는 신 소장에게 반말을 했다. 홍민기는 자기 부하에게는 나이에 불구하고 무조건 반말하는 게 카리스마인 줄 아는 자였다. 심지어 대외기관과 회의를 할 때 휘하 사장들을 대동하는 경우가 있는데 여기서도 습관이 되어 반말을 하여 주위를 민망케 하는 사람이었다. 자기 회사에 종사하는 사람은 모두 종으로 생각하는가 보다. 도대체 인격을 존중해 줄 줄을 모른다. 그러기에 공장에서 맘에 들지 않으면 작업화로 부하의 정강이를 걷어찬다고 하지 않는가.

배가 인도될 때마다 성대한 선박인도식이 거행되었다. 과시욕이 강한 홍 회장은 1호선 인도식 때에는 범양은행뿐만 아니라 자기 계열사와 관련이 있는 전 금융기관, 정부, 신문사 등 관련기관이란 관련기관 인사는 모두 초대하여 교통편까지 제공하였다. 높은 사람은 김해공항에서 거제조선소까지 헬리콥터로, 헬리콥터 수용량이 충족 못 하는 인원은 부산항에서 쾌속정으로 거제조선소에 실어 날랐다. 물론 부산까지는 모두 비행기표를 끊어주었다. 그 비용이 얼마이겠는가.
유현우는 헬리콥터에서 다도해를 내려다봤다. 현우는 헬리콥터를 처음 타봤다. 지금까지 기회가 없었던 것이다. 가을 하늘같이 파란 다도해에 명멸(明滅)하는 크고 작은 섬들은 한 폭의 그림이었다. 무인도도 무척 많은 것 같았다. 임진왜란 때 바다지리를 잘 아는 이순신 장군이 다도해의 요소요소에 숨어 있다가 왜적을 기습하였을 터이니 지리를 모르는 왜적이 어떻게 대적이 되었겠는가. 거기에다 이순신은 다도해를 손바닥같이 꿰뚫고 있는 부하가 있었다지.
옆자리에 탄 박치수가 너스레를 떨었다.
"헬리콥터는 사고가 자주 나서 나는 헬리콥터 탈 때마다 무서워요. 왜 한번은 박통(朴統)이 탄 헬리콥터가 사고가 났는데 공수부대 출신인 차 아무개가 먼저 뛰어내려 박통을 손으로 받아내었다는 거

아닙니까? 그래서 그때부터 차가 박통의 총애를 받았다고 합니다."

옆에서 듣던 홍민기가 한마디했다.

"이 헬리콥터 조종사는 대통령 전용기 조종사로 제가 스카우트한 겁니다. 안심하십시오."

30분쯤 되었을까. 헬리콥터는 벌써 조선소에 도착했다. 배에는 'Trans Line 1호선'이라는 커다란 현수막이 걸려 있고 그 앞에는 연단, 그리고 내빈석이 마련되어 있었다.

홍민기가 먼저 인사말을 하고 알렉 헌트가 답례사를 했다. 그리고 나서 알렉 부인이 배 앞머리에 달려 있는 샴페인 병을 도끼로 깼다. 이른바 진수식인 것이다.

트랜스 라인사에서도 20~30명의 손님이 참석했다. 이 비용도 모수 선가(船價)에 포함되어 있다고 했다.

"고마웠습니다. 미스터 유 덕분에 제 꿈을 이룰 수 있게 되었습니다."

알렉 헌트가 유현우에게 다가와 덥석 손을 잡으며 자기 부인을 소개시켜 주었다.

"미스터 유, 언제 한번 부인과 함께 미국에 오시면 저한테 꼭 연락해 주십시오. 신세 갚겠습니다."

미국인의 비즈니스 스타일이 아니다. 꼭 한국식이다. 역시 자수성가 스타일이라서 그럴까?

조선소의 로비에서 점심 겸 뷔페식 칵테일 파티가 열리고 있었다. 중요인사 몇십 명은 영빈관으로 따로 모셨다.

"홍 회장님은 로비에서 손님접대를 해야 되기 때문에 이 자리에는 제가 나왔습니다. 결례를 용서해 주십시오."

미주조선 사장인 조영민의 정중한 인사였다.

"경치가 참 좋네요."

미스터 헌트의 부인인 로라는 인사말이 아니라 진심으로 감탄하는 눈치였다.

식전주로 '돔 페리뇽'이 나왔다. 한 병에 100달러 하는 최고급 샴페인이다. 1차 세계대전 이후에 프랑스는 협정을 맺어 샴페인 지역에서 생산되는 스파클링 와인만 '샴페인'이라고 부르기로 결정하고, 스페인은 Cava, 이태리는 Sumante, 독일에서는 Sekt, 미국에서는 스파클링 와인이라고 부르기로 하였다지.

생선회가 나왔다. 매우 신선하고 맛도 손색이 없었다. 자연산 광어라고 했다. 크기가 큰 접시에 가득 찰 듯했다. 그리고 도미, 우럭 등은 신선도가 빼어나고 접시도 최고급이며 생선과 꽃들을 잘 조화시켜 시각도 즐겁게 해줬다.

헌트 부부도 원더풀, 원더풀 하면서 부지런히 먹었다. 생선회나 생선초밥은 원래 미국 사람들은 날것이라고 먹지를 않았는데 1980년대에 들어와 다이어트 음식이라고 해서 고급음식으로 대유행이라고 한다. 술은 포도주가 나왔다. 프랑스산 백포도주 무스까데(Muscadet).

무스까데는 프랑스 서북부에 위치한 낭트시 주변에서 생산하는 맛이 뛰어난 화이트 와인으로 품종은 17세기경 부르고뉴 지방에서 가져온 메롱 드 부르고뉴를 무스까데로 개명한 것으로 프랑스 내에서 가장 이른 철에 수확된다. 사향(Musk)의 방향을 가지고 있으며 드라이하고 상큼한 맛을 전해주고 있어 화이트 와인의 백미이며, 특히 해물에 잘 어울리는 포도주이다.

'역시 홍민기는 손님 현혹시키는 데는 돈을 아끼지 않아 ….'

유현우는 생각하며 미시즈 로라를 유심히 곁눈질했다. 약간 천박하게 생겼다. 명문가 출신이나 동부지역 출신은 아닌 것 같았다. 미

국에서 이름이 네 글자인 사람은 주로 남부출신으로 천민출신이라
는 말이 있다. 알렉 헌트도 네글자고 로라 헌트도 딱 네 글자이다.

목걸이, 귀고리, 팔찌, 반지 등 온몸에 보석상을 차린 듯 했다.
해외여행중 집에 도둑이 들까 봐 다 걸치고 나온 건가.

신선한 생선회와 고급 포도주에 모두들 기분이 한껏 고조되어 활
발한 대화가 이어지고 있었다. 좌중은 헌트가 휘어잡고 있었다. 종
횡무진한 조크에 지금까지 자기가 돈을 번 얘기 등 흥미진진하였다.

다른 자리에서라면 다변가인 박치수는 영어가 안 되니까 죽은 듯
이 밥만 먹고 있었다. 통역사가 동석을 하지 못했으니 어쩔 수가 없
었던 것이다.

식사 후 헌트 일행은 경주관광을 위하여 김해공항으로 돌아가고
나머지는 바다낚시를 가기로 하였다. 이것은 박치수가 제안하였
다. 여기까지 와서 손맛 좀 봐야지, 일에만 쪼들려 있을 거냐고
바람을 넣은 것이다. 서울에는 밤늦게나 내일 새벽에 가면 된다는
것이었다.

어군탐지기가 장착되어 있는 요트가 준비되어 있었다. 한 20분 거
제 앞바다로 나가더니 배가 엔진을 멈추었다. 9인치 TV만 한 어군탐
지기를 보니 무언가 새까만 게 모기떼처럼 덩어리져 흘러가고 있었
다. 고등어떼라고 했다. 요트를 고등어떼 속에 정박시켜 놓았으니
낚시줄만 넣으면 고등어가 잡혀 올라올 것이라고 선장이 설명했다.

일행은 급히 선창에 올라가서 낚싯바늘이 7~8개씩 매달려 있는
낚싯줄에 미끼도 꿰지 않고 낚싯대도 없이 바다 밑으로 낚싯줄을 넣
었다. 과연 2~3분도 되지 않아 손맛이 느껴졌다. 얼른 끌어올리니
고등어가 5~6마리 줄줄이 딸려 올라왔다. 바늘에서 떼어내어 배
가장자리에 마련된 물통에 집어넣었다.

환성이 여기저기 바다를 뒤덮었다. 박치수의 목소리가 제일 컸다. 식당에서 주눅이 들었다가 이제 살판이 난 모양이었다.

"우리 누가 제일 많이 잡는지 내기합시다. 꼴찌가 오늘 한잔 사는 거요."

박치수가 제안했다.

누가 반대하랴. 모두들 손놀림이 바빠졌다. 따라온 미주조선의 김 과장은 항상 가지고 다니는 다이어리 노트를 꺼내들고 채점하기에 바빴다.

누가 '여기 몇 마리요' 하면 쫓아가서 노트에 적고 저쪽에서 또 '여기 몇 마리 잡았어' 하면 또 쫓아가고 이리 뛰고 저리 뛰고 정신이 없었다.

묵직한 게 감지되었다. 유현우는 직감적으로 이건 고등어가 아니구나 하고 느꼈다. 천천히 신중히 낚싯줄을 끌어올렸다.

맑은 햇살에 은빛 광채가 번쩍했다. 무어라 말할 수 없는 광채, 그리고 기다랗고 유연한 몸매. 은갈치였다. 제주도에서 주로 잡힌다는 은갈치가 여기까지 유람온 모양이었다. 박치수가 보고 환호를 했다.

"어, 유 행장! 은갈치 잡으면 3년은 재수가 좋고, 옆에서 본 사람도 1년은 재수가 좋다던데 우리 모두 복받을 모양이오. 여하튼 축하합니다. 낚시는 이쯤하고 은갈치회나 맛봅시다. 갈치는 성질이 급해서 금방 상하기 때문에 즉석에서 회를 쳐서 먹어야 맛있다고 합니다."

선장이 칼을 잡고 회를 쳤다. 모두 둘러앉아 소주와 초고추장에 갈치회를 먹었다. 유현우는 갈치회를 처음 먹어봤다. 점심의 생선회와는 또 다른 맛이었다. 귀족과 서민이랄까. 갈치회는 순식간에 동이 났고 고등어회를 먹기 시작했다.

"고등어도 금방 상하기 때문에 서울에서 고등어회 나오는 일식집은 고급집이라고 보면 돼요. 바다에서 먹는 고등어회는 최고입니다. 많이들 드세요."

박치수의 말이었다.

'자기 혼자 잡았나? 생색내기는…. 여하튼 박치수는 아는 것도 많아. 하기사 일생을 노는 데서 보냈으니까….'

유현우는 생각에 잠겼다.

고등어는 어림잡아 300마리는 잡은 것 같았다. 그것은 근로자들 점심거리가 될 것이다. 입고 있던 옷 상의에는 여기저기 고등어의 피가 튀어 있었다. 고등어를 낚시바늘에서 뺄 때 옷에 튄 것이다.

미주조선 소유의 호텔에 짐을 풀고 샤워를 하고 나니 로비로 내려오라는 전갈이 왔다. 차를 나누어 타고 호텔 인근에 있는 미주조선 영빈관에 도착하니 홍 회장 이하 미주조선 간부들이 입구에 도열하여 영접을 했다.

영빈관 1층에 '트랜스 라인 1호선 인도관계자 환영'이라고 쓰인 대형 얼음조각을 세워 놓고 손님을 맞이하였다. 일정에 없었던 행사인데 역시 미주조선의 순발력은 대단했다. 트랜스 라인사 일행들은 모두 경주관광을 간다고 떠나버려 한국인 일색이었다.

홀 한쪽에 각종 양주가 진열되어 있고 바텐더가 칵테일을 만들어 주었다.

유현우는 마티니 한 잔을 들고 얼음조각 앞으로 갔다. 얼음조각을 중심축으로 삼삼오오 사람들이 모여 담소를 나누었다. 그저 의례적 얘기들이었다. 정치얘기는 서로 삼가고 반신욕이 건강에 좋다느니, 나이 들면 무리는 삼가는 것이 좋다느니, 등산도 관절에 지장을 주지 않을 정도로 흙산이 좋다느니, 골프만 한 운동이 없다느니 하는 아무 내용도 없는 시시콜콜한 얘기뿐이었다. 미주조선 관계자가 많이 참석했지만 조선소 사정에 대해서는 모두들 이야기를 피하고 있었다. 남의 아픈 곳을 건드리지 않으려는 배려에서였다.

칵테일 두세 잔씩 마신 시간이 되자 2층으로 올라가자고 했다. 2층은 대형 방이었다. 200평은 될까. 다다미방으로 돗자리를 깔았는데 돗자리를 이은 것이 아니라 매듭이 없는 완전히 한 개짜리 돗자리라고 귀띔을 해줬다. 유심히 살펴보니 과연 매듭이 없었다. 잠시 기다리고 있으려니 탤런트 뺨치는 여자들이 줄줄이 들어왔다. 술자리 시중 들어줄 여자들인 것이다.

유현우의 옆에 앉은 아가씨는 현우가 이런 업소에서 본 여자 중에서 가장 빼어난 미인인 듯했다. 옆자리의 박치수가 놀렸다.

"유 행장은 역시 여복이 있어. 나하고 파트너 바꿉시다."

"박 이사장 마음대로 하시구려."

여자에 별 관심이 없는 유현우는 시큰둥하게 답했다.

"싫어요. 일부종사라는데 한번 앉으면 끝장을 내야지, 주인을 왜 바꿉니까?"

유현우의 파트너는 현우에게 바싹 다가앉으며 만만치 않게 한마디했다.

"한번 해본 소리지 뭐. 싫으면 그만두고."

박치수는 선선히 물러섰다.

술은 30년산 발렌타인. 주석이 무르익어 갔다. 박치수가 제안했다.

"폭탄주로 합시다. 여기 맥주 10병하고 맥주 글라스 좀 가지고 와요."

주로 장성이나 정치인들하고 논 박치수인지라 폭탄주를 좋아하는가 보다. 폭탄주는 양주잔을 맥주잔에 넣고 양주잔에 양주를 따른 다음 맥주를 가득 채워서 단숨에 마신 후 맥주잔을 달랑달랑 흔들어

깨끗이 마셨다는 표시를 하는 음주법으로 빨리 취하기 위하여 사용하는 주법인 것이다.

우리나라 군인들이 개발한 주법이라고 하는데, 실은 미국 텍사스 지방에서 거친 카우보이들이 저급 위스키를 스트레이트로 마시면 맛이 없으니까 맥주와 섞어 마시기 위하여 개발한 일종의 칵테일이다.

주석은 갑자기 어지러워졌다. 술김에 유현우도 옆에 앉은 아가씨에게 말을 붙였다.

"이름이 무어야?"

"채소라예요."

"채시라가 아니고?"

"본명이에요."

"울산에 이렇게 예쁜 아가씨가 있나?"

"오늘 오후에 서울에서 비행기 타고 왔어요."

"서울 어디에서 왔는데?"

"강남의 대주클럽에서 일하고 있어요."

대주클럽이라면 종업원만도 150명이 된다는 강남의 유명한 룸살롱이다. 유현우도 거래선 따라 한 번 간 적이 있는 곳이었다.

"우리 노래 부릅시다."

박치수가 자리에서 일어나 앞으로 나갔다.

3인조 밴드에게 반주를 부탁했다. 정지용의 〈향수〉였다.

    넓은 벌 동쪽 끝으로
    옛이야기 지줄대는 실개천에 휘돌아 나가고
    얼룩백이 황소가 해설피 금빛 게으른 울음을 우는 곳
    그곳이 차마 꿈엔들 잊힐 리야

질화로에 재가 식어지면
빈 밭에 밤 바람소리 말을 달리고
엷은 졸음에 겨운 늙으신 아버지가 짚베개를 돋아 고이시는 곳
그곳이 차마 꿈엔들 잊힐 리야

흙에서 자란 내 마음 파아란 하늘 빛이 그리워
함부로 쏜 화살을 찾으러 풀섶 이슬에 함추름 휘적시던 곳
그곳이 차마 꿈엔들 잊힐 리야

전설바다에 춤추는 밤물결 같은
검은 귀밑머리 날리는 어린 누이와
아무렇지도 않고 예쁠 것도 없는
사철 발벗은 아내가 따가운 햇살을 등에 지고 이삭줍던 곳
그곳이 차마 꿈엔들 잊힐 리야

하늘에는 성근 별
알 수도 없는 모래성으로 발을 옮기고
서리 까마귀 우지짖고 지나가는 초라한 지붕
흐릿한 불빛에 돌아앉아 도란도란 거리는 곳
그곳이 차마 꿈엔들 잊힐 리야

의외였다. 무식한 박치수가 아마 자기의 교양을 과시하기 위하여 이런 난해한 노래를 열심히 연습한 모양이었다. 다음은 조용필의 〈허공〉, 조영남의 〈화개장터〉, 태진아의 〈옥경이〉, 패티 김의 〈가을이 오면〉, 이미자의 〈동백아가씨〉, 김건모의 〈핑계〉 등 마이크를 놓지 않았다.
　참다못해 밴드마스터가 귓속말했다.

“다른 손님도 생각해 주셔야죠.”

그제야 무대에서 내려왔다.

좌중은 썰렁해져서 아무도 무대 위에 올라가려고 하지 않았다. 박치수의 노래솜씨를 따라갈 수도 없으려니와 여기 모인 사람들은 주로 금융인으로 내로라 하는 신사들인데 박치수 노는 꼴을 보고 같이 놀고 싶은 생각이 없는 것이다. 모두들 각자 숙소로 돌아가기로 하였다. 박치수는 못내 섭섭한 듯 분위기 좋은데 더 놀다 가자고 유현우의 팔목을 잡았다.

현우는 호텔방에 돌아가 다시 한 번 샤워를 하고 아내에게 편지를 썼다.

    영원한 나의 사랑
    세월이 흘러가면 갈수록
    그대가 더욱더 그리워져
    그리운 사람
    내일이면 다시 만날 사람이지만
    이 찰라, 이 순간에 불현듯
    그대가 옆에 자리해주지 않나 하는
    신기루 같은 꿈에 사로잡힌다오

이때 방문을 똑똑 두드리는 소리가 들렸다. 이 늦은 밤에 올 사람이 없을 텐데 의아해하면서 문을 열어보니 채소라였다.

“들어가도 돼요?”

잠시 갈등이 일어났다. 그러나 유현우는 냉정하게 대답했다.

“나 지금 바빠.”

“일 끝나실 때까지 들어가서 기다릴게요.”

"난 누가 옆에 있으면 방해가 되어서 일을 못해."

"그러지 마시고 들어가게 해 주세요. 못 들어가면 저는 마담한테 쫓겨나요."

"대단히 미안한데 좀 있다가 누가 오기로 되어 있어. 미안해."

"그럼 할 수 없네요. 안녕히 주무세요."

채소라는 대단히 섭섭하다는 표정을 하고 돌아갔다. 아마 미주조선이 꽃값을 다 치른 모양이었다. 이것도 박치수가 바람을 넣었겠지! 자기 혼자 재미보기 미안하니까 미주조선에 압력을 넣은 것 같았다. 깡패 같은 의리 하나로 먹고사는 친구니까.

그로부터 3년 후, 컨테이너선 12척은 차례차례 무사히 트랜스 라인사에 인도되었고, 트랜스 라인사의 컨테이너선 12척은 전 세계를 빙빙 돌며 운항하고 있었다.

그러나 세계경제는 불황을 면치 못하고 있었고 이에 따라 수출시장의 물동량은 급격히 줄어들고 있었다.

알렉 헌트는 세계경제가 꾸준히 성장할 것이고 이에 따라 수출 물동량도 따라서 증가할 것이라는 낙관적 전망하에 사업계획을 세운 것인데, 아무도 예측하지 못한 불황이 장기화되자 트랜스 라인사는 화물을 가득 채울 수 없을뿐더러 심지어 어떤 때는 빈 배를 돌리는 경우도 있었다.

새벽 5시, 전화벨 소리에 유현우는 잠이 깨었다. 뉴욕지점장의 전화였다. 드디어 트랜스 라인사가 미 법원에 파산신청을 하였다는 것이다. 이를 예견한 현우는 뉴욕지점장에게 트랜스 라인사의 동향을 예의 주시하라고 특별지시를 내려놓은 터였다. 사내유보가 넉넉하지 못하고 재무상태가 취약한 트랜스 라인사는 이러한 장기불황을 견디지 못하고 파산신청을 하기에 이른 것이다.

배들은 홍콩에, 싱가포르에, 로테르담에, 또 해상에 세계 곳곳에 정박되어 있거나 떠다니고 있었다. 정박된 배들은 대부분 항구이용료 등을 내지 못하여 당해국 항만청에 압류된 상태였다.

범양은행은 수출보험에 부보되어 있기 때문에 대한수출보험기금에서 보험금을 받으면 되겠지만, 첫째, 국부가 유출된 결과가 되어 국가적 손해가 이만저만이 아니고, 둘째, 대한수출보험기금의 기금 사정상 금방 돈을 줄 수 없을 것이며, 셋째, 박치수의 성격이나 대정부 로비력으로 보아 호락호락 보험금을 줄지 염려스러웠다. 박치수는 이른바 배째라 식으로 나올 가능성이 많은 인물이었다. 마지막으로 신용이 약한 트랜스 라인에 자금지원을 해 주었다고 감사원이나 국회 상공위, 그리고 금감위 등에서 닦달을 당할 것을 생각하니 한숨밖에 나오지 않았다. 그리고 신문에 왜곡보도라도 나오면 범양은행의 대외신인도는 땅에 추락할 것이 뻔했다.

아침 일찍 은행에 출근한 유현우는 트랜스 라인 건에 대한 서류를 처음부터 끝까지 철저하게 재조사하고 문제점이 있는지, 보완할 점이 있는지, 재조사해야 할 점이 있는지 살펴보라고 담당이사에게 지시하였다. 담당이사를 팀장으로 하여 태스크포스를 만들어 만전을 다하라고 특별당부를 하였다.

3억 달러! 1990년 중반으로는 적은 금액이 아니었다. 단일거래로는 범양은행이 설립된 뒤로 최대 거래였던 것이다. 서류조사 결과 심사과정에는 하자가 없다는 것이 담당이사의 보고였다. 유현우는 심사부장에게 대한수출보증기금에 사고발생 신고를 하라고 지시하였다. 심사부장이 사색이 되어 돌아왔다. 수출보험기금에서 사고접수를 받아주지 않는다는 것이었다.

윗선의 지시로 서류접수를 거부한다는 것이었다. 이것은 공적 기관의 업무처리 관례로 보아 있을 수 없는 일이었다. 개인간의 거래에도 이럴 수는 없는 일이다. 그러나 박치수는 막무가내로 반칙을 하고 나오는 것이었다.

대책이 없었다. 방법은 소송을 하는 방법밖에 없는데 소송을 하면 시간이 걸리고 공기관끼리 소송을 한다는 것은 바람직한 일은 아니었다. 그렇다면 다음으로 정부에 가서 이실직고하는 방법이 있는데 정부인들 박치수에게 무슨 힘으로 교통정리를 해 주겠는가. 마지막으로 박치수한테 가서 제발 한번 봐 달라고 통사정하는 방법이 있는데 통사정한다고 먹혀 들어가지도 않을뿐더러 박치수 같은 시중잡배한테 사리에 맞지도 않는 일을 가지고 머리 숙이기는 유현우의 자존심이 허락하지 않았다.

심사부장에게 매일 한 번씩 대한수출보험기금에 가서 사고신고를 접수시키라고 지시하였다. 심사부장은 매일 허탕치고 돌아왔다. 그로부터 보름이 지난 후 범양은행은 내용증명우편으로 사고신고서를 발송하였다. 사고신고서가 접수되어야 수출보험보상절차가 시작되는 것이었다.

내용증명 우편물을 받은 박치수는 그제야 화들짝 놀라 유현우에게 전화를 걸어왔다.

"유 행장, 그럴 수가 있소? 말로 하지 무슨 우편물이오?"

"아니, 사고접수는 보름간 매일 발품을 팔아 가며 창구접수를 시키려고 했으나 박 이사장 특별지시로 사고신고를 접수거절하라고 하여 부득이 우편물을 보내게 된 것인데 무어 잘못된 게 있소?"

"아니, 그래도 그렇지 우리끼리 그럴 수는 없는 게 아니오? 두 회사는 수레의 양 바퀴 같은 존재인데 한쪽 바퀴가 협조를 안 하면 수

레가 제대로 굴러갈 수 있겠소?"

"협조 안 한 바퀴가 어느 쪽 바퀴인데요?"

"유 행장, 제발 한번 봐 주십시오. 저의 기금사정상 그런 큰돈은 도저히 줄 수가 없습니다."

이제야 박치수는 머리를 숙이고 들어온다.

"아니, 보험 인수할 때는 보상은 염두에 두지도 않고 인수했단 말이오?"

"그때는 국가정책상 국가 기간산업을 살리는 차원에서 부득이 인수를 한 것이지 보상능력이 있어 인수한 것은 아니지 않소?"

"그렇지만 인수한 이상 사고가 나면 무슨 수를 써서라도 보험금을 지급해야 되는 것 아닙니까?"

유현우는 한 치도 물러서지 않는다.

박치수가 아무리 막강한 배경을 가지고 있다 해도 불의에 타협할 용의는 없는 것이다. 권력실세에 밉보이면 물러나면 될 거 아니냐는 게 유현우의 직장철학이었다.

한편 머리회전이 빠른 박치수는 유현우에게는 씨가 먹혀 들어가지 않는다는 것을 감지하고 간부회의를 소집하였다.

"잘 아시다시피 이번 트랜스 라인 사건의 수출보험사고 보상금을 지급하면 우리회사는 망합니다. 아니, 망하는 게 아니라 전 재산을 털어도 보험금을 지급할 수 없습니다. 고로 비상대책을 쓸 수밖에 없습니다. 비상대책이란 무엇이냐? 미주조선이나 트랜스 라인사에 무슨 꼬투리를 잡아 보험인수에 하자가 있다 하여 보험금을 주지 않는 겁니다. 오늘부터 보상부장을 팀장으로 하여 인수부장, 신용조사부장이 팀원으로 무슨 수를 써서라도 꼬투리를 잡아내도록 하시오. 그리고 저명한 국제변호사도 총동원하십시오. 비용은 얼마든지 지불해도 좋습니다."

깡패수법이지만 박치수도 경영능력은 있었다. 바보는 아닌 것이다.

며칠 후 보상부장이 서류를 들고 이사장실로 들어왔다.

"꼬투리를 잡긴 잡았는데 논리가 좀 약합니다."

"꼬투리 내용이 무어요?"

"고지의무위반이라는 것인데 미주조선은 보험혜택자로 트랜스 라인사의 신용상태를 한 달마다 우리 회사에 보고하도록 특약을 맺어 놓았습니다. 그런데 그것을 몇 번 날짜를 지키지 않은 게 있습니다."

"통상의 경우에 그런 걸 사유로 보험금 지급을 거절한 예가 있소?"

"없습니다. 그리고 법원에 가서 소송한다 해도 우리가 패소한다는 것이 변호사의 의견입니다."

"아무튼 좋소! 고지의무위반을 사유로 범양은행 측에 보험금 지급 거절 통지서를 발송토록 하시오."

"알았습니다."

이번에는 범양은행에서 난리가 났다. 긴급이사회가 소집되었다. 심사담당이사가 먼저 입을 뗐다.

"이건 말도 안 되는 이야기입니다. 이런 사유로 보험금을 지급하지 않는다면 대한민국 보험회사에서 보험금을 지급받을 사람은 하나도 없을 겁니다."

"우리도 법적 대응을 해야 합니다. 고문변호사를 동원하여 법률검토를 하도록 하겠습니다."

법률담당이사의 말이다.

"미주조선을 불러서 너희들이 책임지고 대한수출보험기금에 가서 로비를 하든 압력을 넣든 책임지고 보험금을 받아내라고 지시하는 게 어떨까요?"

금융담당이사의 이야기였다. 금융부에서 미주조선에 대한 대출을 맡고 있었다.

"대한수출보험기금 인수액의 40~50%는 우리 범양은행에서 나가는 물량이니까 이런 식으로 나가면 앞으로 우리 은행에서는 수출보험에는 부보하지 않겠다고 통첩을 보내는 것이 어떻겠습니까?"

평소 과격한 영업담당이사의 발언이었다.

"고지의무위반으로 보험금을 지급하지 못하겠다는 것은 물에 빠진 사람 지푸라기라도 잡아보는 심정일 터이니 심사담당이사께서는 수출보험기금과 계속 보험금 지급에 대해 협상을 하시고, 법률담당이사께서는 고문변호사를 활용하여 이러한 경미한 고지의무위반이 보험금 지급거절 사유가 되는지 검토해 주십시오."

은행장 유현우가 결론을 맺었다.

박치수는 이유도 없이 보험금 지급을 질질 끌고 있었다. 이렇게 되면 미주조선이 범양은행에 연체이자를 물어야 할 형편이었다.

이제 제일 다급해진 것은 미주조선의 홍 회장이었다. 보험금 지급이 늦어지면 범양은행에 장기연체가 될 것이고 6개월 이상 연체가 되면 신용불량자로 전락하여 금융지원도 받지 못하고 드디어 도산하고 말 것이기 때문이었다.

박치수는 느긋하였다. 대정부 로비력이라면 자기보다 한 수 위인 홍 회장이 알아서 길 것이기 때문이었다. 홍민기 회장은 우선 기획예산처부터 찾아갔다. 사정을 이야기하고 내년 예산편성 때 수출보험기금예산을 확충해 달라고 부탁해 놓았다. 다음 산업자원부 장관에게 그간의 경위를 브리핑하고 선박이 수출에 미치는 조선산업의 역할을 역설하면서 도와줄 것을 부탁하였다. 재경경제부에 가서는 예산편성의 측면지원을 부탁하였다. 감사원에 가서는 차후 말썽이

나지 않도록 미리 손을 써놓았다.

국회상공위 전원에게 저녁을 샀다. 실상을 이야기하고 수출보험기금 예산안이 올라올 터인데 잘 봐달라고 금일봉까지 돌렸다. 안기부, 언론사에도 손을 썼다. 물론 청와대 경제수석실에도 이야기해 놓았다.

박치수에게는 관계부서에 모두 손을 써 놓았으니 기금이 증액되면 연차별로 보험금을 지급해 주라고 부탁하였다. 박치수가 돈 좋아한다는 것은 익히 아는지라 두툼한 돈봉투를 주고 왔다.

유현우 행장에게는 찾아가지도 않았다. 부탁할 것도 없고 보험금만 나오면 대출금을 8년간 분할상환하면 될 것이기 때문에 구태여 인사를 차릴 필요가 없다고 생각했으며 깔끔한 유현우 행장의 성격으로 보아 괜히 찾아가면 혹 떼러 갔다가 행여 혹 붙여 가지고 오지 않을까 염려스러웠기 때문이었다.

한편 은행장 유현우는 또 다른 일에 머리를 싸매고 있었다. 사고가 터진 것이다. 자금운용을 맡고 있는 과장이 은행보유자산인 주식을 임의로 팔아치운 것이다. 주식시장이 한참 활황이라서 매일 매일 주가지수가 오르는 장세였다. 자금운용과장은 이 틈을 타서 은행보유자산인 주식 백만 주(약 500억 원)를 임의로 팔아치워 시세차익을 누린 다음 도로 동종 주식을 사서 은행에 입고시킬 심산이었던 것이다.

그런데 그 다음 날부터 주식이 곤두박질친 것이다. 이것을 우연히 담당 여직원이 보유주식현황을 파악하다가 컴퓨터에 주식 백만 주가 빈 것을 보고 해당 증권회사에 조회하니까 은행에서 매도의뢰가 와서 며칠 전에 팔아버렸다는 것이다.

여직원은 담당대리에게 보고하였고 담당과장은 마침 증권회사에 출타중이어서 담당부장에 직접 보고하여 은행장에게까지 보고가 올라온 것이었다.

유현우는 값이 어떻든 백만 주를 즉각 매수하여 채워 넣으라고 지시하고 대책마련에 들어갔다. 손실이 50억 원에 이르렀다. 당사자는 변상책임뿐만 아니라 형사고발되어 구속감이고 담당부장도 최소한도 문책감이었다.

그런데 담당부장은 금감원장과 동서지간으로 차기 이사감이었고 능력도 있었다.

금감원장의 호출이었다.

"범양은행의 주식사고는 보고 잘 받았소. 불행한 일이오. 요즘 금융사고가 많이 나서 골치 아파 죽겠소."

"네, 죄송합니다. 책임질 일이 있으면 기꺼이 책임지겠습니다."

"유 행장이 책임질 사안은 아니고 담당부장이 실은 내 손아래 동서요. 차기 이사를 꿈꾸고 있는 모양인데 문책이라도 받으면 이사는 물 건너간 것 아니겠소? 어제 밤에 처제와 함께 우리 집에 와서 읍소를 하는데 마음 약한 내가 도저히 그냥 넘어갈 수 없어 이렇게 유 행장에게 부탁하는 것이오."

"잘 알겠습니다. 은행에 돌아가서 이사들과 상의해 보겠습니다."

"선처 부탁하오."

은행에 돌아온 유현우는 긴급이사회를 소집하였다. 담당과장은 이미 구속된 상태였다.

"이번 사건은 모두들 내용을 잘 알 터이니까 설명은 생략하고 담당부장을 어떻게 처리하는 게 좋을지 각자 의견을 개진해 주시기 바랍니다."

"부서에서 일어난 일은 부장이 책임을 지게 되어 있고 직제분과 규정상 부장이 부서업무를 총괄하게 되어 있으므로 당연히 담당부장을 파면시키거나 중징계해야 할 것으로 생각합니다."

강직한 법률담당이사의 강성 발언이었다.

"담당부장이 그동안 일도 잘해왔고 은행에 기여한 공도 있으며 이미 담당과장이 파면되어 구속까지 된 마당이니 담당부장은 불문에 붙이는 게 좋겠습니다."

금강원장과 담당부장과의 관계를 아는 자금담당이사의 약삭빠른 발언이었다.

"안 됩니다. 당연히 담당부장의 책임을 물어야 합니다."

차기에 임기가 만료되는 금융담당이사의 발언이다. 자금부장이 이사로 치고 올라오면 자기는 단임으로 퇴임할 처지니까 이 기회에 경쟁자 하나를 제거해버리자는 심사인 것이다.

"전무 생각은 어떠시오?"

"글쎄요. 징계를 해야 할 것도 같고 불문에 붙여야 할 것도 같고, 판단이 서지 않습니다. 담당부장이니까 직상위자로서의 책임을 물어야 할 것이나 그동안 은행에 기여한 공로가 있으니까 불문에 붙여야 하지 않을까요?"

경제수석과 친구라서 전무까지 올라갔다는 추 전무의 줏대 없는 발언이었다.

결론이 나지 않았다. 원칙론자와 눈치보는 아부파가 반반이었다.

그날 밤 유현우는 수면제 두 알을 먹고서야 잠에 들 수 있었다. 유현우의 성격상으로는 원칙대로 담당부장을 징계하여야겠으나 그러면 앞으로 금감원장의 미움을 어떻게 감당할 것인가.

다음 날 인사부장을 불렀다.

"자금부장을 중징계하는 이사회 안건을 작성하시오."

Ⅲ

괴로움만 있는 것은 아니었다. 해외출장은 언제나 즐거웠다. 브라질 리우데자네이루에서 국제금융인 회의가 열렸다. 여기에 초청을 받아 수행비서 한 명을 데리고 출장을 가게 된 것이다.

"여보, 당신 남미는 못 가 봤지?"

"그럼요. 남미 구경시켜 줄 거야?"

"2주 후 수요일이 당신 생일이지? 생일기념으로 남미 구경시켜 줄게. 대한항공 타고 L. A. 까지, 브라질 상파울루에서 하루 자고 브라질 국내선을 타고 리우데자네이루에서 회의를 마치고 남미 3개 국이 접경해 있는 세계 최대의 폭포수 이과수 폭포를 구경하고 돌아오는 거야."

"야, 환상의 코스네."

"환상의 코스 좋아하네. 서울에서 상파울루까지 비행시간이 얼마인지 알기나 해? 무려 24시간이야. 견뎌낼 만하겠어?"

"아니, 세계 3대 미항 중 하나인 리우데자네이루와 세계 3대 폭포수인 이과수 폭포를 보러 가는데 비행시간이 문제야? 안 그래요, 여보?"

입이 무거운 임 비서에게 1등석으로 비행기표 한 장을 더 구입하라고 지시하고 자리는 옆 자리를 배정받도록 비행사에 부탁토록 하였다. 그리고 참가자 명단을 입수하여 한국인이 있는지 확인해 보라고 지시하였다.

현우는 은행장이기 때문에 은행경비로 1등석 비행기표가 나오고 숙소도 최고급 호텔을 제공받았다. 주최측에 FAX로 요청한 참가자 명단에는 한국인은 없고 일본인은 다수 있었다.

한소희에게 이브닝 드레스도 한 벌 준비해 가라고 하였다. 이런 국제회의에 부부동반으로 오는 참가자가 대부분이었고 한두 번쯤은 주최측에서 디너파티를 개최하기 때문이다. 한국은 아직 부부동반이 허용되지 않았다.

한소희는 공항버스를 타고 공항에 가서 임 비서가 비행사에 가서 미리 자리를 배정받아 전해준 탑승권으로 탑승수속을 하고 보세구역에서 면세점을 구경하고 있었다. 한소희와 유현우의 가방은 임 비서가 차에 싣고 현우와 뒤늦게 공항에 도착하였다. 출발 30분 전 안내원이 1등석 손님부터 탑승수속을 하라고 안내를 했다.

긴 여행, L. A. 에서 3시간 기착하는 것이 그나마 피로를 덜어주었다. 상파울루에 기착하여 호텔에 들어 뜨거운 물에 몸을 풀었다. 3~4명은 너끈히 들어갈 만한 수중안마가 가능한 자주색 원형 월풀 욕조였다.

임 비서에게는 시내구경을 하라고 하고 내일 아침 8시에 식당에서 만나기로 하였다. 시간도 없거니와 상파울루는 관광할 만한 데가 없다. 그저 환락의 밤만 연속될 뿐. 소돔과 고모라랄까. 성(性)이 상품처럼 매매되고 그것으로 수많은 가정이 먹고살고, 버젓이 부인을 성(性)시장에 매일 밤 내다 놓고 거기서 벌어오는 돈 가지고 온 가족이 먹고사는 굶주린 도시. 한국인이 많이 산다고 한다. 브라질은 비아그라가 세계에서 가장 많이 팔리는 나라라지.

다음 날 호텔식당에서 아침을 먹고 브라질 국내선 Varig를 타고 리우로 갔다. 한 시간 남짓 비행하니까 리우에 도착했다. 리우데자네이루는 1502년 1월 1일 포르투갈 선장이 강인 줄 알고 거슬러 온 데서 유래한다고 한다. 영어로 River of January, 즉 1월의 강.

유현우는 회의에 참석하고 임 비서보고는 한소희를 데리고 관광을 다니라고 하였다. 한국인 관광가이드도 한 명을 수소문하여 붙여 주었다.

한소희는 우선 호텔 앞에 있는 코파카바나 비치에 간다. 코파카파나 비치가 이름을 떨친 것은 1923년에 코파카바나 팰리스 호텔이 개장하고 나서였다. 그 당시는 이 호텔이 남미에서 유일한 호화호텔로 카지노도 있어 투숙객들이 구름같이 몰려왔다고 한다.

1946년에 카지노가 브라질 전역에서 불법화되고 나서 코파카바나도 1960년대에 들어와 불황의 고통에 빠져들었다 한다. 그래도 선탠이나 해수욕을 즐기려고 매일 수십만 명이 이곳을 찾는다고 하며 여름 주말에는 50만 명의 인파가 몰려든다고 한다. 해수욕장의 폭이 족히 100m는 될 듯하고 길이도 10㎞는 될 듯하다.

다음에는 유명한 그리스도상(Christ the Redeemer)이 있는 산으로 올라갔다. 치차(齒車)를 타고 올라갔다. 해발 710m. 리우 시내가 사방팔방으로 한눈에 들어왔다. 아름답기 짝이 없었다. 즐비하게 늘어선 호화 아파트들, 우측에는 코파카바나 비치보다 더 긴 이

파네마(Ipanema) 비치가 한눈에 들어왔다. 그리고 크고 작은 비치
가 수도 없이 펼쳐졌다. 정말 절경이었다.

코르코바도 산 정상에 세워진 그리스도상은 브라질 독립 100주년
을 기념하여 1931년에 세워졌으며 전체 높이 30m, 양팔을 벌린 길
이가 28m나 되는 거대한 동상이다. 정상에서 코파카바나 해변 쪽으
로 조금 내려오니 전혀 딴 세계가 펼쳐졌다. 옛날 우리나라 판자촌
을 방불케 하는 마을로 경찰도 들어가지 못하는 빈민촌이 자리잡고
있었다. 언제 어디서 총탄이 날아올지 모르고 도주하면 미로이기 때
문에 원주민이 아니면 도저히 잡을 수가 없다고 한다. 이 마을은 마
약 공급처로 유명하며 범죄의 소굴이라고 한다.

이 코르코바도 산에서 망원경을 가지고 내려다보면 언제 총탄이
날아올지 모르니까 조심하라고 관광안내원이 겁을 주었다. 경찰이
가끔 정보수집차 망원경을 사용하여 마을을 내려다보기 때문에 마
약밀매조직이 대응사격을 한다는 것이다.

삼바와 카니발의 도시, 아름다운 해변의 도시가 이제는 범죄의
도시로 전락하여 코파카바나 해변도 마음대로 산책하지 못하며 거
리는 차를 타고 이동해야지 괜히 거리구경을 나섰다가는 큰 봉변을
당한다고 한다. 관광객은 해마다 줄고 있다.

다음 날은 1995년에 개축한 리우의 랜드마크인 코파카바나 팰리
스 호텔에서 디너파티가 열렸다. 한소희도 짙은 화장에 이브닝 드레
스를 입고 향수도 듬뿍 뿌린 다음 파티에 참석하였다. 오늘이 소희
의 생일이었다.

"오늘 당신 일생일대의 최대 생일잔치를 해 줄게. 하객만 해도
500명은 넘을 거야."

"남의 돈으로 생색내기는…. 좌우간 고마워요. 일생 잊지 못할

생일이 될 거예요."

"오늘이 당신 쉰다섯 번째 되는 생일이야. 잘 기억해 두라구."

"세계 최대 미항인 리우데자네이루, 서울에서 가장 먼 이곳. 그리고 유서 깊은 호텔, 또 내 사랑 당신! 여하튼 눈물나오게 고맙네요. 여보, 사랑해요."

한소희는 유현우의 품을 파고들었다.

"와이셔츠에 파운데이션 묻어. 기분은 이따가 호텔에 돌아와서 내자구."

주로 미국, 유럽, 아르헨티나, 칠레 등에서 온 백인 위주의 금융인 파티는 축제 분위기였다. 소희는 아는 사람도 없고 해서 꺼릴 것 없이 마음껏 이 여자 저 여자에게 말을 붙이며 파티 분위기에 흠뻑 빠져들었다. 이름도 모를 산해진미는 넘쳐흘렀고 샴페인과 고급와인도 무궁무진하였다.

식사가 끝나고 본격적 프로그램으로 들어갔다. 밴드는 신나는 선율을 뿜어내고 참석자들은 한껏 춤솜씨를 자랑했다. 한소희도 스포츠 댄스를 익혔기 때문에 블루스, 차차차, 왈츠 등은 분위기에 맞출 수 있었으나 탱고음악이 흘러나오자 현란한 춤동작에 그만 기가 죽어 소희와 현우는 한구석에서 구경만 하였다. 그러나 구경하는 커플은 소희커플뿐만 아니고 춤추는 사람은 남미인 부부가 주류이고 유럽인들도 구경만 하는 것 같았다.

다음 날 회의는 끝나고 저녁 비행기로 이과수 폭포로 갔다. 숙소는 쉐라톤 호텔. 이과수 폭포는 브라질 남부, 아르헨티나와 파라과이 국경에 접해 있는 대폭포로 일명 산타마리아 폭포라고도 한다.

낙차는 최고 80m, 평균 70m이다. 길이가 3㎞의 말발굽형의 낙구(落口)에서 275여 개의 작은 폭포로 갈라져서 떨어지는 광경은 실로 장관이다. 북아메리카의 나이아가라 폭포, 아프리카 짐바브웨의 빅토리아 폭포와 함께 세계 3대 폭포 중의 하나인데 이과수가 가장 규모가 크다고 한다.

다리 위를 2.5㎞쯤 걸어가면 이과수 폭포에서 가장 웅대하다는 '악마의 목구멍'(*Devil's Throat*)에 다다른다. 어마어마한 물줄기가 떨어지고 있는 것을 보고 있자니 인간이 얼마나 미약한 존재인가를 느꼈다. 한참을 들여다보고 있자니 폭포 속으로 빨려 들어가는 착시현상이 일어났다. 작년에 일본여자가 폭포 속으로 뛰어 내렸다고 한다.

"이 폭포를 보고 있자니 눈물이 나오네."

"왜?"

"나라는 존재가 너무 미약하게 느껴져서. 내가 마치 한 마리 하루살이에 불과하다는 느낌이 들어."

"소희, 정신차려! 괜히 딴 마음 먹으면 안 돼."

"내가 뭐 투신자살이라도 할까 봐 그래? 그런 걱정은 하지 마. 단지 지금까지 사소한 일로 당신에게 투정부렸던 게 부끄러워서 그러는 거야."

"참회하는 거야?"

"참회라면 참회겠지. 당신은 그동안 나한테 한없이 잘해 주었는데 나는 당신 밤늦게 들어온다고 짜증내고 술 먹고 들어온다고 화내고 집안일 소홀히 한다고 화낸 것 등 지금 생각하면 너무 옹졸한 생각이었어. 저 대자연을 보니 모든 게 다 덧없다는 생각이 들어. 이제 남은 여생이라도 나를 죽여가며 당신을 위하여 살아볼게."

"고맙군."

현우는 무뚝뚝하게 대답했다.

폭포의 높이가 90m라고 하나 바닥은 볼 수가 없는데 그것은 물보

라가 계속 올라와 보이지 않기 때문이다. 또 하나의 '산 마르틴(독립
장군) 폭포'도 이곳에서 볼 수 있는데 물보라 사이로 제비가 많이 날
아다녔다. 제비는 폭포 아래 집이 있어서 그곳으로 들어가는 것이
보였다.

　한소희가 여기까지 온 김에 잉카문명의 유적지인 페루의 유명한
'마추픽추'도 구경하고 가자고 했으나 출장 일정상 도저히 시간을 낼
수 없어 그냥 서울로 돌아가기로 하였다.

　브라질은 토파즈, 오팔 등의 산지로 값도 싸고 유명하다고 하나
소희는 일체 쇼핑을 하지 않았다.

　인천공항에 도착하여 한소희는 핸드백 하나만 둘러매고 공항버스
로 집에 먼저 가고 유현우는 임 비서와 함께 짐을 찾아 가지고 공항
을 나왔다.

Ⅳ

국회예결위에서 예산이 배정되어 보험금을 8년 분할 지급하도록
기본계획이 세워지고 우선 차년도분 보험금만큼 예산책정이 되었다.

그런데 감사원이 물고 늘어졌다. 범양은행에 대한 감사원 정기검
사에서 트랜스 라인사에 대한 대출을 집중적으로 캐기 시작한 것이
다. 담당감사관은 독사라고 소문난 사람이었다.

"심사부장! 대출에서는 대출받는 사람의 신용조사가 제일 중요한
데 불알 두 쪽밖에 없는 헌트라는 사람한테 대출한 이유가 무어요?"

"미스터 헌트나 트랜스 라인사, 그리고 미주조선의 재무상태가 좋
지 못한 것은 사실이나 미주조선은 국가 기간산업으로 일거리를 확
보해 주어야겠고 수출보험에 부보되었기 때문에 채권보전에는 지장
이 없기에 대출해 준 것입니다."

"돈 먹고 대출해 준 것 아니오?"

"천만의 말씀입니다. 저희 은행에서는 그런 일은 없습니다."

알고 보니 담당감사관의 표적은 은행장 유현우였다. 유현우가 청

렴하다고 소문이 나 있으니까 진짜 청렴한지 따져 보고 이번 기회에 유현우를 매장시켜 자기의 명성을 높여 보자는 심사였다. 여하튼 담당감사관은 심리학적으로 남을 괴롭히는 데서 쾌감을 얻는 가학적 사디즘 환자인 듯했다.

관련직원들은 모두 담당감사관에게 불려 들어가 매일 닦달을 당했다. 그럼에도 불구하고 직원들은 수출촉진이라는 국가정책에 부응하여 대출한 것이지 절대 뇌물을 받거나 향응을 받고 대출한 것은 아니라고 목숨을 걸고 항변하였다. 실제 먹은 게 없으니까 거짓말을 하기 전에는 부정을 저질렀다고 위증할 방도가 없었던 것이다.

한두 명의 배신자는 있으리라고 기대했던 담당감사관은 드디어 손을 들고 철수하였다.

다음은 국정감사였다. 국회상공위에 이 문제가 도마에 올라 유현우를 증인으로 출두케 했다. 감사원 감사보고서를 입수한 국회상공위원들의 질문은 감사보고서의 범주를 크게 벗어나지 못했다.

"은행장! 부채비율이 300%나 되는 트랜스 라인사에 대출해 준 것은 직무유기가 아니오? 은행장! 책임을 지시오."

여직원 취직 건을 정중히 사양당한 적이 있었던 정 의원이 다짜고짜 시비를 걸었다.

"이건 외화유출과 국고낭비에 해당하므로 책임을 져도 크게 져야 할 거요."

이 의원이 가세를 한다.

"아니, 거두절미하고 책임론만 따질 게 아니라 문제의 발단이 무엇인지, 미스터 헌트나 트랜스 라인사에 대한 신용조사는 철저히 했는지, 미주조선에 대한 지원에는 무슨 부득이한 사유가 있었는지, 미주조선에 대한 지원이 국가적 이익 (*National Interest*) 에 기여했는지,

사후관리는 철저히 했는지 등 하나하나 조목조목 따져봐야 할 것입니다. 그리고 나서 범양은행이 업무를 소홀히 한 점이 있다면 그때 은행장을 문책해야 할 겁니다. 어떻소? 내 의견에 동의하시오?"

여당 실세인 최 의원의 발언이었다. 모두들 묵묵부답이었다.

그 뒤론 국정감사가 김빠진 맥주가 되었다. 유현우의 혼을 빼서 금일봉이라도 갈취하려고 생각했던 국회의원들이 최 의원이 논리정연하게 나오자 설자리를 잃어버리고 만 것이다.

듣자니 대한수출보험기금의 박치수 이사장은 감사원과 국회상공위에서 유현우보다 더 혹독히 당하고 있다고 했다.

'박치수는 처음에는 실컷 얻어맞아 주다가 막판에 돈으로 해결하겠지! 그것이 박치수의 수법이고, 돈은 결국 미주조선에서 나오겠지만.'

어쨌든 골치 아픈 트랜스 라인 건은 감사원 감사도 받고 국회상공위도 통과했으며 할부대출금은 꼬박꼬박 8년간 연차적으로 수출보험기금에서 갚기로 하였으므로 이제 문제될 것이 없었다.

조용한 나날을 보내던 어느 날, 추 전무가 헐레벌떡 외국부장을 대동하고 은행장실로 들어왔다.

"큰일났습니다. 협성실업의 옥도치 사장이 드디어 일을 저질렀습니다."

"무슨 일을 저질렀단 말이오?"

"옥도치가 홍콩에 컴퓨터 칩을 수출했는데 그것이 결제은행으로부터 지불거절(Unpaid)을 당했습니다. 사유인즉, 가짜 컴퓨터 칩을 수출했다는 겁니다."

"우리은행의 신용장개설 금액은 얼마나 됩니까?"

“1억 달러나 됩니다.”

옥도치! 처음부터 냄새가 나는 사람이었다.

하루는 재무부 출입 안기부 직원으로부터 저녁을 먹자는 전화가 왔다. 혹시 은행에 무슨 비리사건이 있나 걱정을 하며 약속장소에 가니 그 자리에 옥도치가 있었다. 안기부 직원도 옥도치의 신분은 정확히 이야기하지 않고 안기부를 위해서 일하는 사람이라고만 소개시켜 주었다.

그 뒤로 옥도치는 은행에 시도 때도 없이 나타나서 정권의 비하인드 스토리, 실세가 누구고, 어느 장관은 언제 경질될 것이라느니, 모 장군은 비리에 연루되어 곧 옷을 벗을 거라느니, 어느 은행장은 골프장 캐디와 스캔들이 있어 곧 경질될 것이라는 등 신문에 나지 않는 비화를 종횡무진하게 털어놓고 갔다. 그리고 자기는 안기부의 예산이 부족하여 간첩 잡는 데 필요한 돈을 벌어다 주는 역할을 하는 사람이라고 큰 비밀인 양 아무한테도 이야기하지 말라고 신신당부하며 돌아갔다.

유현우는 옥도치의 말을 액면 그대로 믿지는 아니했지만 안기부와 상당히 긴밀한 관계에 있는 자라는 것은 인정하지 않을 수 없었다. 처음에는 몇 십만 달러짜리 수출거래부터 시작하였다. 협성실업은 실체가 있는 무역회사였던 것이다. 신용도 정확하였다. 연체가 하루도 없었다. 실적이 점점 쌓이자 거래 단위는 몇백만 달러 단위로 올라갔다. 그러다가 천만 달러대. 수출의 날 포상도 받았다.

드디어 일억 달러의 신용장 개설요청이 왔다.

“옥 사장! 무리하는 거 아니오?”

“아닙니다. 이번 거래는 홍콩의 수입자 신용상태가 대단히 우수하고 우리나라 컴퓨터 칩 품질은 세계적으로 알아주지 않습니까?”

"담보는 어떻게 할 거요?"

"대구 요지에 수천 평의 땅이 있습니다. 그것을 제공하겠습니다."

유현우는 우선 세계적 신용조사기관인 D&B에 홍콩의 수입선 신용조사부터 시켰다. 수출대금 지불능력이 있는지 알아보기 위함이었다. 신용이 매우 우수하다는 답신이 왔다.

그런데 이것이 사기수출이었던 것이다. 옥도치는 즉각 구속되었고 안기부와의 관계도 밝혀졌는데 옥도치가 안기부 담당관에 접근하여 매일 밥 사주고 술 사주고 골프접대하고 명절에는 갈비짝 보내고 하니 안기부 담당관이 그저 좋은 친구라고 여기고 회식자리에 합석시켜 준 것뿐인데 옥도치가 안기부 직원인 양 뻥치고 다닌 것이었다.

그리고 담보물로 제공한 대구 나대지(裸垈地)는 공군 소유 땅으로 감정회사 직원을 출장 전날 요정에 데리고 가서 떡이 되도록 술을 퍼 마시게 하고 서울에서 헬리콥터를 대절하여 대구까지 간 다음 나대지니까 공중에서 보는 게 더 정확하다고 감언이설로 속여 감정서를 꾸미게 하고, 근저당권 설정은 은행전속 사법서사를 거액에 매수하여 등기서류를 위조하여 법원에 정상적으로 설정절차를 마친 양 사기를 친 것이다.

금감원장이 호출했다.

"유 행장! 이번 협성실업 사건은 금융사에 유례가 없는 사기사건이오. 어떻게 책임을 질 것이오?"

지난번 자기 동서를 중징계하여 출셋길을 막게 한 앙금이 가시지 않은 표정이었다. 가실 리가 있겠는가? 호시탐탐 이런 날이 오기를 기다리고 있었겠지.

"모든 책임을 제가 지겠습니다."

괜히 봐 달라고 군말을 해야 봐 주지도 않을 것이며 관계 요로에 로비를 하고 다녀본들 사람만 추해질 뿐이다. 은행장 임기가 얼마 남지 않았고 연임은 딴 은행으로 옮기기 전에는 기대하기 어렵기 때문에 이참에 깨끗이 사퇴하는 게 순리라고 생각되었다. 공직에 있는 사람은 사퇴할 때를 알아야 뒤탈이 없는 법이다.

은행에 돌아와 금융부장을 불러 감정회사에 손해배상청구소송을 하라고 지시하고 재경부 장관 앞으로 사표를 써서 비서 편에 전달하였다.

공직자나 CEO의 가장 꼴불견은 자기 목이 날아가는 순간에 이것을 알아차리지 못하고 악착같이 붙들고 있는 것이다. 막대한 돈을 써 가며 갖은 연줄을 대고 여기저기 구명운동을 하며 다닌다. 이는 탐욕에 사로잡혀 직장생활의 마지막을 엉망으로 만들어 버리고 만다.

은퇴를 왕성한 호기심을 발휘할 기회라고 생각하는 사람은 그때가 인생의 가장 즐거운 시절이 된다. 즉, 골든 에이지(*Golden Age*)가 되는 것이다.

은퇴가 당사자에게 기쁜 일이 되기 위해서는 무엇이 필요한가? 영광의 공허함을 알고 무명의 한 존재로 편안함을 얻으려는 마음가짐을 갖는 일이다. 그리고 자기 동네나 집이나 정원에서 자그맣게 할 일을 만들어 내거나 바둑, 등산, 골프, 스키, 여행 등 취미생활을 즐기기도 하고 봉사활동에도 참여하는 것이다.

현명한 사람은 세상을 향해 시간을 보낸 뒤에는 자기 자신의 일과 교양을 위하여 시간을 할당한다. 직장생활을 할 때 시와 그림, 바둑, 골프 등을 즐기거나 또는 자연과 친숙하게 지낸 사람이라면 더욱 손쉬운 일이다. 은퇴는 지옥이며 그 문에 '이곳에 들어오는 자, 모든 희망을 버려라' 라는 것은 옳지 않다.

　주역에 보면 현명한 사람은 은퇴를 하는 것으로 자신의 바른 도
(道)를 완성한다고 보고 있다. 현명한 군자는 무지한 체 하며 스스
로 물러날 때를 알며 어지러운 세상을 피해 간다. 이렇기에 성리학
을 사상적 기조로 삼았던 조선조 선비들은 자기의 신념이 관철되지
않는 때 거침없이 사직서를 내고 낙향하지 않았던가.

V

옥도치는 사기죄로 5년 구속형과 벌금 700억 원의 언도를 받았고, 박치수는 업무상 배임과 뇌물수수죄로 3년 구속형을 언도받았다. 모든 문제가 잠잠해지자 현우는 소희와 골프채 하나씩을 메고 미국여행을 가기로 하였다. 이참에 뉴욕에 있는 딸네 집에 가서 손자와 푹 놀다올 생각이었다.

딸은 제이피 모건에서 펀드매니저(자금운용 책임자)로 일하고 있다. 하루 다루는 돈만 해도 수십억 달러는 되는 큰손이라고 한다. 사위는 미 국립보건원 생화학 연구원으로 일하고 있다.

비행기에서 소희에게 이번 여행 스케줄에 대하여 설명해줬다.

"L. A. 에 있는 그 유명한 페블 비치 골프 링크스, 스파이그래스와 파피힐스 골프코스 등 페블 비치의 3대 골프장을 섭렵한 다음, 차 한 대에 트레일러를 달고 미 대륙을 뉴욕을 향하여 동쪽으로 횡단하며 골프도 치고 낚시도 하고 관광도 하는 거야. 잠은 트레일러에서 자고 밥도 트레일러에서 해먹는 거지. 트레일러에는 취침용 침대,

싱크대, 가스레인지, 냉장고, 화장실, 청수탱크, 온수보일러 등이 있어. 당신이 피곤하면 중간중간 모텔에서 몸을 풀자구. 어때? 그렇게 하겠어?"

"좋아요."

소희는 선선히 대답했다.

마스터스 대회가 열리는 오거스타 골프장, 스코틀랜드의 세인트 앤드루스 올드코스 등과 함께 세계 3대 골프장의 하나인 페블 비치 골프 링크스는 퍼블릭 골프장인데도 입장료가 일인당 350달러나 되었다. 그나마 6개월 전에는 예약을 해야 한다고 한다.

마침 L. A. 웰스파크 은행장이 친구라서 그 친구한테 부탁하여 뉴욕에서 왔다는 노부부와 라운딩을 하게 되었다.

노신사는 매너가 참 좋았다. 노신사는 부인을 극진히 보호해줬다. 티도 대신 꼽아주고 공이 숲에 들어가면 대신 찾아주고 미스샷이 나면 '골프는 원래 그런 거야' 하며 위로해줬다. 부인에 대한 배려가 이만저만이 아니었다.

노신사가 현우 보고 일본인이냐고 물어보았다. 1980년대 초 일본이 외화가 철철 넘쳐흐를 때 어느 일본인이 페블 비치 골프장을 매입하였으나 주민들이 비치는 주민소유로 접근할 수 없다고 소송을 내어 승소하여 페블 비치의 가치가 떨어졌고 마침 일본에 불황이 닥쳐 결국 미국인에게 페블 비치를 헐값에 되판 역사가 있는 골프장이었다.

일본인들이 많이 찾으니까 일본에서 왔느냐고 물어본 것 같았다. 한국에서 왔다고 하니까 반색을 하며 자기는 6·25 참전용사라며 부산·대구·군산·동두천 등 자기가 주둔했던 지명을 지금도 기억하고 있었다.

그 뒤로 한국에 가본 적이 있냐고 물어보니까 유감스럽게도 그 뒤로 한 번도 가본 적은 없지만 한국이 눈부시게 발전했다는 뉴스는 많이 보았다고 했다.

진정한 링크스 코스란 바다의 침석과 강어귀에 쌓인 비옥한 토양의 퇴적에 의해 형성된 대양 주변의 모래언덕에 위치한 코스다.

링크스의 핵심적 요소는 단단하고 빠른 코스 상태, 가혹한 러프, 끊임없는 바람이다.

아울러 고르지 않은 지형과 수없이 다양한 스탠스를 요구하는 라이, 나무가 거의 없는 코스, 토착성 잡초가 무성한 가혹한 러프, 깊고 움푹한 벙커도 빠뜨릴 수 없다. 그리고 대부분 예외 없이 항상 바람이 불며 바람의 방향도 다양하고 단순히 티샷과 어프로치샷뿐만 아니라 심지어 퍼트에까지 영향을 미칠 정도로 산들바람, 미풍, 돌풍, 강풍 등 갖가지 종류의 바람이 분다. 벙커에서 모래가 날릴 정도로 불 때도 있다. 링크스의 벙커가 움푹한 것은 그 때문이다.

노신사가 스트록당 1달러짜리 내기를 하자고 했다. 미국 사람들은 우리나라 사람보다 내기를 더 좋아하는 것 같다. 단위는 우리나라 사람이 통이 커서 엄청 높지만.

첫 홀(파4)에서 보기를 하여 더블보기를 한 노신사한테 1달러를 땄다. 초식불길(初食不吉)이라는데 과연 오늘 결과가 어떻게 될지…. 6번홀(파3)에서 노신사는 파를 잡는다. 역시 구력이 있어 숏홀은 명수다. 유현우는 보기를 하여 먹은 돈 1달러를 반환하였다. 10번홀(파5)에서 유현우는 파를 잡고 노신사는 더블 보기를 하여 2달러를 땄다. 15번홀(파3)에서 역시 노신사는 파를 잡고 유현우는 보기에 그쳤다. 이래 딴 돈은 1달러. 16번홀(파4)에서 유현우는 어이없이 오비(*out of bound*: 장외로 쳐 내보낸 공)를 내어 트리플 보기를 하여 보기를 한 노신사에게 2달러를 주었다. 전세는 역전되어 1달러를 잃은 셈이 되었다.

마지막 18번홀(파5)에서 유현우는 파를 잡고 노신사는 트리플하며 총합계 2달러를 땄다.

유현우는 노신사 부부에게 돈을 땄으니 맥주 한잔은 사겠다고 제의하였다. 노부부도 흔쾌히 응하여 주었다.

19홀인 바에 앉아 생맥주를 시켜 놓고 실은 우리 부부도 뉴욕에 산 적이 있다고 이야기하였다.

"뉴욕 어디에 살았습니까?"

"뉴저지주 테나프라이에 살았습니다."

"직장이 맨해튼이었던 모양이군요. 테나프라이는 학군이 좋지요."

"어디에 근무하셨습니까?"

"엑손에 쭉 있었습니다. 당신은 어디에 근무했습니까?"

"은행에 근무하다가 이번에 은퇴하고 트레일러를 끌고 미국횡단을 하려고 합니다."

"참 좋은 계획이오. 우리도 몇 년 전 그런 여행을 한 적이 있었소. 코스는 어떻게 잡았습니까?"

"확정된 계획은 없고 그랜드 캐니언을 거쳐 솔트레이크시티 쪽으로 올라가서 80번 도로를 타고 시카고를 거쳐서 뉴욕으로 가면서 관광도 하고 골프도 치고 낚시도 할 생각입니다."

"좋은 계획이오. 유타주의 자이언 캐니언과 브라이스 캐니언 그리고 옐로 스톤 국립공원에서는 무지개 송어 낚시를 빼먹지 마시오. 골프코스는 옐로 스톤 가는 길목인 레이크 지니비에 있는 지니비 내셔널 골프코스를 놓치지 마시오. 그리고 오하이오 내시포트에 있는 롱거버거 GC도 최근 몇 년 내 개장된 골프코스 중에서 최고의 코스

라오. 미시간의 팀버스톤 GC, 인디애나주 캠프의 버크 보일러 메일커 골프 컴플렉스, 아이다호의 코어 다레인 리조트 골프코스는 서비스 부문에서 최고지요. 미시간주의 이스트랜싱 팀버릿지 GC도 서비스 최고 클럽이고요. 애리조나주 마운틴 홈에 있는 빅크릭 골프코스는 1년 평균 2만 라운드 이상 순회하는 최고의 골프코스요.”

현우는 꼼꼼히 메모했다. 노신사의 열성을 받아주는 의미였다. 노신사의 골프상식은 종횡무진 끝이 없었으나 현우는 이런 유명코스를 일일이 길을 돌아 찾아다닐 열의도 없었고 실력도 없었다. 그저 가는 길목에 프라이빗이든 퍼블릭이든 들를 계획인 것이다.

‘여하튼 노친네는 말이 많아.’

페블 비치 골프코스에서 혼이 난 소희는 일인당 그린피가 275달러나 하는 세계 최대의 난코스라는 스파이 그래스 코스에서 다시 한 번 혼이 난 나머지 파피힐스 골프코스는 취소하고 L. A. 로 가서 사륜구동 GM지프차와 트레일러를 빌렸다.

유현우는 페블 비치의 3대 골프장 중 1개를 빠뜨린 것이 못내 아쉬웠지만 사랑하는 아내의 요청이니 거절할 수가 없었다.

L. A. 에서 한인 슈퍼마켓에 들러 쌀, 과일, 밑반찬, 조미료, 생선 깡통, 라면, 스낵, 간단한 그릇, 숟가락, 젓가락, 밥통, 시리얼, 우유 등 냉장고 가득히 식품을 사 넣었다. 맥주 몇 팩도 잊지 않았다.

그리고 나서 스포츠 용구상에서 낚시 두 대를 샀다. 준비는 끝난 것이다. 부족한 것이 있으면 중간중간 미국 상점에 들러 보충하면 될 터였다.

L. A. 에서 라스베이거스까지는 차로 6시간. 좌우에는 아무 것도 볼 것이 없는 황량한 사막만 펼쳐졌다.

후버댐에 가까워지자 길이 2차선으로 좁아졌다. 창 밖으로는 날

벌레들이 끊임없이 부딪치고 창문을 여니 애리조나 사막의 열기가 차 안에 밀어닥쳤다.

소희와 현우는 어렸을 때 유행했던 '애리조나 카우보이'를 합창하며 청소년인 양 깔깔댔다. 후버댐을 지나니 언덕을 오르다가 내리막길이 펼쳐졌다. 저 아래 분지지역에 라스베이거스가 자리잡고 있었다. 멀리서도 휘황찬란한 라스베이거스의 조명은 황량한 사막에 온 여행객의 이성을 잃게 하는 마력이 있었다. 슬롯머신이 돈을 빨아들이는 최면술을 피우는 듯했다.

그러나 라스베이거스로 들어서니 고속도로변에 신비의 즐거움이 이곳에 있다는 듯 각종 안내판이 즐비하고 '세계 최고의 무제한 최면술사', '자유로운 비디오 포커', '진흙레슬링, 흙투성이 여자들! 시원한 맥주' 등 천박하고 관능적인 간판이 즐비하였다.

하지만 소희나 현우는 이런 천박한 것에 할애할 시간도 관심도 없었다.

몇 년에 한 번씩 라스베이거스는 무엇인가 새로운 슬로건으로 재포장되어 이번에는 '가족휴양지'라는 아이디어를 내걸었으며 좀더 최근에는 '골프휴양지'임을 전면에 내세우고 있었다.

소희가 피곤하다고 하여 오늘 밤은 라스베이거스 호텔에서 호강을 하기로 하였다. 트레일러는 RV 주차장에 세워놓고 승용차만 떼어 가지고 엑스칼리버 호텔로 갔다. 빈방은 얼마든지 있었다. 하기야 객실 수가 3천 개가 넘는다고 하니까.

라스베이거스에서 가장 유명한 코스는 '섀도 크릭 골프코스'로 1인당 500달러나 된다고 한다. 500달러까지 지불할 용의는 없었기 때문에 공항에서 20분 정도 걸리는 '데저트 파인즈 골프클럽'이라는 코스를 찾아갔다. 광고에서는 이곳을 라스베이거스의 파인허스트

(사우스캐롤라이나의 유명한 골프코스)라고 선전하고 있었다.

피트의 아들인 페리 다이란 사람이 설계했다는 비교적 손쉬운 코스인 데저트 파인즈 코스는 순한 양 같은 코스 같았고 소희도 여기서는 자기 핸디인 90을 쳐서 대단히 기뻐하는 눈치였다. 현우는 운전하느라고 지쳐서인지 92를 쳤다. 소희와 현우는 핸디가 같다.

휴식도 하고 쇼도 볼 겸 라스베이거스에서 하룻밤 더 자기로 하였다. 이번에는 룩소르호텔로 숙소를 옮겼다. 룩소르호텔은 라스베이거스 최대명소로 꼽히는 호텔로 피라미드 외관의 건축양식과 스핑크스 등 이집트를 컨셉트로 한 것으로 유명한 곳이다. 특히 일몰 후 피라미드 꼭대기에서 밤하늘을 향해 발하는 빛은 워낙 강렬하여 멀리서 볼 수도 있을 정도이고 호텔객실은 4천 개가 넘으며 객실료는 69달러에서 139달러였다.

MGM쇼를 보고 카지노에 갔다. 슬롯머신은 자정이 지나면 잘 터진다는 속설이 있다. 손님들이 하루종일 코인을 집어넣어 슬롯머신이 배가 불러 코인을 잘 뱉어 낸다는 것이다. 슬롯머신장에는 손님이 거의 빠져나가고 빈자리가 많았다.

현우는 소희에게 잭팟이 잘 나오는 슬롯머신 위치를 잡아주었다. 즉, 사람의 왕래가 가장 많은 곳, 문 입구 등에 위치한 슬롯머신이 확률이 가장 높다. 왜냐하면 그곳에서 와르르와르르 코인이 쏟아지는 소리가 들려야 손님들이 이 카지노에서 슬롯머신을 하면 돈을 딸 수 있을 것이라는 마력이 빠져 여기로 몰려들기 때문인 것이다.

유현우는 블랙잭 테이블로 갔다. 가장 작은 단위인 5달러짜리 테이블에 자리를 잡았다.

블랙잭은 21을 만드는 게임이다. 카드를 3장이고 4장이고 받아서 21이 되면 최고이고 21을 초과하면 딜러(카지노 측)가 무조건 가져

간다. 21이 안 되었을 때는 21에 근접한 측이 이기고 손님과 딜러 양쪽이 모두 21이 되면 비긴다. 유현우는 머리 회전이 빠르고 숫자 암기력이 탁월하기 때문에 블랙잭은 어느 정도 자신이 있었다. 파나마에 출장갔을 때는 호텔비와 술값을 땄을 정도니까.

파나마 시티는 참 재미있는 도시였다. 파나마 운하를 팔 때 팔려왔던 중국인 후손들이 많이 사는데 대부분 음식점을 경영한다고 한다.

파나마 시티에서는 대낮부터 카지노장을 여는데 입장에는 제한이 없다. 주로 블랙잭을 하는데 8시쯤 되면 중국집 종업원이 그날 일당 받은 돈을 삽시간에 잃어버리고 주위를 배회하다 가버리고 9시쯤 되면 중국집 주인 아줌마가 와서 한 20달러쯤 잃어버리고, 10시쯤 되면 주인 아저씨가 가게 문 닫고 카지노장에 나타나는데 아저씨들은 꽤 끈질기게 버틴다. 카지노장에 와서 그날의 운수를 보는 모양이다.

유현우는 회의차 파나마에 1주일 머물러 있었고 밤에 할 일도 없었기 때문에 매일 밤 호주머니에 딱 100달러만 가지고 카지노장을 내려가서 300달러를 따거나 100달러를 다 잃으면 무조건 일어나기로 방침을 세우고 매일 밤 도전을 하였는데 6전 6승을 하였다. 딜러의 카드 돌리는 속도가 너무 느려 상대방 패를 읽기 쉬웠기 때문이다.

라스베이거스의 딜러들은 초일류급이기 때문에 카드 돌리는 속도가 현란했다. 눈이 어질어질할 정도였다. 유현우는 숙달이 되지 않아 카드를 제대로 읽지도 못하고 넘어가는 수도 있었다. 얼마 버티지 못하고 100달러를 잃자 자리에서 일어나 소희한테 가봤다. 소희는 오늘 골프도 잘 맞고 코인도 잘 나온다며 일진이 좋은 날이라고 희희낙락했다.

현우는 잠시 구경하다가 적당히 하고 올라오라고 당부하고 객실로 돌아와 TV를 보았다. 12시가 넘어도 소희가 올라오지를 않았다.

내일 일정 때문에 걱정을 하며 그까짓 것 야통(夜通)하면 라스베이
거스에서 하룻밤 더 보내지 하는 아량으로 침대에 누웠다. 소희가
들어오는 기척에 잠을 깨니 새벽 3시였다.

"돈 좀 땄어?"

"한때 천여 달러까지 땄는데 결국 다 털리고 말았어. 당신이 자자
고 했을 때 그만두었으면 5백 달러는 땄는데 아까워 죽겠네."

소희는 못내 아쉬워하며 샤워실로 들어갔다.

다음 날 12시쯤 체크아웃을 하고 단돈 5달러짜리 뷔페로 아침 겸
점심을 때운 다음 '한 잔의 술'로 유명한 가수 이장희(L. A. 한인 라디
오 사장)가 조영남만 오면 데리고 간다는 죽음의 계곡(Death Vally)
으로 향했다. 이장희는 지금까지 이곳을 40번이나 방문했다고 했
다. 무엇이 좋아서 그렇게 찾아가는지 호기심이 나서 한번 가보기로
한 것이다.

데스 밸리(Death Vally)는 옛날 몰몬교도들이 서부로 이동하다 떼
죽음을 당한 곳이다. 물이 말라붙어 소금만 남아 있는 계곡엔 섭씨
50도 이상으로 열풍이 불어닥쳤다. 하지만 습도가 높지 않아 그리
짜증스럽지는 않았다. 꼭 사우나탕에 들어온 느낌이었다. 이장희가
40번이나 찾은 심오한 뜻을 헤아릴 수가 없었다.

데스 밸리를 뒤로 하고 그랜드 캐니언으로 방향을 잡았다. 그랜
드 캐니언은 소희도 2번, 현우는 3번이나 가본 곳이지만 갈 때마다
오묘한 새로운 느낌이 있어 동부로 가는 길이니 다시 한 번 들르기
로 한 것이다. 현우는 중학교 때 국어 교과서에 천관우 씨의 〈그랜
드 캐니언 관광기〉를 인상깊게 읽었기에 그리 자주 가는지 모른다.
그리고 고등학교 국어 교과서에 정비석 씨의 〈산정무한〉이란 산문

의 문체가 하도 현란한 기억에서 벗어나지 못하여 금강산이 개방되자 선발대로 금강산 관광을 한 바도 있었다.

사막을 가로질러 시속 120㎞의 속도로 달렸다. 일직선의 길, 가도 가도 앞뒤로 달리는 차가 보이지 않았다. 오로지 붉은 흙과 군데군데 돌기된 흙무덤뿐이었다. 차가 고장이라도 나면 어떻게 하나 덜컥 겁이 났다. 데스 밸리에서 그랜드 캐니언까지는 이 속도로 달리면 8시간은 걸릴 터였다. 그래서 140㎞ 정도로 액셀러레이터를 밟았다.

소희는 오수(午睡)에 빠져 속도위반을 하고 있는지도 모르고 잔소리를 하지 않았다. 평소 같으면 조금만 속도위반을 하여도 제동을 걸었을 텐데.

그런데 어디서 나타났는지 보통자동차 뚜껑 위에 경찰신호등을 붙인 차가 삐잉삐잉 하면서 쫓아왔다. 차를 갓길에 세우니 운전면허증과 차량등록증, 그리고 자동차보험 증서를 내놓으라고 했다.

현우와 소희는 뉴저지 운전면허증을 가지고 있었다. 뉴욕지점장 시절 취득한 면허증을 4년마다 30달러 정도 주고 갱신해 왔던 것이다.

속도위반 벌금이 100달러이라고 했다. 딱지를 뗄래, 그렇지 않으면 내일 카운티(군청)에 있는 순회재판소에 출두하여 재판을 받을래 하면서 겁을 준다. 여행자가 어떻게 하룻밤을 낭비해가면서 재판을 받겠는가? 그 자리에서 100달러 딱지를 떼어 받고 수표로 송금하기로 하였다. 소희한테 잔소리를 들으며 운전을 계속하였다. 4륜구동 지프차는 트레일러를 달고도 아무런 저항 없이 쾌적하게 달렸다.

아까 140㎞로 달리면서 갓길에 하얀 차가 서 있기에 이 황량한 사막에 차가 고장나서 고생깨나 하겠다고 동정하면서 지나왔는데 그게 경찰차였던 것이다. 경찰차가 고장차인 양 위장하고 있다가 속도위반 차량이 지나가면 얼른 경찰 신호등을 지붕 위에 얹고 쫓아온 것이었다. 미국경찰은 한국경찰보다 더 악랄하다.

한참을 달리다 보니까 또 고장차가 서 있었다. 속도위반을 하지 않았으니 잡지는 않겠지 하고 안심하고 지나가며 옆을 보니 웬 한국 남자 같은 사람이 손을 마구잡이로 흔들며 SOS를 청하고 있었다. 이 황량한 사막에 한국인을 방치할 수 없어 후진을 하여 뒤돌아보니 천만 뜻밖에도 박치수였다.

"여긴 웬일이오?"

"아이구, 살았습니다. 미국 놈들 인심이 이렇게 사나운지 몰랐소. 3시간째 손을 흔들고 서 있는데 세워 주는 놈 한 놈 없습디다."

"히피가 나타난 후 범죄가 많아서 모르는 사람은 차에 태워주지 않는 겁니다. 심지어 권총을 들이대거나 마약 넣은 주사기를 푹 쑤셔 넣어 정신을 잃게 한다고 합니다. 박 사장도 미국 여행할 때 조심하셔야 할 겁니다. 그건 그렇고 미국에는 어떻게?"

"집행유예를 받아서 머리도 식힐 겸 안식구하고 미국 여행을 왔습니다. 참 어이, 여기 인사 드려. 내가 평소 가장 존경하는 유 은행장님이셔."

"말씀 많이 들었습니다. 덕분에 큰 위기에서 벗어났습니다."

박치수 부인은 꽤 조신해 보였다.

박치수의 렌터카는 버리고 한차로 그랜드 캐니언으로 향하였다. 가다가 주유소에서 렌터카 회사에 전화하여 고장난 장소만 얘기해 주었다. 그러면 그랜드 캐니언에서 새 차를 주겠지.

"하여튼 미국 놈들 차는 형편없어. 그러니까 차 최대 소비시장인 미국에서 일본, 유럽, 한국 차가 판을 치지. 얼마나 고생했는지 모릅니다. 날은 덥지, 그늘 하나 없지. 여하튼 유 행장 만나지 않았으면 여기서 삶은 돼지 될 뻔했소."

'하기사 살이 찌고 배가 튀어나온 게 꼭 돼지 같다. 여하튼 박치수는 재주가 좋기는 좋아. 어떻게 집행유예를 받았지?'

유현우는 혼자 생각했다.

가도가도 사막이던 지형에 어느새 푸른 초원이 보인다. 그랜드 캐니언 입구에 도달한 것이다. 입구는 차선이 조금 좁아지고 공원입구에서 1주일짜리 티켓을 파는데 10달러였다.

공원 내에서는 주차장에 차를 두고 셔틀버스로 이동해야 했다. 박치수는 피곤하다며 예약해둔 호텔로 바로 들어가고 현우와 소희는 계곡 아래까지 트레킹을 하기로 하였다. 현우도 몇 번 이곳에 와 보았지만 시간이 없어 계곡 아래까지는 가보지 못했다. 3천m 깊이의 계곡이 까마득히 보이는데 거기까지 내려가는 것이다.

소희와 현우는 물병과 비스킷만 가지고 서서히 계곡으로 내려갔다. 9월의 작렬하는 애리조나의 태양은 두 사람을 괴롭혔다. 습도가 없어서인지 땀은 별로 나지 않았다.

"소희야, 우리 왜 이런 고생을 사서 하지?"

"당신과의 유대감을 다지기 위해서겠지."

"아니야, 고생 끝에 오는 기쁨을 느끼기 위해서야."

"나는 저 미지의 세계에 대한 궁금증 때문에 우리가 내려간다고 생각하는데 …."

"그것도 이유 중의 하나겠지. 그러나 더 큰 이유는 우리가 존재하고 있다는 것을 확인하기 위해서야."

"무슨 얘기예요? 선문답도 아니고."

"너와의 사랑을 확인하러 내려가는 거야. 이렇게 열사의 뙤약볕에서 고생을 함으로써 공동체로서의 결속감도 느끼고 이런 대자연 속에서 우리는 나약한 한 쌍의 나비모양 서로가 서로를 보호해가며 사랑을 다지게 되는 거지.”

“인생의 황혼기에 들어선 우리에게 가장 중요한 것은 무엇일까요?”

“모든 사람이 건강, 건강, 건강만 부르짖지. 이제 밥걱정은 안 하게 되었다는 거야. 30~40년 전만 해도 끼니 때우기 힘들어서 극히 일부분의 사람을 제외하고는 건강에 별 신경을 쓰지 못했지.”

“그래요. 요즘은 동네마다 헬스클럽, 골프연습장, 요가교실, 조깅, 등산, 테니스장, 수영장 등 건강산업이 번창하고 있어. 세상 참 많이 변했어.”

“하지만 인생에 가장 중요한 것은 오래 사는 것이 아니라 기쁨, 흥분, 모험, 그리고 성취가 어우러지는 매 순간을 맛보는 것이지.”

“그래요. 프로이트는 인간생활에서 가장 중요한 것은 일과 사랑이라고 했어요.”

“미국인들이 성공의 척도로 생각하는 상위 여섯 개는 인생에서의 만족, 자기조절, 행복한 결혼, 직업적 성공, 중요한 일을 해내는 능력, 그리고 잘 자란 아이들이라고 했어. 돈이 인생의 중요한 성공요소라고 응답한 사람은 25% 미만이었어. 두둑한 현금자산, 넓은 아파트, 출세 등이 보통사람의 야망이지. 이런 것들이 잘못되었다는 것은 아니야. 하지만 이러한 목표를 달성하지 못했다고 해서 성공적 삶을 살지 못했다고 말할 수는 없는 거야. 이는 미 대통령을 지낸 지미 카터가 한 말이야. 인간의 야망은 자주 분노, 시기, 갈등, 고통, 좌절, 자기불신 등을 일으키면서 평화와 기쁨을 빼앗아버리곤 하지.”

“그래요. 우리의 자산 가운데 가장 소중한 것은 바로 든든한 가족이에요.”

이런저런 대화를 하다보니 별로 힘들이지 않고 계곡에 내려온 그들은 래프팅을 하자고 졸라대는 현우의 제의를 소희가 한사코 말리는 바람에 뜻을 이루지 못했다.

그랜드 캐니언의 일몰은 세계적으로 유명하다. 구름이 사이사이로 새어나와 저물어 가는 태양의 마지막 장엄한 의식은 환상적이다. 시시각각 색깔이 달라지고 형상도 형형색색이다. 인생의 낙조도 이러할까?

그랜드 캐니언 국립공원 내에 있는 캠핑장에서 저녁을 해먹고 트레일러에서 잠을 잤다. 그랜드 캐니언 국립공원은 전 세계에서 가장 엄청난 침식작용이 일어난 곳 중 하나로 뛰어난 전망을 갖추고 있으며 공기가 신선하기 짝이 없었다. 십여 마리의 사슴들이 뛰노는 것이 눈에 보였다.

헬리콥터를 타고 그랜드 캐니언을 다시 감상하기로 하였다. 언제 다시 와 보겠는가. 우선 아이맥스 극장에서 그랜드 캐니언의 웅장함을 만끽하였다. 어쩌면 아이맥스 극장에서 보는 그랜드 캐니언이 더 실감이 나는 듯했다.

두둥실 떠오르는 헬리콥터, 날씨는 쾌청했다. 소희는 헬리콥터를 처음 타봤다. 캐니언에 이르기까지는 소나무 숲 위를 날아갔다. 녹색의 숲이 갑자기 끊어지고 캐니언이 나타났다. 장대한 계곡, 바위, 벽이 눈 아래 펼쳐졌다. 이 순간에 숨을 죽이게 된다. 그린에서 반사되는 바위, 우뚝 솟은 바위, 희고 붉은 바위들. 구불구불 흘러가는 강. 인디언 보호구역에 접근하니 헬리콥터는 공중에 정지하여 좀 더 자세히 구경할 수 있게 해줬다.

벽을 빠져나가면 다시 장대한 캐니언이 펼쳐졌다. 콜로라도 강에서 래프팅하는 보트가 보였다. 헬리콥터는 계곡 사이를 나비처럼 춤추며 날아갔다. 강의 흐름을 따라가면 아름다운 폭포가 보였다. 상류로 눈을 돌리면 여러 개의 폭포가 연속되어 있었다. 초록색으로 펼쳐진 밭이 적갈색의 계곡 사이에서 날아올랐다. 좀더 접근해 보면 집들이 여기저기 흩어져 있고 어느 집이건 뜰 앞에 말이 매여 있었다. 인디언 거주지인 히바스파이 마을인 것이다. 인구가 겨우 450명이고 마을에는 자동차가 없다고 한다.

저녁에 박치수가 찾아왔다.

"유 행장 신세 많이 졌는데 한 번 더 신세지기로 합시다. 내 창피해서 입이 떨어지지 않는데 ⋯."

"무슨 말씀인지 얘기해 보세요."

"실은 라스베이거스에서 가지고 온 돈을 다 잃어버리고 카드도 한도가 거의 차서 여행을 포기하고 귀국하려고 했는데 아내가 아직 그랜드 캐니언 구경을 못 하였고 호텔 값은 예약할 때 미리 지불했기 때문에 여기까지 오게 된 겁니다. 밥 사먹을 돈, 휘발유 값 등 용돈이 부족하니 한 천 달러만 빌려줄 수 있겠소? 서울 가서 배로 갚으리다."

그 패기만만하고 배짱 좋던 박치수도 돈이 떨어지니까 이렇게 비굴해질 수가 없었다. 노름을 해도 즐기는 정도에서 해야지 왜 끝장을 보려고 할까? 그건 인간의 본성이겠지. 절제는 수련을 통해서만이 가능한 것일까?

유현우는 순순히 돈을 빌려줬다.

다음 날 그랜드 캐니언에서 북상하여 자이언 국립공원에 도착하였다.

'자이언'이란 이름은 몰몬교가 붙인 것으로 '신의 정원'이라는 의미를 가지고 있다. 그래서인가, 큰 바위들은 대단히 엄숙한 분위기를 느끼게 했다.

자이언은 절벽, 험한 사면이 많아 록 크라이머들이 열심히 바위를 타고 있다. 선명한 느낌을 주는 빨강, 갈색을 중심으로 흰색, 노란색이 아름답게 어우러져 있다.

바위 표면에는 엄한 자연을 참고 견뎌온 황량함이 있으며, 자연의 힘으로 생긴 터널, 아치, 단층, 깊은 골짜기 등 거대한 바위가 다이내믹한 모습을 자랑하고 있었다. 이곳에서 빨간 바위를 배경으로 서부영화를 많이 찍는다고 한다.

자이언 계곡은 버진 강의 침식에 의하여 생겨났는데 소희와 현우는 관광객들을 따라 신을 벗어들고 바지를 걷어붙인 다음 나무지팡이를 하나 짚고 계곡을 거슬러 올라가 봤다. 깊이 들어갈수록 계곡은 깊어지고 별 구경거리도 없고 해서 중간에서 되돌아 나왔다.

다음은 자이언의 조금 북쪽에 위치한 '브라이스 캐니언' 국립공원으로 향했다.

대자연의 침식작용에 의하여 조각된 브라이스 캐니언의 바위들은 실로 각양각색이었다. 핑크색을 중심으로 상아색, 노란색, 흰색, 갈색이 서로 미묘하게 섞여서 빛을 발하고 있었다. 브라이스 캐니언은 침식작용으로 움푹 팬 말발굽 모양의 커다란 저지대로 바위들이 가지각색 형상을 하고 층층이 쌓여져 있었다.

전망대에서 협곡을 내려다보면 바위 하나하나가 사원, 탑, 불상 또는 예수상을 연상케 했다. 마치 수만 개의 불상 또는 예수상이 여기저기 어우러져 있는 것 같았다. 만불동이라고나 할까.

말발굽 모양을 한 계곡 바닥에는 몇 개의 하산길이 있어 비교적 용이하게 계곡 바닥으로 내려갈 수 있었다.

소희와 현우는 계곡으로 내려가서 위를 올려다보니 우뚝 솟은 바위들이 위에서 내려다보는 것과는 다른 이미지를 가지고 다가왔다.

바위터널, 다리를 지나가면 문득 근처에 있는 바위가 인간이나 동물의 모습으로 보여 이상한 나라에 들어온 것 같은 기분이 들었다.

자이언이나 브라이스 캐니언은 유타주에 속해 있지만 애리조나주와 마찬가지로 창 밖은 보통 붉은 흙 일색이었다. 가도가도 끝없는 붉은 색 광야였다.

"그랜드 캐니언과 자이언 국립공원, 그리고 브라이스 캐니언 중 어디가 제일 마음에 들어?"

"글쎄, 나는 여자라서인지 규모는 제일 작지만 브라이스 캐니언이 제일 마음에 들어. 오밀조밀 아름다운 게 마치 어릴 때 소꿉장난하던 게 생각나. 그랜드 캐니언이나 자이언은 너무 남성적이라서 위압감이 있어요."

"하긴 그래. 그러나 난 그랜드 캐니언이 제일 좋아. 어디서 보아도 다른 모양이 나오거든."

"그래서 당신은 이런 여자 저런 여자 좋아하는군. 보는 각도에 따라 달라 보이는 여자 등…. 혹시 당신 바람둥이 아니야?"

"지금까지 30년간을 살아 보고도 몰라?"

소희를 만난 건 현우가 대학교 3학년 때였다. 집이 사직동인 현우는 신문로 주택가를 쭉 내려와 구세군 본부 앞에서 전차를 타고 종로 5가에서 내려 등교하곤 하였다. 낙엽이 곱게 물들어 가는 어느 가을 아침, 신문로에서 앞서 가는 한 여학생을 발견한 것이다. 긴 생머리에 단정한 스커트, 잘빠진 각선미의 뒷모습이 참 아름다웠다.

조금 거리를 두고 뒤를 쫓아가니 그 여학생도 현우와 같은 전차를 타고 종로 5가에서 내리는 것이었다. 그 다음 날부터 현우는 학교에 갈 시간이면 10여 분 앞서 신문로 골목 앞에서 그 여학생을 기다렸다. 집도 알아두었다.

　신문로는 일제시대 때 조선총독부 일본인 관사촌으로 해방 후 주로 고위관직에 있던 한국인들이 불하받아 살고 있던 고급주택가였다.

　그 여학생 집의 반대편 대문에 서성대다가 대문을 나오는 그 여학생의 얼굴을 훔쳐보았다. 백옥 같은 피부에 단아하고 참 청순한 얼굴이었다. 키도 164㎝ 정도 될까.

　그 여학생이 앞서 가기를 기다리다가 그날도 서서히 학교까지 뒤따라가 어느 강의실로 들어가는지 확인하였다. 영문과 강의실이었다. 종강시간에 맞추어 유현우는 영문과 강의실 앞에서 서성이다가 그 학생이 나오면 또 뒤를 따라갔다.

　계절이 바뀌어 첫눈이 내렸다.

　그날도 현우는 그 집에서 서성이다가 여학생에게 말을 붙였다.

　"저, 법과대학 3학년 유현우입니다."

　현우는 교복에 대학 배지를 달고 있었다.

　"무슨 일이세요?"

　"그냥 등교길이 같은 것 같아서 인사를 드리는 겁니다."

　"그냥 저 혼자 갈래요."

　소희는 경계심을 가지고 현우의 제의를 뿌리쳤다. 첫날은 실패.

　다음 날 다시 현우는 소희 집 골목어귀에 서성였다.

　"같이 갑시다."

　"저 혼자도 갈 수 있어요."

　"그러지 마시고 이런저런 얘기하며 가면 심심하지 않아 좋지 않나요?"

　"댁하고는 할 얘기가 없어요."

　쌀쌀맞기 그지없었다. 그날도 실패.

　3일째 현우는 또 소희의 집 앞을 배회했다. 소희의 뒷그림자를 쫓

다가 또 말을 붙였다. 어느 때는 이야기조차 붙이지도 못하고 학교
까지 가는 경우도 있었다. 소희는 유현우가 뒤에서 따라오는 것을
알고 있는 듯하였다.

　어느 날 큰 눈이 오고 길은 온통 빙판이었다. 신문로 길은 약간
내리막이다. 그 날도 소희네 집 뒤에서 소희가 나오기를 기다리고
있었다. 앞서 가던 소희가 갑자기 미끄러지더니 일어나지를 못하며
짧은 비명을 질렀다. 현우가 놀라 쫓아갔다.

　"제가 부축해 드릴까요?"

　"괜찮아요. 제가 일어나겠어요."

　일어나려고 하다가 또 비명을 질렀다. 아마 다리 골절상을 입은
것 같았다. 그제야 사태의 심각성을 깨달은 소희는 현우의 등에
업혔다.

　1970년대 초반까지도 뼈가 부러지면 접골원에서 치료를 받았다.
정형외과는 종합병원에나 있었고 비용도 비쌌기 때문에 주로 유도
사범출신이 운영하는 접골원에서 뼈를 맞추고 깁스를 하곤 했던 것
이다. 그리고 다행히 접골원은 이 근방에 몰려 있었다. 현우는 소희
를 접골원까지 업어다 준 다음 소희네 집으로 뛰어갔다. 초인종을
누르자 식모가 나왔다.

　"누구세요?"

　"네, 이 집 따님이 빙판에 넘어져서 다리가 부러졌습니다."

　식모가 급히 안으로 들어오라고 했다.

　잠시 현관 앞에서 기다리고 있자니 단정하고 곱게 늙어가는 부인
이 허겁지겁 나왔다.

　"학생! 뭐라고? 우리 딸애가 다쳤다구요?"

　현우는 자초지종을 이야기했다. 현우는 소희엄마를 부축하고 눈

길을 조심하며 접골원에 갔다.

곧 방학이 되어 그 뒤 소희를 만나볼 수 없었고 그해 겨울은 그렇게 지나갔다.

봄이 왔다. 신문로 집집마다 백목련이 피더니 탐스러운 자목련이 피어나기 시작할 무렵이었다. 소희가 목발에 의지한 채 책가방을 들고 문 앞에 나타났다. 매일 소희네 집 앞에서 이제나저제나 하고 서성이던 현우는 소희에게 쫓아가 책가방부터 빼앗았다.

"걷기에 불편하지 않으세요?"

"많이 나았어요. 2~3주만 기다리면 깁스를 푼다고 해요."

지난겨울 응급조치를 해 준 인연으로 이젠 사분사분하게 대해주었다.

현우는 소희를 부축하여 전차를 타고 종로 5가에서 내려 문리대까지 한참 걸어서 소희를 데려다 주었다. 현우의 학교는 이미 지나왔지만 소희와 같이 걷는 것만 해도 가슴이 터질 것 같고 구름 위를 둥둥 떠다니는 것 같았다. 그저 기쁘고 즐거웠다. 대화가 없어도 즐거웠다. 현우는 외아들이었고 사촌들도 없었기 때문에 여자라곤 엄마밖에 몰랐다. 그리고 소학교 때부터 줄곧 남자반에서 다녔고 대학도 여학생은 한 명도 없었으며 지금까지 같은 나이 또래의 여자하곤 말 한마디 나눈 적이 없었다. 그렇기에 소희를 부축하고 가면서도 무슨 말을 해야 할지 입이 떨어지지를 않았다. 한마디 하는 데 몇 분씩 생각하고 난 다음 말을 건넸다.

"영문과에 다니시죠?"

"어떻게 아셨어요?"

"영문과 강의실에 들어가는 것을 보았거든요. 영문과는 공부를 제일 잘하는 여학생이 들어가는 데라고 하던데 ….."

"법과대학 들어가기가 더 어렵지 않나요?"

“몇 학년이세요?”

“1학년이에요. 댁은?”

“저는 3학년이에요. 하지만 대학 1학년 때 학보로 군대를 다녀왔기 때문에 학번으로 따지면 5학년인 셈이지요. 하하하 ….”

“그럼 저하고 4학년 차이가 나네요. 제가 중 3때 댁은 벌써 대학에 들어 왔겠네요.”

“그런 셈이지요. 참, 영문과에서는 영어소설 많이 읽나요?”

“학교에서 가르치는 영문소설은 셰익스피어, 체호프, 밀턴 등 어렵고 재미없어 강의실에서나 보고 영어공부도 할 겸 주로 동대문 헌책방에 가서 대중소설인 페이퍼 백을 사서 읽어요. 《뉴욕타임스》가 추천한 베스트셀러는 대개 재미있어요. 특히, 이언 프레밍의 〈제임스 본드 시리즈〉는 참 재미있어요. 냉전시대의 첩보물을 그린 소설은 대개 재미있어요.”

“여학생은 《러브스토리》나 《빨강머리 앤》 같은 순수한 책을 더 좋아할 것 같은데 ….”

“저는 그런 책은 여고시절에 학교 도서관에서 번역판으로 다 읽어서 재미없어요.”

“공부는 않고 소설책만 읽었나요?”

“네, 공부는 시험 때만 집중해서 했고 그저 소설 읽고 만화 그리기에 여고 시절을 보냈어요.”

“만화도 그리세요?”

“네, 참 재미있어요. 제 작품 유치하지만 언제 보여 드릴게요.”

한번 물꼬가 터진 그들의 대화는 끝이 없었고 등굣길에 다 못한 말은 강의가 끝나면 학림다방에서 만나서 계속 이어졌고 그도 모자라면 동춘홍 자장면 집으로 이어졌다. 때로는 문리대 마로니에 숲

벤치에 앉아서 끝없이 대화를 나누기도 하고 명동에 진출하여 돌체다방에서 차를 마시며 한 연배 위인 생기발랄한 젊은이들을 관찰하기도 하였다. 종로 2가 우미관 뒷골목의 '디 쉐네', '세시봉'이라는 음악감상실에서 시간을 보내기도 하였다.

일요일에서는 북한산 등산을 가기도 했고 어떤 때는 종로 1가에 있는 고전음악실 '르네상스'에서 하루를 보내고 그 밑에 있는 희다방에서 차를 마시기도 하였다. 그런 날은 청진동 골목 '열차집'에서 빈대떡을 안주로 막걸리를 마시기도 하였다. 덤으로 주는 어리굴젓과 양파를 빈대떡에 얹어 먹으면 그 맛이 천하일품이었다.

현우의 바람은 그저 순수하게 소희를 지켜주기 위함이었다. 마치 처녀성을 지켜주는 수호신인 양.

현우에게 소희는 첫 여자였고 물론 소희에게도 현우는 첫 남자였다. 한참 나이인 현우에게 왜 소희를 여자로 소유하고 싶은 욕망이 없었겠는가? 그러나 현우는 소희를 깨끗하게 지켜주고 싶었다.

"현우 씨는 고시공부 안 하세요?"

"나는 고시공부 생각 없어요."

"그러면 왜 법과대학에 들어갔어요?"

"학교성적이 좋으니까 담임 선생님이 학교 명예를 위해서 법과대학에 들어가라고 해서 들어간 것뿐입니다. 실은 국문과에 들어가려고 했는데 담임 선생님이 법과대학 입학률이 높아야 학교 명예가 올라간대나 어쩐대나. 그래서 법과대학에 들어오긴 했는데, 들어와 보니 분위기가 영 내 맘에 들지 않았어요. 입학하자마자 고시공부한다고 도서관에 자기 개인자리를 점령해 놓고 있지를 않나, 어떤 놈은 심지어 입학하자마자 입산하여 시험 때만 하산하여 학점만 따기도 하고, 온통 출세욕에 감금된 친구들밖에 없어요. 낭만하고는 담을 쌓은 친구들뿐이지요. 그래서 나는 당구장에서 소일하다가 일찌 감치 대학 1학년 마치고 군대에 간 거지. 그 당시 대학생이 군대가면 1년 반만 복무하면 되었어요. 군대 마치고 나오니 친구들은 벌써 대개 졸업해 버렸더라구."

"왜 국문과에 가려고 그랬어요?"

"내가 소설을 처음 읽은 것은 소학교 2학년 때였어요. 그때 김래성의 《쌍무지개 뜨는 언덕》과 서양소설인 뒤마의 《철가면》을 아버지가 사다 주셨지요. 그것을 읽고 얼마나 감동했는지 몰라. 그 돈암동에 살던 은주가 불렀던 〈보리수〉라는 노래가 하도 인상적이어서 고등학교 때 독일어 시간에 열심히 연습하여 지금도 한 곡조 뽑을 수 있지. '암 부르넨 포어 뎀 토레 다 슈테트 아인 린덴바움 ….' 그리고 중학교 때 빅토르 위고의 《레 미제라블》을 읽고 얼마나 감동했는지 나도 그런 소설 한번 써보겠다고 결심한 거지. 그게 동기예요. 소희 씨는 왜 영문과에 들어갔어요?"

"저도 학교 성적이 좋으니까 학교 명예를 위해 E대보다 S대를 가라고 해서 S대에 온 거예요. 사실 친구들이 거의 E대에 가서 저도 E대에 가고 싶었는데 선생님이 강권을 하고 아버지도 원하셔서 S대에 지원한 거지요. 사실 저는 공부에는 별 관심이 없었어요. 공부시간이면 노트에다 만화만 그리고 공상에 잠기곤 했어요."

유현우는 대학을 졸업하자 딱히 갈 데도 없고 하여 장난삼아 은행 입사시험을 본 것이 평생직업이 되어 버리고 만 것이다. 은행생활 34년은 참으로 역동적으로 화려하게 보냈다. 외교관 못지않게 국위 선양도 하였다. 현우는 주로 국제금융분야에서 일했던 것이다.

소희와는 지금까지 싸움다운 싸움 한 번 한 적이 없다. 현우는 소희를 늘 감싸주었고 소희는 내면의 아름다움으로 조용히 현우의 사랑에 응답하여 왔다. 자녀는 위로 딸 다영과 아들 지민을 두었다. 딸은 제이피 모건에서 일하고 있고 아들은 하버드에서 MBA, 예일에서 로스쿨을 나와 미국 로펌(법무법인)에서 일하다가 지금은 한국 굴지 대기업의 기획조정실 상무로 일하고 있고 며느리 민채영은 음대 조교수로 출강하고 있다.

이제 유현우 부부에게는 부담이 없었다. 그저 남은 인생을 즐기는 것뿐.

현우는 결심했다. 지금껏 일에 바빠서 소희에게 못다한 사랑을 여한없이 쏟아 넣으리라고. 인생의 남은 목표를 아내에 대한 사랑으로 삼으리라고. 힘있을 때 조금이라도 더 사랑하자고 결심했다.

아내란 무엇인가. 아내는 인생의 반려자라고 한다. 인생을 함께 하는 영원한 벗이 아내인 것이다. 친구, 친척, 형제들은 다 떨어져 나가도 마지막으로 남은 단 하나의 친구는 아내인 것이다. 이런 아내를 소홀히 할 수는 없는 것이다.

소희는 치매에 걸리신 시어머니를 잘 보살펴 드렸다. 툭하면 가출하여 연락 두절, 변기에서 물이 샌다고 물이 내려가는 것을 막기 위해 변기에 옷가지 쑤셔 넣기, 식사를 하시고도 금방 또 밥을 달라고 화내시기, 며느리가 돈을 훔쳤다고 때리기, 주전자의 물을 끓이다가 물이 다 졸아 버려 주전자를 불태우기, 귀여운 손주가 왔는데도 '너는 누구니?' 하고 묻는 등 한이 없었다.

잠시라도 시어머니 곁을 떠나 있을 수 없었다. 그러기를 5년, 보다 못한 현우가 어머니를 치매 요양원에 입원시켜 드렸다. 지금 연세가 93세. 사실 만큼 사셨다. 그런데 인생의 마지막 길에 치매에 걸려 아들딸도 잘 못 알아보시는 어머니를 볼 때마다 현우는 가슴이

미어진다. 지금도 치매 외에 건강상태는 같은 연령에 비하여 아주
좋으시다.

여하튼 아내는 시어머니 때문에 고생을 많이 했다. 그걸 사랑으
로 보답해주는 수밖에 다른 방도가 어디 있겠는가.

언덕바지에 있는 유타 주립대를 지나다보니 조그만 한글간판이 보
였다. 그 앞에 차를 세우고 라면, 쌀 등 한국식품을 구입하였다. 별
유명하지도 않은 이 대학에 한국유학생이 얼마나 많이 왔으면 한국
슈퍼마켓까지 있을까.

솔트레이크시티에 들어갔다. 청결한 거리와 친절한 사람들. 이
도시는 몰몬교의 총본산지로 시민의 70%가 몰몬교 신자라고 하며
이들은 술도 담배도 하지 않는다. 여기까지 온 김에 몰몬교 총본산
인 '템플 스퀘어'에 들어가 봤다. 대예배당은 코페판 같은 모양을 한
커다란 건물인데, 1867년에 세워졌으며, 기둥을 하나도 사용하지
않은 돔(세로 76m, 가로 46m, 높이 25m)으로 안으로 들어가면 정면
에 큼직한 파이프 오르간이 있다. 크고 작은 10,814개의 파이프로
이루어진 세계 제일의 오르간이다.

솔트레이크시티에서 북상하면 유명한 옐로 스톤 국립공원에 다다
른다. 옐로 스톤은 1872년 미국 최초이자 세계 최초로 국립공원으
로 지정된 곳으로 와이오밍주, 아이다호주, 몬태나주에 걸쳐 있는
세계 최대 규모의 국립공원으로 면적이 우리나라 경상남·북도를
합친 것보다 크다. 특히 간헐천이 유명한데 세계 3대 간헐천인 아이
슬란드, 뉴질랜드의 로터루아 중 규모가 가장 크다.

간헐천은 화산지대형에서 나타나는 것으로 열수(熱水)가 수증기

와 함께 주기적으로 일정한 시간 간격으로 지상으로 뿜어져 나오는 것을 말하는데 아이슬란드의 가이저(*Geyser*: 분출이라는 뜻)가 어원이다. 또한 버팔로(아메리카 들소), 물소, 곰, 사슴, 비버, 야생양, 야생조류, 코요테, 무스, 살쾡이, 고라니 등 각종 동물을 볼 수 있다. 공원 게이트는 동서남북, 무려 5군데나 된다.

'올드 페이스풀'이 공원의 관광기점으로 옐로 스톤의 하이라이트인 세계 제일의 간헐천(지하에서 간헐적으로 열탕이 뿜어져 나오는 구멍)이 있다. 간헐천은 분출하는 주기에 따라 규칙형과 불규칙형이 있는데 세계적으로 만여 개의 크고 작은 간헐천이 있지만 다른 것들은 규모가 작거나 분출이 불규칙한 데 비해 옐로 스톤의 간헐천은 오랜 세월 동안 거의 규칙적(평균 80분 간격)으로 분출해 왔다고 하여 올드 페이스풀 풀(Old Faithful Pool)이라고 불린다.

올드 페이스풀은 분출되는 물의 양이 많고 수증기가 높이 50~60m까지 뿜어 올라 그 퍼지는 흰 수증기는 바람이라도 불 양이면 멀리 퍼져나가 경이로운 볼거리를 제공했다. 뿐만 아니라 옐로 스톤은 그랜드 캐니언보다 더 아기자기한 협곡, 삼림, 드넓게 펼쳐진 온천, 머드 풀, 깨끗한 강, 미국 최대의 산중호수 등 볼 것이 많았다. 주위는 온통 온천지대로 사방에서 물이 부글부글 끓었다.

옐로 스톤을 한 바퀴 돌아본 다음, 드디어 옐로 스톤에서 낚시를 하기로 하였다.

인포메이션 센터에 가서 낚시허가증을 발급받아 보트를 빌린 다음 미국에서 가장 큰 호수라는 옐로 스톤 호수로 나아갔다. 모터보트를 서서히 작동하여 호수 가운데로 나아가 낚싯대를 드리운다. 미끼는 지렁이를 끼우는데 소희는 징그럽다며 끼우지를 못했다. 현우가 대신 끼워줬다. 낚싯줄을 드리운 지 30여 분이 지났는데도 반응이 오지 않았다. 모두 낮잠을 자나, 그렇지 않으면 낚시꾼들이 씨를 말렸나?

태양이 잔잔한 물결에 부서지는 것만 물끄러미 바라보고 있을 때, 갑자기 소희가 환성을 울렸다.

"물었어요."

"뭐가 물어?"

"무언지 묵직한 게 느껴져요."

"조심조심 끌어 당겨."

소희는 신중에 신중을 기했다. 드디어 고기가 수면에 자태를 나타냈다. 검은 등줄기가 물살을 가로지르며 요동을 쳤다. 소희는 릴을 한껏 끌어 올려 줄을 최대한 짧게 한 다음 송어의 행동폭을 좁게 조여들어 갔다. 송어는 뱃전을 앞으로 갔다 뒤로 갔다 하며 20여 분 정도 실랑이 하다가 지쳤는지 뱃전에서 흐느적댔다. 뱃전까지 끌어 놓은 송어를 현우가 뜰채로 낚아챘다.

'카트스로트'라고 하는 송어의 일종이다. 저녁거리를 마련하였으니 오늘 낚시는 끝.

둘은 유유히 호수를 여기저기 떠돌며 호수 주변의 산자수명한 풍광을 즐겼다. 수목이 참 아름다웠다. 하기야 수천 년간 어느 누구도 손을 대지 아니한 숲일 터이니 원시림과 다를 게 무엇이 있겠는가.

피곤해 하는 소희는 트레일러 침대에 누워 쉬게 하고 현우는 조리대에서 생선을 다듬었다. 반은 필레(순생선살)를 떠서 회를 만들고 반은 매운탕을 끓였다. 이 송어회는 연어 맛이 났다.

다음 날은 흐르는 강가에서 무지개 송어 낚시를 하기로 하였다. 옐로 스톤의 시냇물은 깨끗도 하거니와 풍광도 아름답고 무지개 송어가 많이 잡혀 많은 낚시꾼들이 몰려들었다.

현우와 소희는 플라이 낚시(*Fly Fishing*)를 해본 적이 없었다. 다른 사람이 하는 것을 유심히 살펴봤다.

현우는 어쩌면 좀 무모한 데가 있었다. 미국에 처음 가족을 데리고 부임했을 때는 1980년대 초 겨울이었다. 당시 서울에는 스키장이 진부령 한 군데밖에 없었고 리프트 시설도 스키를 타려면 스키를 메고 산꼭대기까지 올라가야 하는 시대였다. 스키를 타는 사람은 산악인이나 특별한 사람이었고 일반대중은 스키를 접할 기회가 없었다.

스키가 대중화된 미국에 부임하여 겨울에 할 일도 없고 하여 《뉴욕타임스》 일요판의 레저 안내란의 스키편을 보고 그 중 한 군데를 골라 가족을 데리고 난생처음 스키장에 갔다. 구경만 하고 오자는 소희의 고언을 무시하고 스키를 네 대나 빌려 하나씩 발에 장착한 다음 이른바 '병아리 코스'라는 데서 연습 몇 번하고 제일 쉬운 코스에 도전키로 하였다.

소희와 딸 다영은 천천히 타겠다고 뒤꽁무니를 빼고 현우는 아들 지민이만 데리고 리프트를 타기 위해 줄을 섰다. 리프트 타는 요령을 배운 적도 없기 때문에 다른 사람 타는 것을 유심히 관찰하라고 아들에게 나름대로 요령을 설명해 주었다. 차례가 되었다. 둘은 역시 왕초보였다. 리프트에 궁둥이를 제대로 안착시키지 못하여 둘은 리프트 의자 끝에 궁둥이를 들이 받혀 둘 모두 앞으로 고꾸라지고 말았다. 리프트는 즉각 멈추었고 정지된 상태에서 리프트에 탄 둘은 편안히 스키장 주위를 구경하며 위로 올라가고 있었다. 리프트에서 내릴 때 어떤 위험이 도사리고 있는지도 모르면서.

역시 또 한 번의 실수. 앞 팀이 어떻게 내리는가 세심히 관찰을 하기는 했으나 그게 마음먹은 대로 되는 게 아니었다. 리프트에서 내리면서 스키를 눈 위에 살짝 내려놓는 순간 중심을 잃고 둘 다 눈 위에 쓰러지고 만 것이다.

현우는 그래도 학구파였기 때문에 스키장에 오기 전에 스키입문서를 두어 권 독파하고 스키를 어떻게 타는지 숙독하였다. 그러나 그 책에는 리프트 타는 법에 대한 지도는 없었다. 더 큰 문제는 스키를 타고 밑으로 내려오는 하강길이었다. 커빙을 할 줄 모르는 두 부자는 스키날을 밑으로 앞세우자 스키는 쏜살같이 일직선으로 앞으로 내닫는 것이었다. 가속이 붙어 속도는 점점 올라가고 있었다.

“옆으로 쓰러져, 옆으로 쓰러져!”

다급한 김에 현우는 아들에게 책에서 배운 대로 소리쳤고 아들도 현우도 옆으로 쓰러졌다. 아들 지민이는 더 이상 무서워서 스키를 못 타겠다고 겁을 먹어 할 수 없이 둘은 스키를 벗어 어깨에 메고 스키부츠의 걷기 불편한 걸음으로 하산하니 소희와 딸이 안절부절 야단이었다.

“무엇하다 지금 와요?”

“스키 타고 오는 거지.”

“벌써 한 시간이나 지났단 말이에요. 다리라도 부러졌나 하고 얼마나 걱정했는지 알아요?”

이렇게 레슨도 받지 않고 배운 스키를 현우와 아들은 가장 난코스까지 섭렵하게 되었고 소희와 딸은 호수에서 백조가 유영하듯 천천히 우에서 좌로, 좌에서 우로 에스자를 그리며 그것도 제일 쉬운 코스에서 겨울을 보냈다.

다음은 스케이트 이야기다. 초등학교 4학년 시절 집에 아버지가 쓰시던 스케이트가 있었다. 크기가 맞지 않아 앞코에 솜을 잔뜩 넣어 발 크기를 맞춘 다음 한강으로 갔다. 거기의 누구에게도 코치를 받지 아니하고 스케이트를 스스로 익힌 것이다.

다음은 골프 이야기다. 미국에 발령받은 유현우는 미국에 가면 토요일, 일요일은 휴무이고 특별한 일이 없으면 골프로 소일하는 게 최고라는 말을 듣고 인도어 프로에게 한 달 레슨비를 내고 지도를 받기로 하였다.

그러나 그때만 해도 미국에 가는 것은 선망을 받던 때였으므로 이 친구 저 친구가 술 먹자고 불러내고 이삿짐도 싸야 했기 때문에 실제 레슨 받은 것도 일주일도 되지 아니하였다. 미국에 도착하자마자 고교친구들이 환영회를 해주겠다며 그린이 꽁꽁 얼어붙는 혹한의 추위에 골프장에 데리고 가는 거였다. 그리고 내기 없이는 재미없어 못 친다며 한 점당 1달러 내기를 하자고 했다. 그날 한 100달러는 잃었다. 골프치자는 제의를 골프칠 줄 모른다고 사양해야 하는데 그걸 못하는 게 성격 탓인 것 같다.

또 한 가지 그 당시 자가운전은 보급이 되지 않았고 차도 별로 없었다. 갓 운전면허만 딴 상태로 도로주행 연수한 번 받지 않고 미국에 간 현우는 가자마자 차를 구입하여 주말에 소희를 태우고 동네 앞길에 연습차 나갔다가 길을 잃어 서너 시간 만에 집에 들어 온 적도 있으며, 뉴욕부임 한 달도 안 되어 귀빈영접을 하라는 지시를 받고 전날 소희와 미리 공항가는 길을 익힌 다음 귀빈을 모셨는데 톨게이트에서 뉴욕 맨해튼 시가지로 빠지는 길을 잘못 들어 뉴욕 할렘으로 들어가 식은땀을 얼마나 흘렸는지 …. 그래서 1시간이면 호텔에 도착할 시간이었으나 2시간이 넘어서야 호텔에 도착할 수 있었다.

뒤에 얘기를 들으니 그 귀빈 말씀이 운전은 서툴지, 길은 어두컴컴하고 흑인만 어슬렁거리지, 여간 불안하지 않았다고 했다. 하기야 그분은 일류기사가 모시는 차만 타고 다니셨겠지만 그 당시 현우

는 스톱할 때는 브레이크를 꽉 밟고 코너링할 때는 핸들은 홱 돌리
곤 했으니 얼마나 불안했으랴.

현우는 〈흐르는 강물처럼〉이라는 영화의 주인공 브래드 피트를
회상하였다. 거기에 플라이 피싱(*Fly Fishing*) 하는 장면이 그림처럼
가슴에 떠올랐다. 낚싯줄을 천천히 골프 스윙하듯 던져봤다. 실패였
다. 다음에는 좀더 신중히 원심력을 이용하여 낚싯줄을 던져봤다.

브래트 피트의 날렵한 손놀림에 춤을 추듯 낚싯줄이 맑은 물 속
으로 떨어지는 모습이 한 폭의 그림 같았는데. 햇빛은 물 위에 부
서지고.

플라이 피싱은 독학이 쉽지 않다고 한다. 그러나 이에 굴할 현우
가 아니었다. 책으로만 요령을 익혀둔 터였다. 초심자들이 처음 만
만히 봤다가 가장 고생하고 어려워하는 것은 낚싯줄을 흔들어 본인
이 원하는 자리로 미끼를 날려보내는 것이다. 그러나 마음속 생각과
낚싯대가 따로 놀았다. 플라이 피싱은 적당한 힘 조절과 함께 섬세
한 감각을 필요로 하기 때문에 여간 연습하지 않으면 배우기가 쉽지
않았다. 한 번 배우고 나면 여성도 어렵지 않게 낚시를 즐길 수 있
는 것이 플라이 피싱의 매력이다.

섬세한 손놀림 끝에서 느껴지는 짜릿한 손맛(물고기를 잡아 올릴
때의 느낌)을 잊지 못하며 미국의 은퇴자들은 자주 이런 깨끗한 강
물을 찾는다고 한다.

플라이 피싱은 벌레모양을 형상화한 형형색색의 미끼를 정확한
캐스팅(*Casting*, 낚싯대를 정확하게 목표물에 던지는 것)을 통해 흐르
는 강물 위로 우아하게 떨어뜨리면 된다.

몇 번 시도해도 실패하자 근방에서 낚시하던 어떤 미국 할아버지

가 다가와 플라잉 피싱을 처음 해 보느냐고 물어보며 그렇다고 하자 친절히 요령을 가르쳐 줬다. 몇 번 실습을 하는 것을 할아버지는 친절하게 교정해 줬다. 할아버지에게 진심으로 고마움을 표시하자 할아버지는 '나의 즐거움'이라며 사라졌다.

영화 같은 멋진 폼은 나오지 않지만 그런 대로 성공이었다. 소희에게 그 낚싯대를 넘겨주고 현우는 소희가 가지고 있던 낚싯대로 다시 한 번 시도해 봤다. 무지개 송어야 잡히던 말던 큰 관심사는 아니었다.

흐르는 강물에 부서지는 햇살이 영롱하기만 했다. 아물아물 어지럽게 여울져 흐르는 강물은 여자의 마음을 들여다보는 듯, 보일 듯 말 듯했다. 아름다움에 묻혀 이렇게 무아지경에 있으면 사람의 마음도 맑아지는 법인 모양이었다. 바람 속에 향기로운 야생화의 향기가 실려오고 있었다.

찌가 갑자기 솟구쳐 들어가면서 낚싯줄이 팽팽해졌다. 송어가 물린 것이었다. 현우는 송어가 잡아당기는 힘에 견딜 수 있도록 낚싯대를 세웠으나 송어는 거세게 물을 뚫고 치고 나갔다. 낚싯대는 송어의 무게와 빠르고 세찬 힘으로 타원형으로 구부러졌다. 그러다가 송어가 갑자기 물 표면으로 솟구쳐 올라 수면에서 한 번 심하게 몸부림을 치고는 다시 물속으로 들어가는데 아직도 힘은 남아 있으나 격렬한 몸부림은 훨씬 적어 이제 거의 수면 위에 나와 있었다.

"소희! 뜰채로 끌어내!"

소희가 거들어 줬다. 무지개 송어(*rainbow trout*)였다.

"저도 한 마리 잡을 때까지 기다리기예요."

"좋아, 잘해 봐."

난생처음 플라이 피싱을 해 보는 소희는 그저 소녀인 양 동심으로 돌아가 즐거워하고 그녀를 바라보는 현우는 흐뭇하기만 했다. 9월 초지만 옐로 스톤은 해발이 평균 2,000m 내지 2,400m나 되기 때문에 제법 쌀쌀했다. 발이 시려왔다. 한 마리 꼭 잡겠다는 소희에게 저녁거리는 마련되었으니 그만 가자고 하였다. 혹시 소희가 감기라도 걸릴까 걱정이 되어서였다. 현우가 잡은 송어도 50㎝는 될 듯했다. 큰 것은 1m짜리도 있다고 했다.

오늘도 요리는 현우가 맡기로 했다. 무지개 송어의 가운데와 배 부분은 회를 만들어 초고추장에 찍어 먹도록 하고 위, 아래는 매운 탕을 끓이기로 하였다. 한 잔의 커티샥이 입에 착 달라붙었다.

"소희, 한잔할래?"

"양주는 독해서 싫어."

"그럼 포도주 한 병 뜯을까?"

"오늘은 술이 별로 안 당기는데 …."

"왜?"

"어째 몸 컨디션이 좋지 않아. 좀 무리했나 봐요."

"하기야 좀 무리했지. 우리가 젊은이도 아니고 늙은이들이 너무 강행한 것 같아. 그랜드 캐니언 협곡 밑에까지 걸어 내려가고 브라이스 캐니언까지 내려갔으니 …. 거기다가 연 이틀 낚시는 당신에게 좀 무리였던 것 같아. 오늘은 아스피린 두 알 먹고 푹 자라구."

소희가 병이 날까 두려워 트레일러는 RV(*Recreation Vehicle*) 캠핑장에 세워 놓고 옐로 스톤의 유서 깊은 호텔 '올드 페이스풀 인'에서 하룻밤 자기로 하였다. 이 호텔은 통나무로 지은 건물로는 세계 최고 규모로 케네디 대통령 등 미국의 많은 대통령이 숙박한 곳으로 약 100년 가까이 되는 유명한 곳이다. 이 호텔 테라스에서는 올드 페이스풀에서 뿜어져 나오는 수증기를 감상할 수 있다. 이 호텔은 5

월 18일부터 9월 23일까지 오픈하는데 비수기라서 예약을 하지 않았지만 방을 얻을 수 있었다. 원기를 회복한 소희는 골프를 한 번 더 치자고 제의했다.

옐로 스톤에서 덴버로 가는 도중에 어느 퍼블릭 골프장에 들려 한 라운딩을 하였다. 이 골프코스 주변은 집도 없고, 도시의 소음도 없는 한적한 곳이었다. 주중이라 골퍼들은 아무도 보이지 않고 매우 평화롭고 고요했다.

소희는 레이디스 티에서 플레이하지 않고 현우와 똑같은 화이트 티에이 티샷을 하겠다고 했다. 그리고 내기를 하자고 했다. 현우는 소희에게 그렇게 만용을 부려서는 안 되며 만약 소희가 내기에 이긴다면 S-Yard 최신형 골프채를 사 주겠다고 약속하였다. S-Yard는 소희가 탐내던 골프채였다. 친구가 S-Yard를 새로 구입하였는데 자기보다 거리가 20야드는 더 나가더라는 것이다.

게임은 일진일퇴, 막상막하, 용호상박으로 마지막 18홀을 남겨놓고 유현우가 2타를 앞서고 있었다. 18홀은 티샷을 하여 투온을 시키려면 물을 건너가야 하는 홀이었다. 먼저 소희가 세컨드 샷을 하였다. 우드 3번을 잡았다. 정신을 집중시키고 심호흡을 한 소희는 일생일대 최고의 샷을 한 것이다. 경쾌한 타음을 낸 공은 상쾌하게 공중을 비행하여 물을 건너 기적같이 핀 옆에 붙었다. 충분히 한 번의 퍼팅으로 홀컵의 종소리를 들을 수 있는 거리였다.

소희는 특히 페어웨이 우드를 잘 다뤘다. 잔디가 죽은 거의 맨땅이나 다름없는 페어웨이에서도, 풀이 짧은 페어웨이에 올라앉아 있는 공도 우드로 살포시 걷어내는 것이다. 그래서 골프백에는 우드 일색이었다. 3, 5, 7, 9 우드를 가지고 다녔다.

현우는 세컨드 샷을 하였다. 남은 거리는 180야드. 우드 5번을 빼들었다. 자세를 정렬시킨 다음 신중하게 샷을 하였다. 공 윗부분을 가격하여 낮게 날아가던 공은 물에 첨벙 빠지고 말았다.

소희가 좋아 죽겠다고 깔깔댔다.

"남의 불행은 나의 행복, 아이 좋아라."

현우는 결국 더블 보기, 소희는 버디(규정타보다 1타 덜 친 점수)를 잡았다. 소희가 한 타 차로 이긴 것이다. 지금까지 소희가 레드 티에서 티업을 했기 때문에 핸디가 같았으나 같은 장소에서 티업하고 소희가 이긴 것은 처음이었다. 소희는 지금까지의 피곤이 다 가신 듯했다.

"서울가면 약속 잊지 마세요."

"알았어. 남아일언 중천금이라는 말이 있는데 약속은 지켜야지."

소희의 행복해하는 모습을 보는 현우는 흐뭇하기만 했다.

덴버로 들어섰다. 덴버는 로키산맥의 중심이며 관광지나 야외스포츠의 기지로도 유명하다. 그리고 로키산맥의 입구이기도 하다. 평균 3천 개 산들에 둘러싸인 로키산맥 국립공원은 실로 산악공원이라고 부르기에 꼭 어울리는 곳이었다. 빙하, 계곡, 삼림, 호수와 산에 수놓은 듯한 경치의 변화가 풍부한 멋있는 곳이었다.

차는 협곡 속을 달리고 산 위에는 여름에도 눈이 쌓여 있는 곳, 로키산맥.

로키산맥에서 이틀을 쉰 다음 네 명의 미국 대통령 얼굴이 바위산에 새겨져 있는 마운트 러시모어로 향했다. 마운트 러시모어는 사우스다코타주의 래피드시티(Rapid City)에 있다.

맨 왼쪽에 초대 대통령 조지 워싱턴, 3대 토마스 제퍼슨, 26대

시어도어 루스벨트와 에이브러햄 링컨 대통령이 조각되어 있다. 한 사람의 얼굴 크기가 18m나 된다고 한다.

이 엄청나게 큰 조각을 만든 사람은 보그램이란 사람이다. 러시모어 산의 대리석을 다이너마이트로 폭파하여 커다랗게 윤곽을 잡은 것은 1927년이고, 1941년 보그램이 작업중 죽자 아들인 링컨이 아버지의 일을 계승하여 이 거대한 조각을 완성한 것이다.

거기서부터는 80번 도로를 타고 동쪽으로 동쪽으로 뉴욕을 향하여 운전해 나갔다. 현우가 피곤해하면 한두 시간 소희가 운전하고 그 짬에 현우는 잠깐 눈을 붙이곤 하였다. 지도를 보고 지나가는 길에 골프장이 있으면 골프를 치고 관광지가 있으면 들리곤 하였다.

9월 중반에 들어선 미국의 중부지방 와이오밍주, 네브래스카주, 위스콘신주, 일리노이주 등은 온통 옥수수 밭이었다. 옥수수는 이미 수확을 끝냈고 누렇게 변색한 옥수숫대만 대지를 뒤덮고 있었다. 미국의 중부지방은 그야말로 산도 없고 광활한 벌판뿐이었다. 숲, 농토, 초지, 그리고 황무지가 끝없이 펼쳐져 있어 달리고 달려도 볼 것도 없고 지루하기 짝이 없었다. 현우는 소희에게 트레일러 침대에 가서 쉬라고 하였다.

한국슈퍼마켓을 발견하기 힘들었다. 미시간 대학 근방에 가면 틀림없이 한국 식품점이 있겠지만 미국음식에 익숙한 소희와 현우는 미국슈퍼마켓에 들러 식품을 사기로 하였다. 주로 스테이크감 쇠고기를 사서 스테이크를 해먹었다. 가끔 소희가 좋아하는 스파게티도 해먹고 아직 남은 라면을 끓여 먹기도 하였다.

시간은 급할 게 없었다. 겨울이 오기 전에 뉴욕에 있는 딸네 집에 도착하면 될 터이기 때문이다. 그저 물 흐르듯 가다가 피곤하면 길섶에 차를 세워놓고 한숨 자기도 하고 중간 중간 휴식과 세탁을 위하여 모텔에 들어가 세탁도 하고 푹 쉰 후, 다음 날 아침 12시에 체크아웃하고 나와 맥도널드에서 아침 겸 점심을 해결하기도 하였다. 그렇지 않으면 마을마다 있는 세탁장에서 세탁을 하기도 하였다. 가다가 좋은 강을 만나면 카운티에 가서 낚시면허를 얻은 다음 낚시를 즐기기도 하였다.

가을이 서서히 다가왔다. 아침저녁으로 꽤 쌀쌀했다. 보름 정도 후면 뉴햄프셔 화이트 마운틴의 단풍이 절정을 이루고 있겠지!

뉴햄프셔의 단풍, 소설 《페이튼 플레이스》의 무대였던 대표적 동부지역. 그곳의 단풍이 아름다워 현우는 미국 주재시절 가을이면 아이들을 데리고 뉴햄프셔를 찾아가곤 했었다. 이번에도 시간이 맞으면 다시 한 번 화이트 마운틴을 찾아볼 생각이었다. 그리고 콩코드 시를 끼고 흐르는 강에서 연어낚시도 하고.

시카고에 도착했다. 한때 미국 제2의 도시, 지금은 L. A.에 밀려났지만 여전히 옛날의 영광을 잃지 않고 있었다. 1930년대 알 카포네가 악명을 떨치던 시카고. 현우는 업무관계로 시카고에서 한 달을 지낸 적이 있어 치안은 뉴욕, L. A.보다 낫다는 것을 안다.

시카고는 윈디시티(바람의 도시)라고 할 정도로 바람이 많으며 겨울에는 춥고 눈이 많이 와서 많은 부자들은 겨울이 닥쳐오면 플로리다로 장기 휴가를 간다고 한다. 7월의 시카고는 환상적이다. 바다인 양 끝이 안 보이는 미시간 호수를 끼고 달리는 호숫가 도로는 참으로 아름답다.

소희가 긴 여행에 피곤해 하기에 자동차와 트레일러는 아비스사에 반환하고 낚싯대와 아이스박스만 들고 비스마르크 호텔에 짐을 풀었다. 중급 이상의 호텔이어서 티셔츠나 배낭차림일 때는 프론트에서 숙박을 거절당할 수 있기 때문에 복장에 신경을 썼다. 저녁을 먹고 지하에 내려가니 무척 호화스런 바가 있었다.

현우는 블러드메리, 소희는 마가리타를 시켜놓고 피아노 선율을 음미하고 있자니 짙은 화장을 한 어느 금발여인이 현우 옆자리에 앉더니 말을 붙였다.

"술 한잔 사 주세요."

"와이프가 옆에 있는데."

"그게 뭐 어때서요?"

"와이프가 화를 내."

"와이프보다 제가 더 예뻐 보이지 않나요?"

소희는 옆에서 미소를 짓고 그들의 짓거리를 눈여겨 경청하고 있었다.

"아니, 나에게는 와이프가 더 예뻐 보이는데."

"그래요? 많이 즐기세요."

이름 모를 금발여인은 휑하니 가버렸다.

"오늘 재미 좀 보실 텐데 내가 방해가 됐네. 여행하시랴, 차 몰랴, 피곤하실 텐데 객고 좀 푸시지 않고."

소희가 놀렸다.

"그럴까? 지금도 늦지 않았어. 그 여자 아직 저기 혼자 앉아 담배를 꼬나물고 있는데."

다음 날은 헤밍웨이의 집이 있다는 오크파크라는 마을에 갔다. 시카고에서 약 30분 거리. 이곳은 미국이 자랑하는 건축가 프랭크 로이드 라이트가 살던 곳이다.

오크파크의 주택가는 멋있는 주택의 연속으로 저절로 탄성이 나왔다. 어니스트 헤밍웨이는 1899년에 이곳에서 태어나 고등학교를 졸업하는 1917년까지 이 도시에서 지냈다고 한다.

소희는 지금까지 건강이 잘 버텨주었다. 소희는 협심증 증세가 있었다. 어쩌다가 가슴을 쥐어짜는 듯하고, 빠개지는 듯, 조여드는 듯, 무거운 것으로 눌리는 듯 답답함, 달아오르는 것을 느끼면서 가슴이 매우 아픈데 10여 분 고통을 느끼다가 저절로 없어지곤 하였다.

통증이 심한 경우에는 기운이 빠지면서 진땀이 나고 호흡곤란, 메스꺼움, 가슴이 뛰는 증상이 나타난다. 이런 통증은 대부분 심장이 일을 많이 해서 혈액이 많이 필요할 때 나타난다. 빨리 걷거나 뛰거나 계단을 오르거나 등산할 때, 무거운 것을 들 때, 또는 격렬한 섹스를 할 때 등 육체적 활동을 할 때와 화가 나거나 실망하거나 흥분하거나 놀랐을 때와 같은 정신적 스트레스를 받을 때, 그리고 찬바람을 쐬거나 음식을 많이 먹은 후에 협심증이 나타나는 경우가 많았다.

운동량이 늘어나거나 정서적 변화가 생겼을 때와 같이 심장이 일을 많이 해서 혈액이 많이 필요할 때 증상이 나타나는 전형적 협심증과는 달리 쉬거나 잠자고 있을 때에 증상이 생기는 협심증, 이른바 이형 협심증이라는 증세를 가지고 있었다.

이형 협심증은 심장이 필요한 혈액의 양이 늘어났는데 동맥경화증으로 관동맥이 좁아져서 혈액을 충분히 공급하지 못해 증상이 생기는 것이 아니라 심장이 필요한 혈액의 양은 늘어나지 않았지만 혈액을 공급하는 관동맥이 심한 경련을 일으켜 좁아져서 혈액을 제대로 공급하지 못하기 때문에 증상이 나타나는 것이다.

소희는 항상 니트로 글리세린 설하정(舌下錠)을 가지고 다니고 강도가 높은 운동은 하지 않았다. 소희는 이번 여행중 니트로 글리세린을 한 번도 사용하지 않았다.

시카고에서 뉴욕까지는 비행기를 이용하기로 하였다.

VI

딸 다영의 집은 뉴저지 알파인의 고급주택가에 있었다.

비행장에 다영이는 바빠서 못 나오고 사위 고창민이 나와 있었다. 오래간만에 보는 사위였다.

집은 크고 깨끗했다. 대지가 2천 평쯤 될까. 건평은 100평쯤.

식탁이나 찬장은 모두 해리돈 제품이었다. 소파는 고급 이태리 제. 장식품도 단순하면서도 깔끔하게 잘 정돈되어 있었다. 욕실이 3개, 거실이 2개, 플레이 룸(어린이 놀이실) 하나, 방이 5개, 그리고 뒷문 밖에는 널찍한 테라스가 있었다.

현우 부부를 집에 데려다 준 사위는 5시면 손자 상훈이가 올 텐데 잘 보살펴 달라는 당부를 잊지 않으면서 연구소에 또 나가야 한다면 바삐 집을 나섰다.

유치원에 다니는 상훈이는 그런 대로 한국말도 할 줄 알았다. 부모의 노력이겠지. 처음에는 누군지 못 알아 보다가 외할아버지, 외할머니라고 하니까 금방 외할머니, 외할아버지하며 이것저것 제 물건을 보여 주며 자랑을 했다. 제 엄마를 닮아서인가. 붙임성이 좋은 아이였다. 그들은 금방 친해졌다.

"외할아버지, 우리 야구해요."

"그러자꾸나."

둘은 뒷마당에 나가 캐치볼(공을 주고받는 동작)을 했다. 물론 현우가 살살 던져 줬다. 그러면서 칭찬을 잊지 않았다.

"상훈아, 너 크면 베리 본즈는 저리 가라 하겠다."

"그래요? 제가 저희 반에서 야구를 제일 잘해요."

딸네 집의 정원은 넓어 캐치볼 하기에 아무런 지장이 없었고 잔디는 잘 다듬어져 있었다. 7시가 되니까 사위가 퇴근했다. 그러나 딸은 밤 12시가 되어도 퇴근을 하지 않았다. 사위 말인즉, 다영은 펀드매니저이기 때문에 유럽, 아시아 금융시장을 상대로 실시간으로 거래를 하여야 하는데 시차 때문에 밤 2시나 되어야 귀가한다는 것이다. 그리고 출근은 오후에 한다고 했다.

그러니 남편과 함께 있는 시간은 주말밖에 없다. 수입은 다영이 창민보다 2~3배는 많다고 했다.

다영의 일과.

다영은 출근하자마자 커피 한 잔을 뽑아들고 대여섯 개의 모니터를 연방 훑어내린다. 그러다가 갑자기 긴박하게 '0.91에 비드 3천!' 하고 외친다. 3천만 유로를 유로당 0.91달러에 사겠다는 주문이다.

외환시장은 널뛰기 장이다. 달러 매물이 쏟아져 나오면 외국 수입회사와 매도자, 그리고 외국 투기자들이 온종일 힘겨루기를 한다. 장중에도 환율이 시소타듯 수차례 오간다. 그 단위가 크기 때문에 리스크가 주식시장에 비할 바가 아니다. 이렇기 때문에 외환딜러들은 항상 신경이 곤두서 있다. 그렇기에 수년 전 싱가포르의 한 젊은 외환딜러가 영국에 본사를 둔 100여 년 전통을 자랑하는 베어링이라는 대형 은행을 파산까지 몰아 넣었지 않았던가.

다영은 외환딜러의 책임자이고 그의 책임하에 거래되는 양이 하루에만 약 500번은 사고 판다. 한순간 판단을 잘못해 수천만, 수억 달러를 잃어버릴 수 있다.

폐장을 눈앞에 둔 오후 3시 55분. 전날 못지않게 환율이 출렁이는 바람에 모두들 파김치가 된다. 순간 누군가 0.95에 유로화를 덜컥 사들인다. 이날 장중 거래가를 훨씬 웃도는 가격. 매매 단말기의 숫자를 잘못 입력해 빚어낸 실수일 가능성이 크다. 장이 널뛰면서 실수를 하는 경우가 많다.

오후 4시, 장이 끝났지만 긴장을 늦출 수가 없다. 곧이어 일본, 홍콩, 싱가포르, 한국 등 지구 반대편에 있는 외환시장 브로커와 또 한판의 신경전을 벌여야 하기 때문이다. 그야말로 하루하루가 가슴 졸이는 청룡열차 타기 인생이다.

소희 부부는 이러한 실상을 알고 나니 참 걱정스러웠다. 한국에 있을 때는 딸 부부가 좋은 직장 다니며 오순도순 행복하게 사는 줄 알았는데 이건 정상적 부부관계가 아니었다. 언제 어디서 폭발할지 모르는 지뢰가 깔려 있는 관계인 것 같았다.

주말이 다가왔다. 다영 부부는 장인, 장모도 오시고 상훈이도 모처럼 바람 쐬어 준다며 1시간 가량 비행기를 타고 워싱턴 DC 인근에 있는 부시가든으로 갔다. 공항에서 차를 렌트하였다. 부시가든은 플로리다 탬파베이의 부시가든이 규모가 더 크지만 이곳도 있을 것은 다 있는 놀이공원이다. 소규모 디즈니랜드라고나 할까. 상훈이가 참 좋아했다.

상훈이는 신이 나서 정신이 없었다. 그러나 노부부는 아무런 재미도 느끼지 못했다. 그저 상훈이의 뒤를 졸졸 따라 다니며 뒤치다 꺼리하기 바빴다. 다영 부부는 상훈이를 노부부에게 맡긴 채 무슨 얘기를 하는지 정신이 없었다. 밀어를 나누는 것 같기도 하고 다투는 것 같기도 하고 알 수가 없었다.

그날 밤은 윌리엄스 버그에서 묵었다. 윌스엄스 버그는 우리나라 민속촌 같은 곳으로 미국의 식민지시대 역사를 한눈에 볼 수 있는 곳이다. 곳곳에서 식민지시대의 수공업이 재현되었고 일하는 종업원도 모두 식민지시대의 복장으로, 특히 여인들의 모습은 인상적이었다.

상훈이는 여기서는 영 재미없어 했다. 식민지시대 복장을 한 여자아이를 보면 '누나, 누나'하며 신기해할 뿐 상훈이의 홍미를 끌 만한 구경거리가 여기에는 없었던 것이다.

뉴욕의 일과가 시작됐다. 아침은 사위 창민이 아들 것까지 챙기며 스스로 해 먹고 출근하고 다영이는 자고 있었다. 사위가 해 주는 아침을 먹을 수 없어 현우 부부는 아침 일찍 산책을 핑계 삼아 집을 나갔다가 맥도널드에서 아침을 때우고 공원 벤치에서 한없이 앉아 있다가 집에 들어오곤 하였다.

그것도 지루하여 다음 날부터는 버스로 뉴욕으로 들어가 지하철을 몇 번 갈아타고 옛날에 가 본 것이지만 센트럴 파크 내에 있는 메트로폴리탄 미술관, 휘트니 미술관과 미국 자연사 박물관에 가서, 소장품 앞에 써 붙여 놓은 설명문도 다 읽고 다리가 아프면 벤치에 앉아 쉬면서 지나가는 관람객을 감상하기도 하였다. 플라자호텔에서 커피 한 잔을 놓고 오가는 사람들을 한참 구경한 다음 53번가에 있는 현대미술관까지 가 보았다. 혹시 새로운 소장품이 전시되어 있지 않을까 해서였다.

노년의 행복이 무엇인가? 노년의 특권이 무엇인가? 이렇게 한가롭게, 제일 가까운 친구인 아내와 한가롭게 내면 세계를 넓혀 가며 영적 교감을 나누는 것이다.

카네기홀이라도 들러서 카네기홀이 자랑하는 심포니 오케스트라도 들으면 좋으련만 딸 내외는 서로 시간이 없어 여의치 않았다. 대학 캠퍼스에도 가봤다. 컬럼비아대학교와 뉴욕대학교의 벤치에 앉아 발랄한 미국 젊은이들의 오가는 모습을 보노라면 젊은 시절 생각이 났다. 이들은 참 자유분방하여 잔디밭에 누워 키스도 하고 책도 읽고 낮잠을 자기도 했다.

뉴욕대학교는 캠퍼스가 없다. 워싱턴 광장이 캠퍼스라면 캠퍼스랄까? 하지만 워싱턴 광장은 히피, 거지, 마약중독자, 그리고 각종 범죄자들이 들끓고 있어 앉아 있을 만한 곳이 되지 못했다. 소호(South of House, 휴스턴 가의 남쪽에서 캐널가 사이의 브로드웨이의 서쪽지구)의 여기저기 조그만 가게들은 구경하다 보니 점심때가 되었다.

“여기 옛날 한국노래도 불러 주고 스파게티 잘하는 이탈리아 식당 있잖아요?”

“거기는 점심때는 문을 열지 않아.”

“이 근방에 아는 식당 있어요?”

“당신 ‘21 Club’이란 유명한 레스토랑 알지?”

“소설에도 많이 나오고 영화에도 나와서 당신보고 꼭 한 번 데리고 가 달라고 졸라도 시간이 맞지 않아 못내 가보지 못한 레스토랑 말이에요? 모처럼의 기회이고 오늘은 시간이 있으니 꼭 한 번 구경시켜 줘요. 응?”

소희는 애교를 떨었다. 그럴 땐 정말 꼭 깨물어 자근자근 먹고 싶어졌다.

'21 Club'은 70여 년 역사를 자랑하는 맨해튼의 대표적 레스토랑으로 험프리 보가트, 리처드 닉슨 등의 지정좌석이 있고 특히 뱅커, 비즈니스맨, 그리고 기자들이 많이 찾는 식당이다.

현우는 전화를 걸었다. 예약을 하지 않으면 자리가 없기 때문이다. 다행히 테이블이 있다고 했다. 택시를 타고 5번가와 아메리칸 애비뉴(6번가) 사이 52가에 내렸다.

입구부터 장중하고 웨이터는 마치 영국 귀족가문의 집사 같았다. 이 집은 포도주 저장고가 유명하며 소장한 포도주만도 1,060여 종류나 된다고 한다. 이 집에서 제대로 된 점심을 먹으려면 일인당 140달러 정도 들지만, 점심 특별메뉴는 포도주 곁들인 요리 3코스에 일인당 33달러 정도면 되기에 이것을 시키기로 하였다.

손님들은 모두 정장 차림의 점잖은 신사, 숙녀들이었다. 메뉴판을 한참 들여다보더니 소희는 한마디했다.

"우리 같은 은퇴자는 이제 두 번 다시 올 일이 없을 것 같네요."

"돈이 없어서라기보다 우리한테는 어울리지 않는 레스토랑이야. 여기는 유명인사들이 오는 곳이니까 미국 사람들도 돈이 없어 못 오는 것은 아니지."

식사를 마치고 커피를 마시고 있는데 누가 반갑게 다가왔다.

"헬로! 미스터 유! 여긴 웬일이오?"

현우가 은행장으로 있을 때 거래하던 미국 로펌(법무법인)의 파트너인 리처드 로버슨이었다. 현우 은행에서 국제거래 일거리를 많이 주었던 법률회사였다.

"은행 그만두고 와이프하고 한가롭게 미국 유람을 하는 중이오. 참 인사드리세요. 이분은 S&R 로펌의 로버슨 씨예요."

“안녕하세요? 만나 뵈어서 반갑습니다.”

“제가 존경하는 미스터 유의 부인을 만나게 되어 영광입니다. 합석해도 되겠습니까?”

“앉으십시오. 미스터 로버슨은 어떻게 지내십니까?”

“미국에는 정년제도는 없으나 나이가 먹으면 눈치가 보여서 사무실에는 잘 안 나가게 되지요. 요즈음은 주로 골프로 소일하고 있습니다. 아 참, 식사는 끝났겠지요? 제가 해후를 축하하는 의미에서 샴페인 한잔 사겠습니다.”

축배가 터졌다. 샴페인이 감미로웠다. 소희도 술을 좋아하고 술맛을 웬만큼은 알았다.

“미국에 온 지는 얼마나 됐습니까?”

“거의 2개월째입니다. L. A. 페블비치에서 시작하여 트레일러를 끌고 그랜드 캐니언, 자이언 캐니언, 브라이스 캐니언, 옐로 스톤, 러시모어, 시카고를 거쳐 오는 동안 골프장이 보이면 골프를 치고 시냇물이 있으면 송어 낚시를 하고 하루하루를 구름처럼, 흐르는 물처럼 보냈습니다.”

“참 멋있게 여행을 하셨군요. 인생은 얼마나 오래 사느냐가 중요한 게 아니고 얼마나 건강하고 즐겁고 만족하며 사느냐가 중요하다고 생각합니다.”

“동감입니다.”

“미시즈 유는 어떻게 생각하세요?”

소희는 그저 미소를 지으며 전적으로 동의한다는 뜻으로 고개를 약간 끄덕일 뿐이었다. 소희의 성격은 남 앞에 나서지 않고 그저 조용히 남의 말을 경청하는 편이었다.

“미스터 유! 숙소는 어디요?”

“마침 딸아이가 뉴저지 알파인에 삽니다. 거기에 묵고 있지요.”

“그래요? 제 집도 알파인입니다. 저는 일이 끝나서 집에 들어가려던 참인데 미스터 유는 시내에 볼일이 있나요?”

“별로….”

“잘 됐습니다. 그러면 댁까지 모셔다 드리지요.”

조지 워싱턴 브리지를 건너 패리사이드 파크웨이에 접어들었다. 이 파크웨이는 언제 보아도 아름다웠다.

“미스터 유! 내일 스케줄은 어떻게 되는지요? 특별한 일이라도 있습니까?

“없습니다.”

“그러면 뉴저지 남단에 있는 파인밸리 골프클럽에 갑시다. 그 골프클럽은 가보셨는지요?”

“그 골프장이 세계에서 가장 좋다는 말은 들었지만 기회가 없어서 아직 가보지 못했습니다.”

“그러면 잘 되었습니다. 내 잠깐 차를 세워 놓고 와이프한테 전화를 해 보겠습니다.”

허드슨 강이 내려다보이는 간이휴게소로 차를 몰고 가더니 전화를 걸었다. 현우 부부는 깎아지른 듯한 절벽 아래 흐르는 허드슨을 내려다봤다.

로버슨 와이프는 마침 집에 있었다. 서울에서 온 절친한 친구 부부를 ‘21 Club’에서 만났는데 사정이 허락한다면 내일 같이 라운딩할 수 있냐고 물어봤다.

“됐습니다. 내일 7시에 따님 댁으로 모시러 가겠습니다. 그래야 점심때쯤 라운딩을 마칠 수 있으니까요.”

파인밸리 골프클럽은 한 번도 세계 1위 자리를 내놓은 적이 없는 명실상부한 세계 최고의 골프코스였다.

골프코스의 순위를 평가함에 있어서는 여러 가지 항목이 있지만 제일 중요한 것은 자연 그대로를 얼마만큼 원상태로 보전했느냐이고 다음은 매 홀마다 다른 홀이 보이지 않아야 하며 롱 홀은 2번에 공략할 수 없도록 설계되어야 하고 쇼트 홀은 한 번에 온 시키기 어렵게 설계하고 미들 홀은 두 번에 온 시키기 힘들게 설계되어야 한다는 것이다.

파인밸리 코스는 그런 점에서 나무랄 데가 없었다. 알파인에서 뉴저지 남쪽으로 두어 시간 운전해가면 파인 밸리라는 조그만 동네에 이 골프클럽이 조용히 자리잡고 있었다. 그야말로 웅장한 잣나무가 코스마다 둘러싸여 있는 원래 그대로의 자연경관과 지형을 하나도 흩뜨림 없이 가꾸어 놓은 골프코스였다.

클럽하우스는 명성에 걸맞지 않게 낡고 소박하기 짝이 없었다.

파인 밸리 골프클럽은 조지 크럼프(George Crump)라는 돈 많은 골프광이 전문가의 도움 없이 설계하였다지만 세계에서 언제나 최고의 자리를 뺏기지 않는 부동의 일등 코스이다.

"미시즈 유, 핸디가 얼마입니까?"

"소희라고 불러 주세요. 잘 못 쳐요."

"그럼 저도 비비안이라고 불러줘요. 나는 핸디가 18인데 ….."

"나도 18이에요. 핸디가 똑같네. 제 남편도 18이에요."

"어쩜, 리치(리처드의 애칭)도 핸디가 18이에요."

"핸디가 모두 18이네."

"그럼 우리 부부대항 점심 내기 시합해요."

미국 남자들만 내기 좋아하는 줄 알았는데 여자들도 내기를 참 좋아하는 모양이었다. 모두들 찬성이었다.

내기는 매치 플레이로 하기로 하였다. 매 홀마다 한팀의 합친 점수가 적은 쪽이 이겨 나가는 방식이다. 총 점수하고는 상관이 없다. 한 홀마다 승부가 끝나는 것이다.

1번 홀은 레귤러 티가 416야드로 레드 티(여자용 티)가 별도로 없다. 이 홀은 18홀 중 최상의 홀로 평가된다.

드라이브를 잘 쳐서 4번 아이언으로 올릴 수 있지만 그린은 반도와 같아서 3면이 굴러가게 되어 있어 길거나 좌우로 조금만 빗나가도 그린을 놓치게 되어 있다. 다행히 현우가 친 공은 그린의 중간에 떨어져 파를 잡을 수 있었고 소희는 세 번만에 공을 그린에 올린 다음 두 번만에 공을 홀컵에 넣음으로써 첫 홀은 기선을 제압할 수 있었다. 소희 팀이 1up으로 한 점 앞서 갔다.

흔히 사람들은 골프를 인생에 비유한다. 푸른 잔디와 주변의 경치는 아름답고 평화롭게 보이지만, 막상 경기에 임하게 되면 수많은 장애물들이 도처에 도사리고 호시탐탐 골퍼들을, 아니 인생을 괴롭히려 드는 것이다.

다양한 삶의 굴곡 때문에 기쁨과 슬픔, 좌절과 희망을 느끼게 되는 것처럼 뜻밖의 복병과 장애물을 만나게 되는 골프경기는 인생의 축소판이 아니고 무엇이겠는가.

2번 홀은 357야드로 그런 대로 쳐 나갔으나 그린이 2단으로 모두 쓰리 퍼팅을 면치 못하였다.

3번 홀은 169야드로 그린은 잣나무에 포근히 둘러싸여 있고 왼쪽은 벙커이고 짧게 치면 황무지에 빠지게 되어 있었다. 황무지는 황토흙, 모래, 그리고 자갈들이 섞여 있고 군데군데 풀 무덤들이 포진하고 있어 거기에 빠지면 그야말로 재난이었다.

4번 아이언으로 친 공이 홀에서 6피트나 더 뒤로 굴러갔다. 퍼터로 살짝 민 공이 마지막 순간 왼쪽으로 휘더니 간신히 홀컵 1피트 거리에 멎어 파를 잡을 수 있었다. 하기야 이 홀은 핸디캡(어려운 순서) 17번 홀이었다. 여기서 소희가 더블 보기를 하여 합계로 동점이 되었다.

4번 홀은 파 4의 433야드로 13번 다음으로 길다. 따라서 그린 주위에는 벙커가 없고 넓다.

드라이브를 잘 쳐서 3번 우드로 그린 온(그린에 올려놓는 것)을 시도하였으나 그린에 못 미쳐 샌드웨지로 칩샷을 했으나 이 또한 10피트나 못 미치고 말았다. 쓰리 퍼팅. 결국 더블 보기를 하고 말았다.

"점심 값은 당신이 내세요."

보기를 한 소희가 놀려댔다.

골프에 대한 현우의 생각은 복잡한 스윙이론을 신뢰하지 않는 것이었다. 그는 골프는 기술이 아니고 기능이라고 생각했다. 대장장이나 목수가 쇠를 치고 못을 박을 때 그 능숙함은 오랜 기간의 반사적 신경의 결과라고 생각했다.

많은 골퍼들이 스윙이론이나 기술을 지나치게 의식하는 바람에 혼동을 하거나 마음이 산란해져서 골프를 망치게 되는 것이다. 골프를 칠 때는 이것저것 생각해서는 안 된다.

티칭 프로들은 생계를 유지하기 위하여 골퍼들에게 연습할 거리를 마련해 주는 것이다. 결과적으로 그것이 골프를 복잡하게 만들었다. 연습장에서는 잘 맞는데 필드에 나오면 죽을 쑤는 까닭은 골프 코스에서 이런 분석적 생각이 스윙의 속도와 타이밍을 맞출 수 없게 만들기 때문이다.

스윙속도와 타이밍, 템포가 가장 중요한 것인데 폼 신경 쓰고 티칭프로가 가르친 기법을 따라해야 한다는 강박관념 때문에 골프를 망치는 것이다.

레슨을 받지 않고 자기 느낌대로 게임을 할 때 더 좋은 성적을 낼 수 있다는 것은 얼마나 아이러니한 일인가.

5번 홀은 221야드로 파 3치고는 매우 긴 홀이다. 개울을 건너야 하고 그린 앞과 옆에는 벙커가 있는 매우 아름다운 홀이다.

소희는 드라이버를 빼 들었다. 온을 시키지 못하여 보기로 만족하여야 했다. 이 홀에서도 비겼다.

6번 홀은 369야드로 티 박스에서 페어웨이까지는 온통 황무지여서 180야드 정도는 날려야 페어웨이에 안착시킬 수 있는 홀이다. 소희의 드라이브 거리는 200야드 정도였으나 황무지를 넘기려고 어깨에 힘이 들어간 나머지 드디어 사고를 치고 말았다. 공은 자갈 앞에 떨어졌다. 자갈은 치울 수 있다고 미스터 로버슨이 친절히 가르쳐줬다. 7번 아이언으로 가볍게 페어웨이로 쳐낸 다음 3학년 1반(쓰리 온 원 퍼터)으로 가볍게 파를 잡았다. 지옥에서 천당에 온 기분이었다. 이 순간 소희의 기분은 하늘을 나는 듯했다. 충만한 기쁨에 지저귀는 새마저 예뻐 보였다. 그러나 이 홀도 비기고 말았다.

7번 홀은 파 5의 롱 홀로 핸디캡 1번 홀이다. 거리는 544야드이고 페어웨이는 평평하나 자연적 해저드가 많아 전략이 필요했다. 소희는 해저드에 두 번이나 빠져서 트리플 보기(규정타보다 3타 더 침)를 범하였다. 최악의 기록이었다. 그래서 소희 팀이 이 홀에서 짐으로써 올 스퀘어(총 점수도 비김)가 되었다.

8번 홀은 309야드로 그린이 매우 좁고 포대형이어서 공략하기 아주 힘든 홀로 정평이 나 있다. 현우는 드라이브를 잘 쳐서 피칭웨지로 높은 언덕 위의 그린에 올릴 수 있었다. 하지만 홀컵이 왼쪽으로 치우친 그린은 실수할 여지가 있었다. 버디는 포기하고 안전책으로 투 퍼팅 작전을 써 파를 잡았다. 미스터 로버슨 역시 이 골프클럽의 멤버답게 노련미를 한껏 발휘하여 파를 잡아 더블 보기를 범한 두 숙녀 때문에 이 홀도 비기고 말았다.

프론트 나인(아웃코스)의 마지막 홀인 9번 홀은 411야드의 긴 미들 홀(파 4)로 페어웨이가 티 박스에서 보면 매우 좁아 보이고 왼쪽은 온통 황무지이나 실제는 페어웨이가 가장 넓은 홀 중 하나이다.

현우가 친 드라이브 샷이 황무지에 떨어져 아이언 7번으로 레이아웃(온 그린 하려고 큰 채를 잡지 않고 써드 온을 목표로 안전하게 페어웨이를 쳐내는 작전)을 하고 3번만에 올려 간신히 보기를 기록하였다. 소희는 더블 보기를 하여 이 홀에서 지게 되어 현우 팀이 프론트 나인에서 1down(1점 뒤짐)이 되었다.

그러나 처음 와 본 난코스였던 것을 감안하면 그리 나쁜 성적은 아니었고 소희도 로버슨 부부의 여유 있고 유쾌한 농담, 재치 있고 사려 깊은 말 한마디 한마디, 그리고 그림 같은 주위 경관에 매료되어 매우 즐거워하는 눈치였다.

스낵 바에서 도넛과 음료수를 마시고 백 나인(인 코스)으로 나갔다.

10번 홀은 137야드로 항상 바람이 많고 그린이 마치 봉분 같고 주위는 둑을 쌓아 놓은 것 같아 온 그린을 시키지 못하면 그린과 둑 사이의 골짜기에 빠진 공을 치려면 백 스윙할 공간이 확보되지 않기 때문에 일단 옆으로 쳐냈다가 온 그린 시킬 수밖에 없다. 여기서는 모두가 보기를 하였다.

11번 홀은 379야드로 그린 40야드 전방에 넓은 벙커가 있어 정확한 샷을 필요로 한다. 현우는 드라이브를 실수하여 스푼(3번 우드)으로 친 공이 역시 그린 앞 벙커로 들어가 버렸다. 벙커 탈출에는 성공했으나 온 그린은 시키지 못하여 더블 보기를 기록하여 2down

이 되고 말았다. 보기를 기록한 소희가 놀렸다.

"힘내세요. 아자⋯."

12번 홀은 340야드로 정확한 피치 앤드 런을 위하여 설계된 홀이다. 페어웨이는 그린을 향하여 우측으로 약간 구부러져 있어 현우는 페이드 샷(왼쪽으로 가다가 오른쪽으로 가는 구질)을 구사하여 이것이 잘 먹혀들어 갔다. 5번 아이언으로 친 공이 깃대 3피트 앞까지 굴러가 이 홀에서 처음으로 버디를 잡았다.

"축하합니다."

"정말 멋있는 샷이었어요."

로버슨 부부가 진심으로 축하해주었다.

한 홀을 만회한 상태에서 13번 홀에 들어갔다.

13번 홀은 445야드로 매우 긴 미들 홀(파 4)으로 남자들은 보기, 숙녀들은 더블 보기를 범하였다.

14번 홀은 168야드의 쇼트 홀로 경관이 매우 아름다워 단풍이 들면 더욱 빛이 나는 홀이다. 3번 우드를 빼내 든 소희는 그린을 신중히 노려보더니 부드럽고 힘차게 공을 날렸다. 경쾌한 소리를 내고 날아간 공은 그린에 안착하여 핀 1피트 앞에서 멈췄다.

"아! 홀인원 할 뻔했어요."

비비안이 더 기뻐해줬다.

"사고 칠 뻔했어요. 한국에서는 홀인원 하면 그 홀에 기념식수도 하고 동반 플레이어에게 골프웨어도 사주고 한다면서요?"

리처드도 한마디 거들었다.

"그래서 일부러 홀인원 안 한 거예요. 만약 홀인원 했으면 여행경비 다 털리고 알거지 될 뻔했어요."

소희도 받아쳤다.

"미국에서는 홀인원 하면 클럽 하우스에 있는 손님에게 맥주 한 잔 돌리거나 시가 한 개씩 나눠주는 정도입니다."

소희는 이 홀에서 무난히 버디를 잡아 올 스퀘어(동점)가 되었다.

15번 홀은 570야드의 매우 긴 롱 홀로 백 티(프로들이 치는 티 박스)는 591야드나 되기 때문에 장타자들도 여간해서 투 온을 시킬 수 없도록 설계된 홀이다. 현우는 4번만에, 소희는 5번만에 그린에 도달하여 각각 보기와 더블 보기를 범하여 또 1down이 되었다.

16번 홀은 423야드로 그린에 가깝게 치게 하기 위해서는 오른쪽으로 긴 드라이브를 쳐야 한다. 하지만 드라이브가 짧으면 황무지에 빠지는 재난을 각오하여야 한다. 이 홀에서도 모두들 보기를 기록하였다.

17번 홀은 335야드로 이 홀은 로 핸디캡 골퍼(70대를 치는 골퍼)에게도 파가 쉽지 않은 홀인데 현우는 운 좋게도 파를 잡을 수 있어 중간 결산 결과 또 올 스퀘어가 되었다.

승부는 이제 18번 홀에서 결말이 나게 되었다.

"어, 긴장되네요. 마치 PGA 대회(프로골퍼들의 상금 획득을 위한 대회)에 출전하기라도 한 기분입니다. 이렇게 재미있는 플레이는 처음 해봅니다."

리처드는 진심으로 이야기했다.

"저도 그래요. 한 샷, 한 샷이 참 짜릿짜릿해요."

비비안은 섹스할 때 오르가슴을 연상케 하는 매혹적 목소리로 콧소리를 냈다.

마지막 18번 홀은 410야드로 이 홀은 크럼프가 온갖 종류의 재난을 가져다주기 위하여 설계한 홀이다. 이 골프코스에 처음 와 보는 현우 부부는 악전고투를 면치 못했고 로버슨 부부는 노련미를 발휘하여 승부는 싱겁게 끝났다.

　간단한 샤워를 하고 클럽 하우스에서 스테이크를 먹었다. 점심 값은 현우가 계산하려고 했으나 현금은 받지 않아서 결국 로버슨이 냈고 기념품이라며 현우 내외에게 스코틀랜드제 모직 베스트까지 하나씩 선물로 주었다.

　리처드는 미국사람 같지 않고 한국인의 정이 듬뿍 밴 사람인 것 같았다. 현우는 국제금융 담당이사로 있을 때부터 은행장까지 약 10 여 년 간 이런저런 국제거래계약의 법률검토를 의뢰하여 적지 않은 수수료를 지불하였지만 그것은 공식적으로 받는 변호사 수임료이고 대개의 경우 자리가 바뀌면 언제 보았느냐 하는 게 한국도 마찬가지 이고, 특히 서구인들은 더 사무적인데 미스터 로버슨은 인연을 참 중시하는 사람 같았다.

　'로버슨도 늙어 가니까, 돈은 있으니까, 그리고 시간이 있으니까 나를 벗삼아 놀아 주는 것일까? 만약 로버슨이 서울에 온다면 나도 로버슨을 이렇게 환대해 줄 수 있을까?'

　현우는 부질없는 생각을 해봤다.

　이해를 떠난 인간관계야말로 진정한 인간관계이고 참다운 우정에 는 이해관계를 배제해야 한다. 부모형제간에도 돈 문제가 개입되면 갈등이 생기는 법이고 부부간에도 네 것 내 것 따지기 시작하면 그 부부관계는 서서히 균열이 생기기 마련인 것이다.

　로버슨이 운전하는 뷰익 파크애비뉴를 타고 95번 고속도로를 따라 북상하고 있었다.

　두어 잔 먹은 칭다오 맥주(중국 청도 맥주)에 두 눈이 스르르 감겼다. 잠깐 조는 사이,

"미스터 유, 내일 스케줄 있소?"

"없습니다."

"그럼 내일 한 번 더 라운딩 합시다. 여보, 당신은 어때요?"

"대환영이고 나의 기쁨이지요."

"그럼 내일은 롱 아일랜드에 있는 시네콕 골프코스로 갑시다. 그곳은 2004년에 US오픈대회가 열립니다. 그때 한국이든 어디에서든 TV로 중계를 보시면 감회가 남다를 것입니다."

다음 날 허드슨 강을 건너 몬토크 고속도로를 타고 사우스햄튼 쪽을 향하여 동쪽으로 차를 몰아가자 언덕 꼭대기에 올라서는 순간 왼쪽으로 갑자기 수평선까지 시야가 트이며 흰색으로 단장된 삼나무 널빤지 지붕의 시네콕 힐스 클럽하우스가 눈에 들어왔다. 그리고 바람에 휘날리는 깃발이 그날의 골프코스 난이도가 어느 정도인지를 친절히 알려줬다. 《골프 다이제스트》 잡지가 선정한 미국 100대 코스 중 6위에 올라가 있는 유명한 코스로 1894년 미국 골프협회가 창립한 다섯 개 클럽 중 하나였다.

사우스 햄튼은 포드 가문과 화이어 가문이 여름을 보내는 곳이기도 하며 별장이 많고 시네콕 골프코스에서 4번의 US오픈 골프대회가 개최되기도 하였다.

이곳은 미국 최초의 법인 골프클럽이었고 최초의 회원 대기명단과 클럽 하우스를 갖추기도 한 골프장이었다. 그것도 그냥 클럽 하우스가 아니라 뉴욕 브로드웨이의 쇼걸 에블린 네스비트의 남편 해리스가 쏜 총에 맞아 사망함으로써 1906년 신문 전면을 장식했던 스캔들의 주인공이자 화려한 설계가였던 스탠포드 화이트가 설계한 단순하면서도 멋진 구조의 건물이었다.

화이트가 사랑에 빠졌던 네스비트는 〈빨간 우단 그네를 타는 여자〉에 나온 무용수였다.

"맨 이런 코스만 데리고 다녀요? 나는 편안하고 쉬운 코스가 좋은데 …."

집에 돌아온 소희가 투덜댔다. 오늘 시네콕 골프코스에서 죽을 쑤었기 때문이다.

"골프는 도전이야. 그런 난코스에서 골프의 참맛을 느껴야지."

"나는 좋다는 골프코스치고 좋은 골프장을 보지 못했어요. 시냇물이 많아 공이 물에 빠지지, 페어웨이는 언듀레이션(울퉁불퉁)이 많아 우드샷을 하기 힘들지, 러프는 길지. 그리고 그린은 왜 그렇게 빠르고 브레이크(반듯이 가지 않고 휘어 가는 그린)가 많은지 …. 스트레스만 받아요."

"그래, 그럼 이제 골프는 그만 치고 단풍구경이나 하며 낚시나 즐기자구."

다음 날 느지막이 다영의 재규어를 얻어 타고 뉴잉글랜드로 차를 몰았다. 재규어는 맵시도 날렵하려니와 승차감이 아주 좋아 엔진 소리가 거의 나지 않았다. 롤스로이스를 만든 영국이라서 그런지 고급차는 영국이 잘 만든다. 미국차는 크기만 했지 고장도 잦고 오밀조밀한 맛도 없고 영 멋대가리가 없다. 차도 국민성을 따라가는가 보다.

뉴잉글랜드라면 메인주, 뉴햄프셔주, 버몬트주, 매사추세츠주, 로드아일랜드주, 코네티컷주 등 6주를 말한다.

보스턴을 지나 콘코드라는 작은 마을에서 연어낚시를 했다. 뉴햄프셔부터 흘러내려 오는 강줄기가 대서양으로 흘러 이곳은 연어가 잘 잡히기로 유명한 곳이다.

벌써 9월 하순이었다. 서울을 떠난 게 8월 초니까 벌써 2달 가까이 된 셈이다.

뉴햄프셔의 단풍은 언제 보아도 환상적이었다. 뉴욕에 주재하는 동안 해마다 이곳을 찾아 산야는 눈에 익건만 단풍은 볼 때마다 새로운 느낌을 주었다.

소희가 그럴까? 단풍 같은 여자! 아침에 다르고 저녁에 다르다. 잠자리에서는 매번 다르다. 천의 여자와 사는 기분이다. 조용하면서도 격렬하고, 우아하면서도 야성적일 때가 있고, 조신하면서도 적극적인 때가 있다.

애리조나와 유타주의 붉은 흙 속에서 헤맨 것이 달포 전인데 이곳 뉴햄프셔에서는 공중에 매달려 있는 붉은 잎 속을 휘젓고 달리고 있었다. 화이트 마운틴의 유서 깊은 브레튼 우즈 호텔(1946년 IMF를 창립하는 협정을 맺은 호텔)에서 짐을 풀었다. 분지에 둘러싸인 이 호텔 바로 앞에 골프장이 보였다. 한눈에 보아도 평지였다. 대단히 편안해 보였다.

"소희, 라운딩 한 번 더 해 볼래?"

"여기라면 좋아요."

"그래, 한 번 하자."

골프장은 쉬웠다. 클럽 하우스에서 골프채를 렌트하여 그동안 어려운 코스에서 갈고 닦은 솜씨로 소희는 실력을 발휘했다. 8자를 두 개 그렸다. 88점을 친 것이다. 그것은 소희의 핸디보다 투 언더를 친 것이다.

현우는 차를 모느라고 피곤해서인지 주로 보기만 해서 90타를 쳤다.

"여보, 당신은 변태야."

"내가 왜 변태인데?"

"매 홀 '보기'만 하는 남자는 알몸의 여자를 앞에 두고 바라보기만 하니 변태지 뭐야.”

소희는 어디서 배웠는지 농담을 했다.

“내가 당신한테 멀리건을 많이 주지? 멀리건의 유래가 무언지 알아?”

“멀리건은 멀리건이지 유래가 다 있어요? 빌 클린턴이 제일 많이 사용하는 무기라는 얘기는 들었지만.”

“멀리건이란 사람이 절친한 골프친구 4인방과 전천후로 골프를 즐겼는데 멀리건이 갑자기 죽게 되자 나머지 친구 3명이 멀리건과 함께 라운드한다는 기분으로 죽은 멀리건을 그리며 홀마다 공을 하나씩 더 쳤다는 데서 유래된 용어야.”

“북한에서는 골프를 뭐라고 하는지 아세요?”

“몰라.”

“열여덟 구멍 공 넣기.”

“하하, 우리 오늘 하나 구멍 공 넣기 하자.”

기분이 좋아진 그들은 마음껏 농담을 주고받았다.

행복이란 남이 멀리서 볼 때는 현란하게 보이지만 속내를 들여다보면 아침 햇살에 비치는 혼탁일 때가 많다. 혼탁스러움은 언뜻 보아서는 더럽게 보이지 않지만 맑은 햇살이 비치면 그 속살이 적나라하게 나타나는 법이다.

“우리 잘못 온 것 같아.”

소희가 먼저 입을 떼었다.

“나는 애들이 안정된 직업을 가지고 벌이도 많기 때문에 아주 행복하게 사는 줄 알았어.”

“돈이 아무리 많으면 무얼 해요? 마음이 편해야지. 그리고 상훈이의 교육도 문제예요. 아이는 엄마 손에서 자라야 하는 법인데 ….

다영이 고집이 세서 제 직업을 포기하지 않으려고 하니…. 어젯밤
화장실에 가다가 다영이 부부 방 앞을 지나게 되었는데 고성이 오고
갑디다. 네가 그만두어라, 니가 그만두어라 하는 얘기인데 아마 둘
중 하나가 직장을 포기하고 상훈이 교육을 맡으라는 얘기 같았어요.
상훈이가 초등학교에 들어갈 때까지는 부모가 돌봐주는 게 교육상
좋지 않을까요?"

"그래, 다영이가 직업을 포기해야지. 아무리 다영이 연봉이 많다
하더라도 가정은 남자가 이끌어야 하는 거야. 그리고 아이는 엄마가
돌봐야 하는 거고."

"그래요. 요즘 한국에서 TV 연속극을 보면 가사를 남편이 전담하
고 돈을 부인이 벌어오는 얘기가 많이 나오는데 어쩌다 부득이 그런
일이 있을 수는 있겠지만 무슨 사회풍조인 양 가사전업남편이 속출
하는 것이 사회풍조인 것처럼 부추기는 것은 지나치다고 봐요."

"하느님이 인간을 창조할 때 남자와 여자의 역할을 명확히 구별해
주셨어. 아기를 남자가 낳을 수 있나? 요즘 여권운동이 하도 극렬하
여 여성차별을 하지 말라고 하는데 왜 여자는 군대에 안 가는 거야?
이스라엘처럼 여자도 군대 가는 걸 의무화시켜야지. 그리고 한국의
음식점에 가 봐. 점심시간이면 삼삼오오 여자들 판이야. 또 골프연
습장에 가 봐도 여자가 60~70%, 주중에 골프장에 가 보면 여자가
50%야. 그것도 40대 여성. 미국 골프장에 40대 여성이 골프 치는
거 봤어? 간혹 있기는 하지만 대부분 60대야. 세계에서 제일 팔자
편한 여자는 한국 여자라고 생각해. 당신은 어떻게 생각해?"

"할 말 없어요."

"내가 새벽 등산길에 자주 만나 인사를 나누는 사람이 있는데 자
기 아파트에 참한 처녀가 있어 며느리로 삼으려고 중매를 넣으려고

했대. 그런데 어느 날 보니까 빨간 벤츠 스포츠카 신형을 몰고 나가더라는 거야. 경비한테 물어보니까 그 처녀 아버지가 새로 뽑아주었다는 거야. 그래서 혼사를 포기하고 말았대.

그리고 초등학교 동창 하나가 골프장 앞에서 갈빗집을 운영하는데 평일에 거기에는 손님 60~70%가 여자고 이들 중 50% 정도가 외제차를 몰고 오고 이 중 70~80%가 30~40대 여자라는 거야. 그 돈이 어디에서 나오겠어? 제가 벌어서 쓰는 거겠어?"

"열 올리지 마세요. 혈압 올라요."

다음 주말은 연 이틀 골프약속이 있다며 사위는 양해를 구했다.

"우리는 있는 둥 마는 둥 전혀 신경 쓰지 말고 자네 일정대로 행동하도록 하게나."

현우는 사위에게 부담을 주지 않으려고 노력했다.

남편이 골프약속이 있다고 하니까 다영은 일박이일로 워싱턴 DC 동쪽에 있는 쉐난도 계곡에 가서 쉬고 오자고 했다. 다영은 골프를 치지 않았다.

현우 부부와 다영 모자는 쉐난도 국립공원으로 향했다. 다영의 재규어는 경쾌하게 고속도로를 질주했다.

쉐난도의 단풍도 일품이었다. 그리고 유명한 골프장도 있었지만 더 이상 골프에 시간을 보낼 생각은 없었다. 쉐난도 국립공원은 산 위로 뻗은 길 이름이 스카이라인 드라이브(*Skyline Drive*)로 160㎞나 된다. 능선을 따라가는 길이지만 산 양쪽이 다 보이는 것은 아니고 길은 오르막 내리막을 거듭하면서, 길의 변화에 따라 한편 아래가 넓게 보이다가 다시 반대편으로 넘어가면 그쪽이 훤하게 보이고 때로는 산속에 갇혀서 산 아래가 아예 보이지 않는 때도 있었다.

쉐난도에서 하룻밤을 묵고 다음 날은 인근에 있는 세계적으로 유명한 두레이 동굴을 찾아가기로 하였다. 안내인을 따라 좁은 계단을 따라 내려가 본 동굴은 정말 대단하고 황홀함 그 자체였다. 한국에서 성류굴, 고수동굴, 만장굴 등을 보고 감탄한 적이 있는데 그것들은 두레이 동굴과 비교하면 상대가 되지 않았다. 어떤 방은 마치 대형 샹들리에를 설치해 놓은 듯한 것도 있었다.

두레이 동굴은 방들의 크기가 높이 30피트로부터 140피트에 이르는 것도 있고 길고 짧은 종유석에 연결되어 있어 아름다운 교향악이 울려 퍼지게 하는 종유석 파이프 오르간(*Stalactite Pipe Organ*)이 있다. 지금도 자라고 있는 동굴 내의 종유석을 보호하기 위하여 동굴 조명에도 세심한 주의를 기울이고 있다고 안내원이 설명하는데, 간접조명을 통하여 호수에 반사되는 모습이 장관이었다.

저녁을 먹고 테라스에 나가 앉아 있노라면 풀벌레의 울음소리가 들려왔다. 가을이 익어 가는 음악이었다. 하늘에는 부드러운 달과 창백한 별이 빛나고 있었다.

"이제 우리 짐을 쌀 때가 되지 않았어?"

소희가 제안했다.

"그러지, 뭐."

우리의 삶은 고난의 연속이라고 할 수 있다. 때로는 울고, 때로는 슬퍼하고, 때로는 힘겨워하고, 때로는 고통을 느끼는 것이 바로 우리의 인생이다. 하지만 고난의 순간이 지나가면 새로운 날이 밝아오는 것이다.

다영이 좀 편한 직업을 가졌으면 좋으련만.

"다음 주에 서울에 돌아가야 할 것 같다."

"더 노시다 가시지 않고 벌써 가세요? 상훈이도 할아버지 할머니와 한참 정이 들었는데."

"너무 오래 놀았어. 가봐야 돼."

진심으로 애석해하며 붙잡는 눈치는 아니지만 제 삶도 고달파서
겠지 하고 이해했다.

바람처럼 시간이 흘러갔다. 서울을 떠난 지 벌써 석 달이 된 것이
다. 현우는 갑자기 마음속 깊은 곳에서 서글픈 감정이 솟아오르는 것
을 느꼈다. 화려했던 직장생활을 접어두고 이렇게 방랑자처럼 광야
를 헤맨 것이 어쩌면 서글펐고 그렇게 애지중지하며 키웠던 딸애한
테 베푼 것만큼의 백분의 일도 사랑을 받지 못한다는 것이 서글펐다.

화장실에 쭈그려 앉아 쓸쓸한 감정을 주체하지 못하고 서글픈 감
정에 몰입하다 보니 눈물이 얼굴을 따라 흐르고 있었다. 얼마 동안
눈물을 흘리고 나자 서글픈 마음이 조금씩 가라앉기 시작했다. 답답
했던 마음이 후련해지고 있었다. 휴지로 눈물을 닦고 밖에 나왔다.

남자의 눈물은 대중 앞에 보여서는 안 되는 법이다.

VII

　서울에 돌아온 소희는 여독으로 심한 몸살을 앓았다. 평소 알뜰
살뜰한 소희의 성격으로 보아 파출부를 부르면 무리하게 자리를 박
차고 일어날 것 같아 가사는 현우가 도맡아 하였다. 졸지에 가사전
업 남편이 된 것이다.

　아내에게 죽 끓여다 바치기, 세 끼 밥하기, 설거지, 청소, 세탁,
장보기 등등 자질구레한 집안일을 하는 것을 현우는 꺼려하지 않았
다. 외부와의 약속은 핑계를 대고 가급적 거절하였다.

　현우에게는 몇 가지 월례모임이 있었다. 고등학교 모임, 대학 월
례모임들, 고등학교 골프모임, 대학 골프모임, 고등학교 등산모임,
대학 등산모임, 그리고 고교·대학 바둑모임에 가입하고 있었다.
이것만 쫓아다녀도 한 달 스케줄이 꽉 찼다. 그리고 다니던 직장 동
우회에서도 골프, 등산, 바둑 모임이 있어 가끔 초청이 왔다.

　여기에 친한 친구들이 가끔씩 골프를 치자느니 점심을 먹자느니
연락이 왔다. 하지만 현우는 아내의 건강이 완전히 회복할 때까지는

두문불출하기로 하였다. 전화가 자꾸 와서 귀찮아 착신전화번호만 보고 필요한 사람에게만 전화하는 장치를 하였다.

가사를 돌보는 데는 그리 많은 시간이 걸리지 않았다. 현우나 소희는 여러 가지 반찬을 먹기보다 한두 가지 반찬을 만들어 김치와 함께 먹는 식습관을 가지고 있기 때문에 식사준비 하는 데도 그리 시간이 걸리지 않았고 설거지는 세척기로, 세탁은 세탁기와 건조기로, 청소는 중앙집전식 진공청소기와 미는 걸레로 하였기 때문에 가사에 소요되는 시간은 하루 2~3시간이면 충분하였다.

"여보! 미안해요."

"뭐가 미안해?"

"당신을 이렇게 전업주부로 전락시키다니 정말 미안해요. 내일부터 파출부를 부를까 봐요."

"살림에 한참 재미가 붙었는데 파출부는 무슨 파출부? 파출부 타령 그만 하고 빨리 자리를 털고 일어날 생각이나 해. 병도 다 마음이야. 자기가 병을 이기려는 의지가 있으면 회복이 빠른 거야."

"그럴게요."

소희는 힘없이 대답한다.

"아무래도 미국여행이 당신에게 무리였던 것 같아. 나의 잘못이야."

부드러운 햇살이 퍼지고 라일락 향기가 사방에 진동하는 5월의 어느 날 드디어 소희는 자리를 털고 일어나 자기가 밥을 하겠다고 했다. 몸살이 다 나은 모양이었다.

비발디의 〈사계〉(四季)가 부엌에 울려 퍼지고 있었다. 피폐한 영혼을 달래주는 듯한 음악이었다. 향기로운 커피의 냄새가 부드럽게 퍼지고 있었다. 현우는 소희가 밥을 하는 동안 커피 한 잔을 마시며 식탁에 앉아 있었다. 그때 전화벨이 울렸다. 무거운 침묵이 두 사람

사이를 휘감고 있었다.

전화벨은 끊이지 않고 줄기차게 울어댔다. 현우가 전화기로 가서 착신번호를 확인하니 어머니가 입원해 있는 요양원 전화번호였다. 화들짝 놀라 전화기를 집어들었다.

"왜 그렇게 오래 전화를 안 받아요? 안 계신 줄 알고 전화를 끊으려고 했어요. 어머님께서 위독하시니 빨리 오세요."

집을 나서니 소희도 굳이 따라나섰다. 저녁도 먹지 아니하고 아직 완전히 몸이 회복되지 않아 집에서 쉬고 있으라고 해도 굳이 따라나섰다. 소희는 죄송한 마음을 금할 길 없었다. 시어머니가 치매에 걸리기 전까지는 친어머니같이, 친딸같이 다정하고 사이좋게 지냈다.

그러나 시어머니가 치매에 걸리고 난 뒤 돌보는 일이 너무 힘들어 요양원에 입원시켜 드렸다. 그리고 문병도 일주일에 한 번, 그러다가 한 달에 한 번 가는 둥 마는 둥, 가봤자 알아보지도 못하니까 문병 갈 의욕도 생기지 않았다.

며느리의 소임을 완전 방치한 거나 다름없었다. 다행히 요양원이 꽤 깔끔한 곳이어서 약간 마음의 위안은 되었다.

차는 어두컴컴한 저녁의 미로를 뚫고 수원으로 향하고 있었다. 요양원에 도착하니 어머니는 중환자실에 계셨다. 의사 말이 각오를 하라고 했다.

임종! 임종이 무슨 의미가 있는 것일까? 아들, 며느리도 못 알아보는 어머니에게 임종이 무슨 의미가 있는 것인가? 결국 임종은 남은 자의 마음을 치유하는 하나의 자기 위로에 지나지 않는 것이 아닌가? 임종을 하고 아니 하고 무슨 차이가 있단 말인가? 죽음을 앞둔 사람의 정신이 말똥말똥하여 마지막 대화를 나눌 수 있다면 임종은 대단한 의미가 있을 것이다.

그러나 의식이 불분명한 사자의 임종을 못 봤다 하여 마음의 가책을 받는 자식들은 어떤 생각에서 그런 생각을 하는 것일까? 주위를 의식해서일까? 그렇지 않으면 자책감일까?

평소에도 아들을 못 알아보았지만 지금 이 순간 의식불명 상태로 식물인간이나 다름없는 어머니를 보고 이 자리가 누구를 위한 자리인가 현우는 회의를 가진다.

'가시는 자를 위한 자리인가, 아니면 내 마음의 평화를 위한 자리인가?'

영결식은 엄숙하게 진행되었다.

연락을 안 했음에도 장례식장에는 알음알음으로 많은 사람들이 조의를 표하여 주었다. 친척들, 직장사람들, 직장동우회, 초·중·고·대학 동문들, 그리고 평소 친분이 있던 사회친구들이 많이 찾아와 주었다. 아들 지민이의 손님들도 많이 찾아 주었다.

조의금은 받지 아니 하였다. 조의금! 어려운 사람에게는 십시일반으로 상호 부조하는 의미에서 장례비용에 보태 쓰라고 조의금을 내는 것은 동방예의지국의 미풍양속이라고 할 수 있으나, 어려운 사람에게 모이는 조의금은 정말 미미할 뿐 별 도움이 안 되고 고관대작이나 높은 자리에 앉아 있는 사람일수록 부모님의 부음을 사방에 알림으로써 한몫 단단히 잡는 것이 오늘날의 세태가 아니던가? 그들이야말로 조의금이 필요 없을 것이다. 장례비용이야 얼마나 들겠는가. 수의 빼고는 그리 많이 들지 않았다. 결혼식 비용의 5분의 1도 들지 아니 하였다.

옛날 못살던 시절에는 돈이 없어 부모님이 돌아가시면 관 짤 돈도 없어 멍석에 둘둘 말아 매장한 시절도 있었지만 지금은 시대가 변하지 않았는가. 그만큼 경제사정들이 좋아진 것이다. 부음을 신문에 내는 것도 그렇다. 이 바쁜 세상에 누가 깨알 같은 부음을 하나하나 챙기겠는가. 그리고 부음을 내는 것은 지인(知人)은 모두 오라는 소집령이 아니고 무엇이겠는가. 30여 년 전에는 결혼소식도 신문에 무료로 게재하여 주었다. 그런데 그것은 없어졌다. 잘한 일이다. 사회적으로 큰 공헌을 한 사람이나 업적을 남긴 사람의 부음을 신문에 소개하는 것은 의미가 있다. 그러나 이 사람 저 사람 가리지 않고 부음을 신문에 내주는 것은 가문의 영광을 높여 주기 위해서란 말인가.

하지만 이 많은 문상객 중 진심으로 망자의 죽음을 슬퍼하는 사람은 몇이나 될까? 대부분 유족의 얼굴을 보고 면피성으로 온 문상객들일 것이다.

그리고 기본적으로 현우는 이런 떠들썩한 장례식을 원치 않았다. 조용히 조촐하게 망자를 회상하며 망자를 그리며 장례식을 치르고 싶었다. 어머니가 성당을 워낙 열심히 다니셨기 때문에 연도(憐悼)하는 사람들이 끊임없이 다녀갔다. 그것도 번잡스러웠다.

그러나 어찌하랴! 관습은 관습.

어머니!

외아들인 나를 어머니는 얼마나 애지중지 하셨던가. 그런데 나는 그만큼 어머니에게 보답을 하였던가. 어머니는 한 번도 나를 꾸짖으신 적이 없었다. 그 흔한 공부하란 말 한 번 하신 적도 없었다. 정미소를 운영하시던 아버지는 잘 사셨던 것 같기도 하고 못 사셨던 것도 같다.

잘 사셨던 것은 고향 충청도 부여에서 정미소를 경영하실 때 동네에서 부자소리를 들었고, 현우가 전국에서 제일 좋다는 중학교에 입학하자 춤을 덩실덩실 추시면서 솔가(率家)하여 서울 사직동에 집을 마련해서 당숙이 경영하시던 커다란 제분소에 지배인으로 근무하실 때까지는 생활에 여유가 있었다. 돈도 좀 모으신 것 같았다.

그러나 1960년대 초, 아들 뒷바라지를 더 멋있게 해주겠다고, 버젓한 집으로 이사가서 명문가와 혼사를 맺겠다고 증권투자에 손을 대신 게 화근이었다. 처음 어느 날에는 책보에 돈을 가득 싸들고 오셔서 쌀뒤주에 감추시기도 했다. 승승장구 불어나는 증권투자에 홀딱 빠져 다니시던 제분소에도 사표를 내고 하루종일 증권회사 시황판에 붙어 앉아 계셨다. 아르바이트 상고생이 분필로 어느 주식은 얼마, 어느 주식은 얼마 하며 분주히 쓰고 지우는 것을 눈이 뚫어지게 지켜보며 하루에도 주식을 몇 번씩 사고 파시곤 하셨다는 것이다.

이건 투자가 아니라 투기의 단계에 들어선 것이다. 상당한 돈을 모으신 아버지는 큰 욕심을 내셨다. 있는 돈을 모두 털어 넣어 올인 작전을 쓴 것이다. 그런데 웬 날벼락인가. 다음 날부터 주식이 하종가로 곤두박질치기 시작한 것이었다. 이제는 오르겠지 하며 피 말리는 하루하루를 보낸 것이 열흘, 드디어 아버지는 깡통을 차신 것이었다. 이른바 그 유명한 증권파동에 휩쓸린 것이다. 일장춘몽(一場春夢). 이것이 바로 일장춘몽이었다. 큰 집을 사고도 남을 돈을 버셨다가 일순간에 모두 잃어버린 것이다.

이 모두가 아들 현우의 무지갯빛 장래를 위해서였다. 아버지는 현우가 중학교 시험을 볼 때 처음으로 서울에 현우를 데리고 올라오셔서 어느 중국집에서 우동을 사주시면서 당신이 뒷바라지는 남부럽지 않게 하여 줄 터이니 공부에만 전념하라고 하셨다. 그 말씀을 듣는 둥 마는 둥 처음 먹어보는 그 우동이 얼마나 맛이 있었는지 현우는 지금도 그 맛을 잊지 못했다. 자상하시고 너그럽고 강인하고 의지가 굳으며 솔직하시고 감정표현이 뚜렷하셨던 아버지는 손 솜씨도 좋으셔서 집안에 고칠 일이 있으면 목수 이상으로 수선을 잘하셨고 채전도 잘 가꾸셨으며 꽃 재배도 일가견이 있었다. 키우기 어렵다는 국화도 곧잘 재배하셔서 가을을 빛나게 하여 주셨다.

아버지는 사려 깊은 준수한 용모에 조용하고 편안한 성격인데다 애정표현도 잘하는 편이었다. 그러나 여자관계는 없었던 것 같다. 그 잘생기신 용모에다가 점잖은 매너에 여성들이 왜 안 따랐겠는가. 그러나 현우의 기억에는 어머니와 여자문제로 다투는 것을 본 적이 없었다. 두 분은 금실이 참 좋으셨다. 흠이라면 어머니가 현우를 낳은 후 산후조리를 잘못하여 더 이상 생산을 하지 못하신 게 못내 두 분이 아쉬워하던 점이었다.

어머니는 참 미인이셨다. 중국의 4대 미인에 서시, 왕소군, 초선, 그리고 양귀비가 있었다지만 어머니도 눈부신 미인이셨다. 특히 피부가 백옥같이 희었다. 그래서인지 현우도 남자이지만 목욕탕에 가면 목욕객들이 현우의 백옥 같은 피부에 한 번쯤은 곁눈질을 하곤 한다. 지금 나이 60이 되었어도 주름 하나 없다.

현우의 아버지, 어머니가 친구모임에라도 나가시면 모두 미남, 미녀가 나타났다고 놀리곤 하였다.

그러던 아버지가 증권파동에 재산을 모두 날리자 술에 절어 매일을 보내셨다. 그나마 집과 고향의 땅문서에는 손을 안 댄 것이 다행이었다. 모든 희망을 잃은 아버지는 어머니와 자주 말다툼을 하기에 이르렀고 급기야 폭력까지 휘두르게 되었다. 그러시다가 어느 날 밤, 쇠약해질 대로 쇠약해진 몸에 엄청난 폭음을 하셔서 기다시피 집에 들어오셨는데 다음 날 아침 일어나 보니 심장마비로 아무도 모르게 가시고 마셨다. 유언 한마디도 없이, 병도 앓으시지도 않고 홀연히 이 세상을 바람같이 떠나가셨다. 나이 60을 채우시지도 못하고.

그때부터 어머니는 고생깨나 하셨다. 동네 허드렛일도 하시고 잔 칫집에 가서 음식도 해 주시며 어떤 때는 머리에 나물이나 채소 등을 이시고 동대문시장에 내다 팔기도 하셨다. 떡을 만들어 팔기도 했으며, 딸 시집 보내는 집이 있으면 바느질도 하셨다. 심지어 가짜 꿀장수까지 하셨다. 아들이 서울에서 제일 좋다는 XX고등학교에 다 니는데 아들 주려고 시골에서 딴 꿀을 가지고 상경했는데 내려갈 여 비가 없어 아들 줄 꿀을 판다고 하며 설탕 넣은 가짜 꿀을 부자동네 에 팔고 다니시기도 했다.

이렇게 고생을 하면서 애지중지 키운 나인데 나는 어머니에게 무 엇을 해드렸단 말인가. 슬픔의 물결이 거칠게 현우의 마음속으로 흘 러 들어왔다. 슬픔의 강은 점점 더 깊고 더 넓어져 갔다. 현우는 혼 자서 슬픔의 강을 건너려고 안간힘을 썼다.

소희는 현우의 마음을 아는지 모르는지 침묵을 지키고 있었다. 침 묵은 더욱 넓어져 바다처럼 커지고 있었다. 의식이 있으시든 없으시 든 치매노인을 현우가 직접 모셨어야 했다. 소희가 힘들어하면 현우 가 직접 모셨어야 했다.

옛날에는 부모님이 돌아가시면 벼슬도 버리고 3년 시묘를 하였다 고 하지 않는가. 아내가 어머니를 못 모시겠다고 하면 직장에 사표 를 내고 스스로 어머니를 모셨어야 했다. 밥하고 빨래하는 것이 뭐 대수로운 일인가. 고급 요양원에 입원시켰다고 할 일을 다했다고 스 스로 양심의 가책을 받지 아니한 자신이 한없이 미웠다.

가신 분은 가셨지만 남아 있는 자의 여린 가슴은 한없는 괴로움에 시달릴 것이다.

어머니!

어린 시절 고향 부여에서 초등학교를 다닐 때 장에 가실 때면 손을 잡고 꼭 함께 데리고 가시곤 하였다. 장에 가서 점심때가 되면 보신하라고 개장국을 사주시던 생각이 났다. 당신은 아들이 맛있게 음식을 먹는 모습을 흐뭇이 바라보시기만 하면서.

그때 같이 먹자고, 왜 숟가락 하나만 더 달라고 하지 않았을까. 게걸스럽게 혼자 다 먹어치우고 뚝배기를 들어 국물까지 다 먹어버린 자신이 한없이 미웠다.

중학교에 입학하여 교복을 새로 사서 입히고 아버지, 어머니와 함께 창경원(지금은 창경궁)에 가서 신기해하던 일, 동물구경도 하고 호수에서 보트도 타고…. 그때도 어머니는 아이스께끼를 나만 사주셨다.

대학에 들어가서는 남자는 호주머니에 돈이 떨어지면 안 된다며 없는 돈 있는 돈 무리해가면서 용돈을 주시던 어머니. 이런 어머니에게 내가 해드린 것은 무엇이란 말인가.

성당에 같이 가고 싶어하시던 어머니였지만 일요일에는 골프치랴 등산가랴 친구와 어울리느라고 일요미사를 모시고 가는 둥 마는 둥 하였던 게 못내 아쉽기 짝이 없었다.

환갑 때 휴가를 내어 제주도 여행을 모시고 다녀온 일, 미국주재시 어머니를 초청하여 미국의 여기저기를 구경시켜 드렸던 일, 필라델피아의 롱우드 가든에 모시고 갔을 때 꽃을 좋아하시던 어머니가 만발한 꽃을 보시고 무척 좋아하시던 일이 기억에 남았다.

그러나 이런 일들은 그저 껍데기일 뿐. 내가 언제 마음속으로 진정 어머니를 흠모한 적이 있었던가. 나는 불효자입니다. 누가 뭐래도 불효자입니다.

한 달에 수백만 원 하는 요양원에 어머니를 입원시켜 놓고, 어머니를 까맣게 잊어버리고 몇 달 동안 미국에서 희희낙락 즐겼던 것이 한없이 부끄러워졌다. 후회스럽기만 했다. 그 사이 어머니가 무슨 변이라도 당했으면 어찌할 뻔했을까.

　밤은 깊어갔다. 현우는 어머니에 대한 추억과 상념에 젖어 그 안에서 헤어나질 못하고 있었다. 어머니의 영정은 뜻 모를 미소를 짓고 현우를 내려다보고 있었다.
　"지민이하고 당신은 위 객실에 가서 눈 좀 붙이고 내일 새벽에 내려와. 영전은 내가 지키겠소."
　"어머님 마지막 가시는 길인데 저도 함께 할래요. 살아계실 때 잘 모시지도 못했는데 ….."
　소희가 또 오열을 했다.
　"내가 어머니와 할 얘기가 있어. 제발 날 조용히 내버려둘 수 없어?"
　그들은 실랑이를 벌이다가 결국 소희가 지고 말았다.
　현우는 다시 분향을 하고 영정을 올려다보았다. 그윽한 미소를 가득 담은 어머니! 언제 보아도 포근하고 넉넉하시다. 고생을 하신 얼굴이 아니다. 자랑스런 아들을 가슴에 안고 일생을 보내셨기 때문일까?
　가시나무 새는 켈트족의 전설에 나오는 새로 일생 동안 가장 크고 가장 길고 가장 날카로운 가시를 찾아다닌다고 한다. 그런데 그런 가시를 찾았을 때, 그 새는 제 몸을 가시에 찔러 죽는다고 한다. 그 새는 평생 동안 한 번도 울지 않다가 가시에 찔리면서 한 번 운다고 하는데 그 울음소리가 너무 곱고 아름답다는 것이다.
　사람은 누구나 스스로 작은 노래를 부르고 있으며 그것이 이 세상에서 가장 아름다운 노래라는 확신을 가지고 자신의 가시를 키워가

고 있는 것이다. 남은 것은 그 아픔을 감수하는 일, 그리고 그것은
가치 있는 일이라고 스스로 다짐하는 일이다.

어머니야말로 한 마리 가시나무 새셨다. 나라는 가시에 찔려 너무
곱고 아름다운 울음소리를 내시고 저 세상으로 가셨다. 나도 그 가장
크고, 가장 깊고, 가장 날카로운 가시에 내 심장을 찔러 당신 곁에
가고 싶었다. 어머니의 죽음이야말로 그 가시나무가 아니겠는가.

염습(殮襲)은 다음 날 오후 4시에 거행되었다. 현우는 염하는 데
는 아무도 들어오지 못하게 하였다. 아들 지민이도 아내도 들어오지
못하게 하였다. 온몸을 벗겨 새 옷을 입혀 드리는데 아들 외에 딴
사람이 입처한다는 것은 도리에 맞지 않는다고 생각해서였다. 산 사
람의 나신도 안 보여주는데 사자의 나신을 왜 공개해야 하는가.

염하는 사람은 여자를 쓰도록 하였고 돈은 요구하는 대로 줄 터이
니 최대한 깨끗하게 몸을 닦아 달라고 하였다. 염하는 여인은 솜에
약물을 듬뿍 적셔 전신을 닦기 시작했다. 죽은 어머니의 벌거벗은
육체가 고스란히 드러나고 있었다. 육체는 실컷 입다 버린 낡은 옷
과 같이 보였다.

염하는 여인은 적신 수건으로 어머니의 시신을 구석구석 세심하
게 닦아내기 시작하였다. 현우는 더 이상 염습하는 어머니의 시신을
지켜볼 수가 없었다. 복받쳐 오르는 슬픔 때문이었다. 그러는 사이
염하는 여인은 어머니의 얼굴에 화장을 하기 시작했다. 파운데이션
을 입히고 눈썹도 그리고 립스틱도 칠하였다.

"어떤가 한번 보세요."

어머니의 용모가 몰라보게 달라져 있었다. 마치 산 사람 같았
다. 그제야 현우는 아내와 지민이 내외를 불러들였다.

다음 날 장례식은 조출히 치러졌다. 어머니가 다니시던 성당에서

위령미사를 마치고 장지를 향하였다. 장지는 고향 부여의 선영(先塋) 이었다.

장례차에는 연도대원 몇 명, 현우 친구 몇 명과 운구요원으로 지민이 회사의 젊은 직원 6명이 동승하였다. 성당에서 신부님이 여기까지 동승하여 하관기도를 해주셨다.

영구차는 경부고속도로를 줄기차게 북상하고 있었다. 상처받은 현우는 마음의 촛불을 켰다. 그렇다. 3년 시묘. 시묘는 못할망정 고향으로 돌아가자. 인구 3만의 소도시 부여군. 근대화 물결의 혜택을 전혀 받지 못한 부여. 옛 백제의 수도. 하지만 통일신라에 비하면 너무나 보잘것없는 문화재 관리, 그게 모두 40여 년 간 한때는 권력의 이인자로까지 군림한 이곳 출향인사의 몸사림 때문이라고 이곳 주민들은 믿고 있었다.

너무나 낙후된 도시다. 도시랄 것도 없다. 아직도 그 흔한 시(市)란 명칭 하나 달지 못하고 군(郡)이란 이름을 고수하고 있으며 마을도 그 흔한 동(洞)이란 이름을 붙이지 못하고 고색창연하게 리(里)란 이름으로 불리지 않는가.

현우의 아버지는 이곳에서 정미소를 운영하실 때 5만 평 정도의 논밭을 가지고 계셨다. 집은 지금은 다 쓰러져 사람이 살기에는 좀 그런 고택이 되어 버리고 말았지만.

어머니는 그 어려운 때에도 이 부여 땅만은 아버지가 물려주신 땅이라며 손을 대지 않고 약간의 삯을 받고 동네사람에게 빌려주고 있었다.

이곳은 참 아름다운 곳이다. 야트막한 금정산(121m) 언덕배기에 있는 이곳은 바로 앞에 부여고등학교가 있고 금정산에 올라가면 말발굽형으로 굽이굽이 흐르는 백마강이 한눈에 들어온다.

채전 한편에는 구불구불한 노송들이 즐비하게 서 있고 계절 따라 크고 작은 꽃들이 여기저기 흩어져 있으며 봄이면 고택 정원에는 창백하도록 하얀 목련이 피어나고 여름이면 후박나무 잎사귀가 반짝이며 더위를 피할 수 있게 그늘을 드리워준다. 부여 읍내와는 걸어서는 20~30분, 차로는 5분 거리다. 그리고 백마강까지는 차로 5분 정도 걸리는데 사람이 찾지 않아 모래사장이 깨끗하고 넓기 짝이 없다. 물도 깊지 아니하여 중간까지 걸어가도 물에 잠기지 않는다. 흰 모래사장이 넓게 퍼져 있어 이곳에는 땅콩을 많이 심는다. 땅콩은 모래성분이 많은 흙에서 잘 자라는 모양이다.

삼오제를 지내는 등 모든 장례절차를 마친 유현우는 한소희를 르네상스 양식당으로 안내하였다.

"그동안 고생하였으니 조용한 데서 마음의 안정을 가져 봅시다."

"저는 마음에 안정이 안 돼요. 가신 분에게 너무 죄스러워요."

갑자기 소희가 흐느꼈다.

"흐르는 시간이 신비한 약인 거야. 시간이 지나면 애벌레가 고치에서 벗어나듯 슬픔의 꺼풀도 하나씩 하나씩 사라지기 마련이야. 너무 자신을 자책하지 마."

"그래도 저는 어두운 동굴에서 벗어날 수가 없어요. 어머니가 저를 얼마나 귀여워해 주셨는데 …. 친딸보다 더 귀여워해 주셨는데 …."

은은한 촛불 속에서 소희의 슬픔은 점점 더 자라고 있었다. 소희의 목소리에는 여린 슬픔의 어두움이 깃들어 있었다. 현우는 아련하게 피어오르는 어머니에 대한 향수에 잠기고 있었다.

촛불을 사이에 두고 둘 사이에는 한없는 침묵의 강이 흘렀다.

"우리 고향으로 내려갑시다."

"네?"

"부여에 예쁜 집 하나 지어 당신에게 헌납할 터이니 당신은 꽃 가꾸고 나는 채전 돌보며 어머니 산소에 성묘도 자주 하고 남은 여생 그렇게 보냅시다."

"좀더 생각해 보고요."

그들은 천천히 저녁을 먹고 집으로 돌아왔다.

한소희에게 서울생활을 포기하는 것은 쉬운 일이 아니었다. 서울에서 태어나 서울에서 자란 소희는 시골에 대해서는 잘 몰랐고 모기, 파리들을 끔찍이도 싫어해서 평소 시골에 대하여 호감을 가지고 있지 않는 터였다. 더구나 소희는 나이가 들수록 점점 모임이 많아져 월요일부터 금요일까지는 스케줄이 꽉 차 있었다.

월요일은 대학동기모임, 화요일은 고교동기모임, 수요일은 문화원에 가서 기타 배우기, 목요일은 골프모임, 금요일은 중학교동기모임 이런 식이었다.

현우는 별로 모임을 좋아하지 않기 때문에 부득이한 모임 외에는 외출을 삼가고 골프연습장에 가서 골프연습을 하거나 혼자 등산을 가거나 하였다. 혼자 집에 있는 때도 많아져 점심은 혼자 해먹는 경우가 많아 조리솜씨는 조금씩 조금씩 늘어만 갔다. 그리고 시간이 남으면 청소도 하고 세탁물이 쌓여 있으면 세탁도 하였다.

이러한 현우에 대하여 소희는 무척 고맙고 미안해했다.

"요즘 유니섹스 시대인데 남녀구별이 어디 있어. 공자시대에야 남녀유별을 강조했지만 요즈음은 남녀간의 성역이 허물어진 거야. 단 한 가지 남자가 아기를 못 낳는다는 것을 빼고는 남자가 여자의 일을 못할 게 없고 더구나 여자가 남자의 일을 못할 게 없지."

"당신 참 너그럽네요."

"다 당신을 사랑해서야."

"고마워요."

소희는 현우의 품에 안겨 뜨거운 키스를 퍼부었다. 부드럽고 싱싱하고 탄력 있는 입술이었다. 소희의 매혹적이고 열정적인 키스는 현우의 작은 불씨를 커다란 화염덩어리로 바꾸는 데 충분하였다. 현우의 손길은 소희의 목덜미를 애무하다가 목 주위로 다시 밑으로 내려와 블라우스 단추를 끌렀다. 블라우스를 끌어내린 다음 브래지어를 풀어서 버렸다. 현우는 무릎을 꿇고 혀로 소희의 가슴을 넓게 애무하기 시작했다. 애무의 반경은 점점 좁아져 가운데 돌기부분을 꽉 깨물었다.

"아~."

소희는 비명을 질렀다. 현우는 소희의 맥박이 요동치고 온몸이 긴장되는 것을 느낄 수 있었다. 그녀가 들이쉬는 숨소리가 점점 거칠어졌다.

다시 부드럽게 애무를 계속하면서 현우는 소희의 스커트를 벗겨냈다. 부드럽게 소희의 딴딴하며 탄력 있는 장딴지를 애무했다. 여전히 혀는 소희의 가슴에 머물고 있었다. 마지막 한 장 남은 천 쪼가리마저 끌어내렸다.

완전한 나신!

50대 중반이라고 보기엔 믿어지지 않을 정도의 균형 잡힌 몸매였다. 첫날밤 그때의 몸매나 다름없었다. 성급히 옷을 벗은 현우는 소희를 번쩍 안고 침대에 눕혔다.

역사는 밤에 이루어진다고 하였던가? 이 한 번의 격렬한 사랑으로 소희의 마음은 허물어졌다.

VIII

　한번 결정하면 즉각 실행에 옮기는 성격의 현우는 다음 날 이름깨나 날리는 친구의 설계사무소로 찾아갔다.
　"시골에 스위스 스타일의 전원주택을 하나 지으려고 하는데 설계 좀 해주겠나?"
　"몇 평 정도 생각하는데?"
　"한 40평 정도. 방은 세 개면 되고 거실은 되도록 넓게 해주면 좋겠네."
　"대지는 얼마나 되나?"
　"대지는 얼마든지 있어. 밭을 포함해서 5만 평 정도 되니까 관상수 등을 생각해서 100평 정도만 사용하면 좋겠네."
　"좋아, 내일 당장 전원주택 전담설계사를 현장답사토록 하겠네. 자네가 안내해 주겠나?"
　"물론."
　일은 일사천리로 진행되었다.

설계도면이 완료되고 그것을 가지고 군청에 가서 건축허가를 얻고, 목수, 벽돌공, 미장이 등을 구하였다. 현우가 한가하기 때문에 시공과 감리를 직접 하기로 하였다. 현장 근방에 민박을 하면서 공사감독을 하였다. 목재, 시멘트, 벽돌 등 자재는 현우가 시내 건재상이나 논산에 가서 직접 사들였다.

목수들은 동이 트면 출근했다. 그리고 해가 지면 퇴근했다. 일이 끝나면 일꾼들에게 순두부 등을 안주 삼아 막걸리 한 잔씩을 대접하고 집에 돌려보냈다. 물론 현우도 같이 어울려 한잔하며 그들과 세상 돌아가는 얘기를 나누었다.

바닥재, 문고리, 문짝, 타일, 욕조, 욕실 부속품, 세면기, 벽지, 조명 등은 서울 논현동 건축자재상에서 골라 택배로 날랐다. 공사는 순조로워 가을이 무르익어 가는 10월경에 완공이 되었다.

간혹 소희도 와 보긴 했지만 완공된 집을 보고 소희는 무척 기뻐했다.

"내년 봄이 되면 베란다에 꽃을 내다 진열하고 앞뜰에는 장미원을 만들 거예요. 한 100평만 주세요. 100평은 너무 많은가? 나 혼자 하기 힘들면 동네사람 일손 좀 빌리면 되겠지. 그리고 씨앗을 구하여 각종 야생화들을 가꿀 거야. 당신은 뭐 할래?"

"나는 오이 심고 고추 심고, 토마토 심고 수박도 심을 거야. 여름에는 열무, 가을에는 배추를 심을 거고. 어린 시절 아버지가 채전을 가꾸실 때 심부름을 하여 농사일은 어떻게 하는지 대강은 알고 있어. 모르면 이웃사람에게 물어보면 되겠지."

서울집은 아들에게 주고, 아들집은 팔았다. 그리고 그릇수집이 취미인 소희는 그릇이나 잔들이 많았으므로 그것을 옮겨오고 주방용구도 많이 옮겨왔다. 냉장고, TV, 세탁기, 가스레인지, 식탁, 소파 등은 집에 맞게 새로 샀다. 이것은 소희의 몫이었다. 현우는 서재만 몽땅 옮겨왔다.

　새로 집을 지었다고 하니까 친한 친구 세 명이 찾아왔다. 마침 소희는 서울에 올라가 있었기 때문에 읍내 중국집에 요리를 배달시켰다. 술은 그들이 양주 몇 명을 가지고 왔다.

　"우리 오늘 마음껏 취해 보세."

　유명철 변호사가 분위기를 잡는다.

　"자넨 내일 재판이 없나? 취하면 내일 지장이 있을 텐데."

　"요즘 나 같은 늙은 변호사한테 무슨 일거리가 있어? 그저 사무실이나 지키고 있다가 이따금 눈먼 고기 한 마리씩 잡아 사무실이나 유지하고 있는 거지. 사무실 유지하려면 사무실 임대료, 사무장 월급, 여직원 월급 해서 최소한도 천만 원 내지 2천만 원은 들어. 당신이야 인위적 정년이 있어 이렇게 노후생활을 즐기고 있지만 변호사는 정년도 없어. 그저 늙어 힘없을 때까지 사무실이라는 그물을 쳐 놓고 저절로 걸려드는 고객이나 잡아먹는 늙은 거미 신세지."

　"하지만 자넨 검사퇴임하고 2~3년 동안 돈을 무지하게 벌어 빌딩도 하나 지었다고 하던데?"

　"그 임대료 덕에 먹고사는 거지. 변호사는 부업이야. 변호사 명함 가지고 다니면 한국에서는 그럭저럭 대우받는 사회 아닌가."

　"그건 그렇고, 임 박사는 왜 잘 나가던 산부인과를 그만두었나?"

　"말 마, 요즘 병원도 늙은이는 못해 먹어. 젊은 의사가 얼마나 쏟아져 나오는지 나 같은 퇴물한테는 환자가 오질 않아. 더구나 의료 사고라도 나면 그간 번 거 다 털어먹게 되는 세상이야. 그리고 노조를 결성하느니 어쩌니 하며 위협하는데 정말 옛날 같지 않아. 이제 의사도 히포크라테스 정신을 다 잊어버렸고 환자도 의사를 마치 돈 주고 사는 사람으로 상대하는 거야. 조금만 불친절하면 여기만 병원이냐고 금방 다른 데로 옮겨 버리고. 특히 산부인과는 새벽 2시, 4시, 시도 때도 없이 아기를 낳는데 내 나이에 무슨 사명감으로 이런 일을 감당할 수 있겠어.

얘기를 듣자니 강남에 성형외과를 개업하자면 30억 원이 든다는 거야. 인테리어로 뒤집어쓰는 거지. 그게 무슨 병원이야. 그리고 평범하게 차린 성형외과에는 손님이 없다는 거야. 성형외과가 돈 잘 번다는 것도 빛 좋은 개살구야. 더구나 산부인과는 이제 내리막길이야. 1960~1970년대는 잘 나갔었지. 그때는 아기도 많이 낳고 낙태 수술도 많았으니까. 의료보험제도가 생긴 뒤로 산부인과는 문을 닫아야 할 형편이 되었어. 아기 하나 받는 데 의료수가가 3만 원이란 게 말이 돼? 동물병원에서 강아지 한 마리 받아주는 데도 몇 배는 더 받는다는 거야. 도대체 의료당국자들은 돌대가리들이야. 쳐죽일 놈들이지! 그러니 오죽하면 산부인과 지망 전문의가 정원에 미달되는 사태까지 이르게 되지 않았느냐 말이야.

나는 은퇴하고 나니 마음이 그렇게 편안할 수가 없어. 그간 병원 일에 매달려 내 시간을 가지지 못했는데 이제 건강이 버텨줄 때 아내와 함께 해외여행도 하고 골프도 하며 여생을 즐길 생각이야.”

“좋은 생각이네. 박 사장 자넨 왜 공장을 팔고 백수가 되었나?”

중소기업을 했던 박재룡 사장에게 물었다.

“어이구, 말도 마. 중국 때문에 못해 먹겠어. 가격경쟁에서 도저히 중국제품을 따라 갈 수가 없는 거야. 그리고 노조 때문에 공장 할 의욕이 생기질 않아. 저희들은 하루 8시간 일하고 초과근무를 하면 잔업수당을 꼬박꼬박 주는데, 시도 때도 없이 월급을 올려 달라느니 경영권에 자기들도 참여하겠다느니 무리한 요구를 하는 데 진절머리가 나. 나는 사실 잠자는 시간만 빼고 하루 평균 14시간을 일하는데 그걸 알아주지 않고 기사 딸린 자가용 타고 골프만 치러 다니는 줄 아는 거야. 골프도 거래처 접대차, 은행이나 관공서 접대차 치는 건데 말이야.

공장 그대로 유지하다간 있는 재산 다 털어먹을 형편이라서 마침 누가 우리 공장을 사겠다는 사람이 있어 팔아 버린 거지. 나도 그동안 불철주야로 고생 참 많이 했어. 부도위기도 여러 번 당했고. 공장주에게도 정년퇴직의 권리가 있는 거야. 이제 나도 쉴 때가 된 거지.”

“키케로는 그의 저서 《노년기》에서 이런 말을 한 적이 있어. ‘노년은 단지 자신을 스스로 방어하고, 권력을 유지하고, 다른 사람에게 의존하지 않고, 그리고 마지막 숨이 끊어질 때까지 자신의 영역을 지배할 때에만 존경받을 수 있다’ 라고. 만약에 우리가 일을 다음 세대에 미루면, 이는 키케로의 현명한 충고를 무시하는 셈이지. 즉, 세상에서 우리의 지위를 잃어버리게 되는 것이야. 자신의 재산을 자식에게 물려준 후 자식들이 돌보지 않는다고 불평하는 부모들이 전형적인 예인 것이지.

물론 키케로는 2천여 년 전 로마시대의 철학자이지만 그의 말은 일리가 있다고 생각해. 나야 강제 퇴직당한 사람이지만 유 변호사 말대로 마지막 숨이 끊어질 때까지 자신의 영역을 지배할 때에만 그 인간은 존경받는 게 아닐까?”

책을 많이 읽는 현우가 한마디했다. 셋은 말이 없었다. 현우가 계속했다.

“셰익스피어에 의하면 사람의 일생은 가냘프게 울고 먹은 것을 토하는 유아기에서 시작해서 마지못해서 학교에 뱀처럼 느릿느릿 기어가는 아동기와 한숨짓는 연인과 헛된 명성을 쫓는 군인시절을 거처 현명한 직관과 최신의 경험들로 가득 찬 장년의 시기를 거치고 난 다음, 마침내 두 번째의 유년기와 같은 시기와 단순한 망각의 시기, 즉 이도 없고, 눈도 없고, 맛도 모르고, 그리고 마지막으로 아무것도 없는 시기도 끝나게 되며 이것이 노인이고, 노인은 늙은 사람이며 노화는 단순히 나이를 먹는 것이 아니라 마음가짐이라고 말했어. 노화현상은 어쩔 수 없는 자연의 이치야.

사무엘 울만은 〈청춘〉이란 시에서 청춘이란 인생의 어떤 기간이 아니라 마음가짐을 말하며 때로는 20세 청년보다도 60세 인간에게 청춘이 있다고 읊었어. 나이를 더해 가는 것만으로 사람은 늙지 않으며 이상을 잃어버릴 때 비로소 늙는다고 말했지. 세월은 피부에 주름살을 늘려가지만 열정을 잃으면 마음이 시들고, 머리를 높이 치켜들고 희망의 물결을 붙잡는 한, 80세라도 인간은 청춘으로 남는다고 했어."

"괴테는 나이 80에 18세 처녀와 결혼했고, 김흥수라는 화백은 나이 70에 40대 초반의 젊은 여자와 결혼하지 않았나?"

박 사장의 말이었다.

"흔히 나이 들어 상처하면 절대 재혼하지 말라는 말이 있지. 냄새나는 늙은이한테 왜 시집을 오겠느냐는 거야. 사랑도 없고 단지 밥, 빨래를 해 주다가 늙은이가 죽으면 재산 차지하려고 시집온다는 거지.

내 농담 하나 하지. 일산괴담이라는 건데, 일산 호수공원에 새벽마다 빨간 추리닝을 입고 조깅을 하는 40대 초반의 미모의 여성이 있었대. 천 억 재산가인 70대 홀아비도 매일 같은 시간대에 조깅하는데 빨간 추리닝의 미모에 반하여 매일 뒤쫓아 조깅을 하였다는 거야. 늙은이의 체력도 꽤 좋았던 모양이야. 40대 여성의 뒤를 쫓아갈

수 있었으니까. 그러기를 한두 달, 자연스럽게 대화를 나누게 된 그
들은 모닝커피로, 점심으로 때로는 고급 디너식당으로 다니면서 점
점 사이가 가까워졌대.

어느 날 늙은이는 빨간 추리닝에게 프로포즈하게 되었고 늙은이
가 천 억대의 재산가인 것을 이미 알고 있는 빨간 추리닝은 고민을
하기 시작했대.

빨간 추리닝은 기혼자였고 남편과 함께 음식점을 하다가 불황으
로 가게문을 닫고 남편은 실직자 상태였다는 거야. 그래서 빨간 추
리닝은 남편에게 그간의 사정을 이야기하고 한 1년만 이혼해주면 몇
백 억 벌어서 도로 재결합하겠노라고 호소를 했대. 남편도 몇백 억
이라는 돈에 현혹되어 아내를 빌려주기로 결심하였다는 거야.

둘은 정식으로 이혼하고 빨간 추리닝은 늙은이와 결혼하게 되었
는데 결혼지참물 1호는 남대문 외제물건 시장에서 산 비아그라 십여
통이었다는 거지.

그래서 신혼 첫날밤부터 홍삼탕에 비아그라를 갈아타서 건강에
좋다며 늙은이에게 먹였대. 아침에도 먹이고 점심에도 먹이고 저녁
에는 두 잔씩 먹으라고 하고.

이래서 그 늙은이는 불쌍하게도 6개월을 넘기지 못하고 죽어버렸
다는 거야.

빨간 추리닝은 상속금을 챙겨서 약속대로 금의환향하였다는 거
야. 그 뒤로 잘 먹고 잘 살았대."

임 박사의 구수한 이야기였다.

"그건 그렇고 유 행장은 왜 은둔생활을 하는 거야? 경제연구소 소
장이나 대기업 고문 등 한자리 맡지 그래?"

"나는 그게 싫어. 먹고살 만한 친구들이 자리를 그만두면 이리 알

136

아보고 저리 알아보고 또 누구에게 부탁하여 한자리씩 차지하는데 그게 얼마나 치사한 짓인가. 옛날에는 퇴임하면 고향에 내려가 후학을 기르는 게 당연한 것으로 알고 있었어. 그런데 요즈음은 퇴임하여 한자리 못 차지하면 무능한 사람으로 치부하는 거야. 먹고살 게 없어서 그런다면 모르겠는데 그런 친구들일수록 모두 알부자들이야. 그들이 하는 일이 무엇인가? 일종의 로비스트지. 자기가 일했던 영역을 기웃거리며 과거 영역 내 사람들을 괴롭히는 거야. 여하튼 우리나라 사람 끈기는 알아주어야 돼. 끈질기다고나 할까?

난 그게 정말 싫어. 결벽증이라고 할지 모르지만 자기가 있던 직장에 손 벌리는 짓은 하지 말아야 돼. 퇴직하여 진짜로 재취업이 필요한 사람은 밑에 사람인데 최고경영자라는 자들은 이리저리 승승장구하는 게 나는 참 못마땅해. 그건 그렇고 여기까지 왔는데 규암에 자연산 장어가 나오는 집이 있는데 내 단골이니 거기 가서 저녁이나 먹자구."

대찬성들이었다. 요즈음 자연산 장어는 구하기가 무척 힘들고 가짜가 많은데 자연산은 임진강이나 백마강 등에서 가끔 잡혔다.

장어는 바다에서 산란하여 새끼가 해류를 타고 강 하구로 올라온다. 자연산 장어는 뱃가죽이 누런 색이 나고 양식장어는 흰색이 난다는 말은 속설이고 자연산 장어의 배는 황금빛이나 은빛을 띠거나 주변환경에 따라 보호색을 띠기도 한다. 장어는 바닷물과 민물을 넘나드는데 바다에서 잡히면 뱀장어, 강에서 잡히면 장어라고 불린다.

소주잔에 장어구이를 먹어가며 고교동창들인 그들의 격의 없는 대화는 끝없이 이어졌다.

"늙으면 그저 자기 수입 한도 내에서 돈을 쓰면 되는 거야. 돈 쓸 일이 별로 없다는 거지. 옷을 사 입을 필요가 있나, 룸살롱이나 고

급 음식점에 갈 필요가 있나, 뭐 사교활동 범위가 줄어드니까 그만
치 씀씀이가 적어지는 거지. 축의금, 부의금도 그래. 형편 닿는 대
로 내는 거지. 이제 체면에 얽매일 필요는 없어."

유 변호사의 말이었다.

"자네는 돈도 많으면서 왜 짠돌이 같은 얘기를 하는 거야? 친구한
테 가끔 밥도 사고 술도 살 줄 알아야 한다네. 죽을 때 관 속에 돈
을 쌓아 짊어지고 저승에 갈 것도 아니고 돈 많이 남겨 놓으면 자식
들 싸움시킬 일밖에 없는 거야. 손자들 용돈도 주어가며 유효적절하
게 돈을 써야 한다네. 어느 일본사람은 60이 넘자 자기의 수명을 예
상하여 자기가 가지고 있는 돈을 매년 얼마씩 쓰면 죽을 때 제로
〔零〕가 될 것인가 계산하여 해마다 예산을 세워 돈을 썼다는 거야.
얼마나 멋있는 인생인가!"

박 사장의 말이었다.

"그럴 돈이라도 있으면 얼마나 좋을까."

유 변호사는 여전히 엄살을 떨었다.

"이제 수명이 길어져서 보통 80까지는 살지 않나. 은퇴생활이 너
무 길어. 의사는 레지던트 끝나고 일하는 기간이 불과 30년 정도인
데 공부에 초등학교 6년, 중학교 3년, 고등학교 3년, 의대 예과 2
년, 본과 4년, 인턴 2년, 그리고 레지던트 4년 하여 24년 공부하고
일하는 기간은 고작 20~30년 정도밖에 되지 않는다면 그건 좀 다른
직업에 비하여 불공평한 것 아니야?

미국은 의료보험체계가 양분화되어 있어 돈 없는 사람은 국가에
서 보조하고 돈 있는 사람은 보험회사의 의료보험에 가입하여 고급
수준의 치료를 받는 거지. 우리나라도 의사 기술에 따라 의료수가를
차등화하고 획일적 의료보험제도를 개선하여 민간의료보험을 개발

함으로써 양질의 의료서비스를 받을 수 있게 하여야 되는 거야. 지금 의료보험체계가 잘못되어 돈 있는 사람은 외국에 가서 치료를 받고 있는 경우가 허다한데 이 얼마나 국가적 낭비인가. 한국의사의 시술 수준이 낮으면 말을 안 해. 의료시설이 좀 뒤떨어질 뿐이지 한국의사의 의료기술은 세계적 수준이야. 그 까닭은 머리 좋고 우수한 학생이 의과대학에 몰려와 혹독한 훈련과 치열한 경쟁을 거쳐 전문의가 되기 때문이지.”

임현준 박사가 열변을 토했다. 아마 한이 맺힌 게 있었나 보다.

“그래도 성형외과나 피부과 의사들은 돈을 많이 번다며?”

박 사장이 한마디했다.

“의사라면 내과, 외과지! 어디 피부과 의사가 의사야? 피부과 의사가 피부미용이나 해주고 성형외과 의사가 여자 얼굴 예쁘게 해주는 게 무슨 의사야. 생명을 구하는 게 참다운 의사지! 피부과에는 약이 세 종류밖에 없어. 모르는 것은 다 아토피라고 둘러대지.”

임 박사가 열을 올렸다.

“자, 그만들 하게. 임 박사, 한 잔 받아. 백마강 경치나 감상하라구. 옛 선비들은 벼슬에서 물러나면 친구들과 정자에 앉아 산자수명한 자연을 감상하며 지난 일들은 모두 잊고 고담준론(高談峻論)에 시간을 보냈다 하지 않나. 우리도 과거 일들은 다 잊어버리고 서로 좋은 얘기나 나누세나. 그래야 엔도르핀이 솟아오르고 조금이나마 젊음을 되찾을 수 있는 거야. 젊게 살려고 하면 얼마든지 젊게 살 수 있어.

늙은이가 되면 우선 옷 입는 데 신경을 써야 돼. 젊은 시절에는 아무거나 입어도 멋이 있었지만 늙으면 추해지기 때문에 옷으로 커버를 해야지. 영국 노인들을 보게나. 그들은 집에서도 넥타이를 매고 재킷을 입고 생활한다네. 그런데 우리나라는 골프연습장에 가보면 추리닝을 입고 골프연습을 나오는 사람이 있어. 골프장에도 아무렇게나 옷을 입고 나오는 사람도 있고. 골프는 신사의 게임이기 때문에 복장에 신경을 써야 돼. 70년 전까지만 해도 넥타이를 매고 골프를 쳤다네. 조깅을 할 때는 조깅복, 등산을 할 때는 등산복, 헬스클럽에서는 헬스복 등 그 운동에 맞는 기능복을 입어야 하는 거야.

신발만 해도 그래! 신발을 종류별로 얼마나 많이 가지고 있느냐가 그 사람의 문화수준을 나타내준다고 하지 않는가. 그래서 서구사람들은 최소한도 기능별로 신발을 열 가지 이상은 가지고 있다는 거야. 자네들도 신사화 2개(끈 매는 것과 안 매는 것), 골프화 2개(여름용, 겨울용), 운동화, 등산화, 헬스용 운동화, 조깅화 등 최소한도 8가지는 가지고 있을 거야.

다음, 늙은이가 되면 남의 일에 절대 참견하지 말아야 돼. 우리 어릴 때 생각나지? 동네에 꼭 훈장 한 분이 있어 아이들만 보면 이래야 한다 저래야 한다 하며 장광설로 훈계하던 추억 말이야. 그게 우리한테 무슨 도움이 되었는가? 뒤에 돌아서서 비웃기만 했지. '꼰대, 또 노가리 깐다' 하고. 젊은이는 솟아오르는 태양이고 우리는 져 가는 황혼이기 때문에 '사라질 때는 말없이' 라는 유행가 가사도 있지 않은가. 그런데 늙은이의 특질이 눈꼴신 것을 보면 참지를 못하고 그것을 바로 잡아 주는 것이 경험 많이 한 인간으로서의 의무라고 생각하는 거야. 하지만 잔소리를 듣는 사람은 그렇게 받아들이지 않는 거지.

한때 공자가 얼마나 비난을 받았는지는 잘 알 거야. 미국 대통령을 지낸 로널드 레이건을 봐. 언제나 미소를 띠고 농담을 잘 했지만 쓸데없는 소리 한마디 안 했다네. 그러나 단호할 때는 상대방의 간

담이 서늘하도록 단호하게 말하고 결단력을 보였기에 나이 70이 넘어서도 멋있는 대통령으로 세계인의 기억에 남아 있는 거야.

그리고 또 한 가지 조심할 것은 늙으면 한 이야기를 또 하고 또 하고 자꾸 되풀이하는 거야. 물론 기억력 감퇴로 자기가 무슨 얘기를 했는지 기억이 나지 않아 그러는지 모르지만 우리가 참 조심해야 할 습관이야.

늙으면 건강이 제일이라며 건강 얘기만 화제로 삼는데 내 주관적 의견으로는 건강만 하면 무엇 하나? 인간답게 사는 것이 더 중요하지. 품위를 지키지 못하고 장수하는 것은 품위를 지키다가 단명하는 것만 못하다고 생각해."

현우의 이야기는 이어졌다.

"어떻게 늙는 것이 품위 있게 늙는 것인가? 성공적 노화를 위해서는 병과 장애가 없어야 하고, 정신과 신체적 기능이 정상적이어야 하며 사회 참여가 활발하여야 한다네. 셰익스피어 명작 《리어왕》은 딸들에게 보살펴줄 것을 요구하다가 처참한 죽음을 맞이하지만 자식에게 뭘 바라서는 안 되는 거야. 노화에 따른 신체적 한계는 불가피하나 이러한 신체적 한계에도 불구하고 사회에 공헌하려고 애써야 한다는 거지.

그리고 두 번째, 노년을 겸허하게 받아들여야 하는 거야. 노년이 되면 다른 사람의 도움이 필요하다는 것을 받아들이고 감사하는 마음으로 언제나 삶의 작은 고통을 이겨내 가며 품위를 잃지 말아야 하는 거야. 그리고 건강하게 늙어가는 사람은 스스로 할 수 있는 일은 혼자 힘으로 해내야 해. 희망을 잃지 않으며 모든 일을 적극적으로 행동에 옮겨야 하는 거야.

세 번째로, 아름답게 늙어가려면 호기심이 많아서 끊임없이 젊은 세대에게 배우려는 자세가 필요하다네. '컴퓨터니 휴대폰이니 이젠 나는 눈이 어두워서, 그것 없어도 생활하는 데 지장이 없어서' 하는 등의 오만을 부리며 신문명을 멀리하는 것은 노화를 촉진시킬 뿐이지.

마지막으로, 퇴직 후 삶이 성공적이지 못했던 한 남자에게 '지난 10년간 새로 사귄 친구가 있는가' 라고 물었더니 '없다' 라는 거야. 하지만 건강한 노후를 살고 있는 사람들은 새로운 친구를 사귀고 오래된 친구들과 계속 친밀감을 나누기 위해 노력한다네. 결국 노년의 행복은 젊은 시절부터 어떤 자세로 삶을 살아가느냐에 달려 있는 거야. 어때, 내 의견에 동의하나?"

"마지막 구절인 노년의 행복은 젊은 시절부터 가꾸어 온 노력의 결과란 말, 참 마음에 드네."

임현준 박사는 백마강에 한가히 노니는 유람선을 물끄러미 바라다보며 처연히 답했다.

"노년, 노년 하는데 도대체 언제부터 노년이 시작되는 거야?"

박 사장이 물었다.

"글쎄, 나는 이렇게 생각해. 40~50대가 아무리 마음이 늙었다고 해서 노인네라고는 하지 않지. 그러나 60이 넘으면, 즉 환갑이 넘으면 노인의 범주에 든다고 생각해. 그러나 마음이 젊으면 60이 넘어도 노인이라고 할 수 없고 정부시책에는 만 65세가 되어야 노인으로서의 혜택을 받을 수 있지. 그러나 통계청에 따르면 2002년 현재 우리나라의 전체 평균수명은 77세로 남자는 73세, 여자는 80세라는 거야. 그러니까 70은 넘어야 노년이라고 생각하네. 요즈음은 건강관리도 잘하고 섭생도 잘하여 70이 넘어도 등산도 잘하고 골프도 잘 치는 사람이 많아. 90이 넘은 사람이 골프를 치는 사람도 있어. 누구라고 말하면 너희들도 다 알 만한 사람들이야.”

의학박사 임현준의 말이었다.

“하기야 그래. 청년에서 노년으로의 여행은 아주 완만하게 이루어지기 때문에 달라져 가는 당사자는 거의 변화를 느끼지 못하고, 마음은 여전히 가볍고 힘도 여전히 옛날 그대로라고 생각하게 되지.”

매일 헬스클럽에 나간다는 유명철 변호사가 한마디했다.

아름다운 단풍은 여름나무의 잎에 몸을 숨기면서 가만히 가을을 향하여 전진하는 것이다. 그 황금의 절정기에 한껏 아름다움을 뽐내다가 11월의 어느 날 저녁, 갑자기 바람이 일면 황금의 치장이 벗겨지면서 그 뒤로 해골처럼 메마른 겨울이 얼굴을 내미는 것이다. 아직도 싱싱한 초록을 자랑하고 있다고 생각되던 나뭇잎이 완전히 시들어 버리고 몇 줄기 가느다란 힘줄만으로 가지에 매달려 있다. 그때 느닷없이 삭풍이 불면 그 나무는 앙상한 가지만 남는다. 병은 인간이라는 숲을 내습하는 갑작스런 태풍인 것이다.

늙는다는 것은 머리가 하얘지거나 주름살이 느는 것 이상으로 ‘이미 때는 지나가 버렸어’, ‘승부는 끝나 버렸다’, ‘무대는 완전히 다음 세대로 옮겨갔다’고 절실히 느끼게 되는 것이다.

노화에 따르는 제일 나쁜 것은 육체가 쇠약해지는 것이 아니라 정신이 무관심하게 되는 것이다. 나이를 먹어 가더라도 희망을 잃지 말아야 한다.

모차르트나 바이런은 30년의 인생밖에 살지 못했지만 볼테르는 65세에 《캉디드》를 썼고, 빅토르 위고는 만년에 누구보다도 아름다운 시를 창작했으며 괴테도 《파우스트》 제2부의 훌륭한 종장을 만년에 썼으며, 바그너는 69세에 〈파르지팔〉을 완성하였다.

“1900년대까지만 해도 인간의 평균수명이 40년이었던 것을 생각하면 100년 사이에 놀라운 변화가 일어난 거야. 수명뿐만 아니라 20세기는 과거 2천 년 사이에 있었던 일을 모두 획기적으로 바꾸어 놓은 한 세기라고 할 수 있어. 산업기술, 의료기술, 농업기술 등등 이루 말할 수 없어. 문명의 이기들이 대부분 20세기에 발명된 거야. 이에 따라 생활이 편리해진 인간은 쾌락을 추구하게 된 거지. 20세기 전에야 쾌락이란 귀족이나 부자들의 전유물이었지. 이제 보통사람들도 누구나 쾌락을 추구하게 되었고 쾌락 중에서 가장 강력한 것은 사랑의 쾌락이라 할 수 있지. 그러나 아무리 마음이 젊고 건강한 노인이라도 젊은 사람과 짝을 맺고 같은 연령의 연인들처럼 사랑을 나눈다는 것은 불가능하다고 생각해.

그러나 빛나는 반증은 괴테와 베로나의 경우가 있는데 그들의 연애가 어떻게 결말이 났는지 나는 알 수가 없다네.”

임 박사가 한마디했다.

문학을 좋아하던 유현우가 불쑥 시 한 수를 읊었다. 보들레르의 시다.

아름다운 천사여, 그대는 알고 있는가.
이마의 주름살을, 늙어 가는 두려움을
또 걸귀 같은 우리들이
넋을 잃고 오래 바라다본 그 눈망울에서
헌신 꺼리는 낌새를 눈치채는
그 지독한 고통을?
아름다운 천사여, 당신은 알고 있는가
이마의 주름살을?

“발자크는 사랑에 빠진 노인의 비극을 몇 편인가 썼어. 아무런 행동을 하지 않아도 여자들로부터 인기가 있었는데, 계속 선물을 보내

144

고 무엇이라도 도움이 되는 일을 해줌으로써 겨우 호감을 사는 노인에게 여우 같은 처녀가 나타나 노인에게 광기 어린 희망을 품게 하여 노인의 신세를 망치게 한다는 이야기지.

샤토브리앙은 《사랑과 늙음》이라는 무서운 저서에서 이런 말을 남겼어. '여자를 너무 좋아하는 남자가 받는 벌은 언제까지라도 여자를 좋아하지 않으면 안 된다'는 것이다. 그리고 남자를 너무 좋아하는 여자가 받는 벌은 가끔 젊은 남자가 자기 쪽을 뒤돌아보면서 놀란 듯한 목소리로 '저 여자, 옛날에는 미인이었을 거야' 라는 말을 듣는 거라고 했어.

마음부터 늙어 가는 사람이 상당히 많아. 나이가 들면 이상하게도 마음이 메말라 버리는데 그것은 육체의 욕망이 시들고 자기중심주의에 빠지기 때문인 거야."

박 사장이 말을 이어 받았다.

"그래, 맞아. 노인이 되면 수전노가 되지. 그 이유는 생활이 궁핍해지는 것이 두렵기 때문이야. 돈을 셈하고 주무르고 주가동향이나 금리동향에 신경을 쓰면서 육체는 쇠퇴해도 아직 무엇인가의 힘을 손아귀에 넣을 수 있는 것이지. 그리고 노인이 되면 자기는 경험이 있고 잘났다고 생각한 나머지 새로운 사상은 받아들이지 않고 소화하려고 노력하지도 않는 거야. 그러다가 반박이라도 당하면 윗사람에 대한 예의를 저버렸다고 벌컥 화를 내고 어린애처럼 막무가내로 성질을 내지.

또 지금 눈앞에 일어나고 있는 것에는 흥미를 느끼지 못하고, 새로운 사고방식을 가질 여유도 없기 때문에 입에 올리는 화제는 언제나 똑같은 거야. 사실상 그것은 그의 청춘시대의 즐거운 일환이기도 하겠지만 너무 거듭 이야기하고 들려주니까 젊은 사람에게 따분하고 싫증이 나게 마련이지. 그러면 주위의 사람은 떨어져 나가고 고독이라는 늙은이 최초의 병이 시작되는 거야. 인생의 친구를 한 사람 한 사람, 그리고 마지막에는 모두 잃어버리고 말게 되지."

박재룡 사장은 소주 한 잔을 단숨에 마시며 처연히 이야기를 맺었다. 유현우가 이야기를 이어받았다.

"능숙하게 나이를 먹는다는 것은 가능할까? 가능하지! 불행과 병이 노년에 틀림없이 따라다닌다고 생각하는 것은 잘못이야. 부드러움, 애정, 존경의 감정에는 연령이 없는 거야. 세월은 격정에 몸을 맡기고 있던 두 사람을 매력 있는 노인으로 만들 수 있는 거지.

부부의 인생이란 그렇기에 강물의 흐름과 같다고나 할까. 앙드레 모르아는《나이 드는 기술》이란 저서에서 말하기를 '수원에서 갓 흘러나온 물은 사방에 물방울을 튀기는 위험한 급류이지만, 하구 가까이까지 오면 흐름도 완만하고 맑고 아름다운 강이 되어 넓은 거울 같은 수면에는 강변의 미루나무, 밤하늘의 별들이 그 모습을 비춘다'고 말하였지.

감정 충만한 생활이 반드시 연애에 한정된 것은 아니야. 오히려 대개의 경우 자식이나 손자들에 대한 애정만으로도 노인의 생활을 충족시키는 데 충분하다네.

살아야 할 이유를 계속 지니고 있는 사람은 그리 쉽게 늙어 버리지 않는다네. 파란만장한 인생이라든지, 커다란 감동이라든지, 학문, 연구라든지 하는 것이 피로와 소모의 원인이라고 생각하기 쉽지만 실은 그 반대야.

나이를 능숙하게 먹기 위해서는 두 가지 방법이 있는데 하나는 나이를 먹지 않는 일이야. 즉, 활동에 의해서 노화를 방지하는 것이지. 괴테의 작품에 나오는 노학자 파우스트는 겉보기에는 젊어졌지만 연애도 쾌락도 야망도 모두 그를 배반하게 되지. 그러나 마지막으로 일이 그를 구제하는데 죽을 때가 가까워서 장님이 된 파우스트는 더러운 물이 고여 악취가 풍기는 못을 매립해 사람이나 가축이 살 수 있는 땅으로 만드는 일을 하게 되지. 그리하여 메피스토펠레스에게 영혼을 팔아넘긴 파우스트는 죽어서 지옥으로 떨어지려는 찰나 천사들이 내려와 그를 하늘로 데려간다네.

두 번째 방법은 늙음을 받아들이는 방법이야. 노년은 투쟁의 시대는 지나고 시합은 끝난 거야. 노년의 소포클레스에게 어느 누가 '아직도 연애의 즐거움을 맛보고 계십니까?' 라고 물어 보았더니 그는 '그런 건 이제 질색이야. 마치 난폭하고 야만스런 주인으로부터 도망쳐 나오듯이 연애에서 겨우 해방되었다네' 라고 대답했다네."

유명철 변호사도 한마디했다.

"명상의 철인인 어느 누구는 젊은 사람을 선망하기는커녕 젊은이가 이제부터 인생의 거친 파도를 헤치고 나아가지 않으면 안 된다는 것을 오히려 불쌍히 여겼다는 거야."

박 사장이 갑자기 이야기를 끊으며 외쳤다.

"자, 개똥철학은 그만두고 한잔하세. '99·88'!"

99세까지 팔팔하게 살자는 뜻이다.

"88·99로 살지는 말아야지. 즉, 88세까지 구질구질하게 살아서는 안 된다는 거야. 오래오래 건강하게 살기 위해서는 몰입대상과 에너지가 있어야 한다네."

임 박사가 받아쳤다. '99·88'은 건배할 때 '위하여' 대신 장년들이 흔히 쓰는 용어이다.

IX

겨울이 지나고 봄이 왔다.

땅 속에서, 땅 위에서,
공중에서 생명을 만드는 쉼 없는 작업.
봄은 피어나는 가슴.
나뭇가지에서, 물 위에서, 둑에서
솟는 대지의 눈.

조병화의 〈해마다 봄이 되면〉에서 발췌했다.

소희는 장미원을 만드느라 바빴다. 소희는 지난가을에 사람을 사서 잡초를 베어 버리고 퇴비와 숯조각 등을 섞어 겨울 동안 그대로 두었다가 봄에 소석회를 조금 흩어 뿌리고 흙은 뒤집어 토양을 중화시켰다. 그리고 소석회를 꽃 심기 일주일 전에 뿌려주었다. 우선 터 고르기다. 장미는 물 빠짐이 좋고 공기유통이 좋은 비옥한 사양토나

양토에서 잘 자란다.

그래서 소희는 일꾼에게 부탁하여 하천부지의 충적토나 병충해가 적고 유기질이 풍부한 퇴적토를 깔았다. 서울 수유리 장미 묘목원에서 각종 장미묘목을 사서 3~4월에 심었다.

정식(定植)한 묘에서 연이어 곁가지가 자라지만 이들은 대부분 허약해서 절화용 모지(母枝)로는 적당하지 않고 1차 곁가지가 자라서 꽃봉오리가 맺힐 무렵 꽃봉오리 아래 1~2번째 5매 잎 상단에서 순 자르기를 하고 이를 계속하여 같은 방법으로 순 자르기를 해 주는 사이에 강한 새 가지가 나온다.

영화에서는 영국의 귀부인이 바구니를 들고 장미꽃을 자르는 모습이 무척 우아하고 기품 있게 보이지만 장미 키우기란 여자의 몸으로 감당하기 힘든 일이었다. 이건 노동이었다. 그러기에 영국 상류 가정에는 반드시 정원사가 있지 않은가.

그러나 소희는 새록새록 돋아나는 새순과 어느새 터져 오르는 꽃망울에 재미를 붙여 힘든 줄 몰랐다. 넓은 챙의 모자를 쓰고 긴 티를 입고 거의 하루종일 장미원에서 살다시피 하였다. 그 좋아하는 골프도 끊었다.

장미원 이름도 '소희의 뜰'이라고 지었다.

장미종류에는 욕심을 내었다. 신품종으로는 대형품종으로 적색의 레드 산드라(Red Sandra), 역시 적색의 레드 벨벳(Red Velvet), 적색의 그랜드 가라(Grand Gara), 분홍색 대형화인 노블레스(Nobless), 황색에 꽃잎 가장자리에 붉은 색을 띤 콘페티(Konffetti), 일본에서 개발되어 일본에서 생산 1위인 적색의 롯데로즈(Rote Rose), 오렌지색의 콜벳(Corvetle), 연분홍색의 돌로레스(Dolores), 향기가 좋은 분홍색의 사피아(Saphir), 중형품종으로는 주적색의 메르세데스

(Mercedes), 약간 밝은 적색의 가브리엘라(Gabriella), 네덜란드에서 많이 생산되는 황색의 프리스코(Frisco), 적색의 온리 러브(Only Love), 주황색의 코코(Coco), 가시가 많은 백색품종의 에스키모(Eskimo), 오렌지색의 칼리브라(Calibla), 가시가 강하고 향기가 없는 분홍색의 에블린(Evelien), 주홍색의 리틀 마블(Little Mable), 밝은 분홍색의 미미로즈(Mimi Rose), 개화가 빨리 되며 가시가 적은 백색의 프린세스(Princess), 스프레이 형태가 좋은 연분홍색의 차밍(Chaming) ….

장미는 하루 6시간 이상은 햇빛을 받아야 한다. 그리고 묘목을 심은 지 2~3개월이면 꽃이 피기 시작한다. 그리고 왕년에 이름을 떨치던 장미묘목도 구해서 심었다.

황색으로 이클립스(Eclipse), 킹스 랜섬(King's Ronsom), 오렌지색으로 트로피카나 샌프란시스코(Tropicana San Francisco), 핑크색으로 티파니(Tiffany), 흰색으로 버나비(Burnaby), 핑크색으로는 핑크 페이버릿(Pink Favorite), 퍼스트 러브(First Love), 붉은 색으로는 크림슨 글로리(Crimson Glory), 샬롯 암스트롱 크라이슬러 임페리얼(Charlotte Armstrong Chrysler Imperial) 등.

그리고 장미원 주변에는 울타리를 치고 넝쿨장미(*Climbing Rose*)로 램블러 로즈와 덩굴피스를 심었다.

정원에는 매화, 목련, 앵두, 살구, 모과, 라일락, 능소화, 석류, 구기자, 머루나무, 대추, 매실나무, 영산홍, 철쭉, 적송, 주목, 느티나무 등을 심고 집 주위에는 왕꽃 벚나무로 둘렀다. 이것은 현우의 몫이었고 돈도 꽤 들었다.

봄부터 가을까지 꽃이 끊이지 않고 피어났다. 소희는 꽃을 참 좋아했다. 꽃 좋아하지 않는 여자가 있으랴마는 소희는 특히나 좋아했다. 여고시절 아버지를 따라 수유리 '제일 장미원'에 갔을 때, 장미의 아름다움에 강렬한 인상을 받았고 결혼 후 현우와 소백산맥과 지리산 등을 등산하며 야생화를 보고 언젠가는 장미와 야생화를 길러보아야지 하는 꿈을 가지고 있었다. 야생화는 심산유곡이나 사람의 발길이 닿지 않는 들녘에 피어나지만 이제는 양재동 꽃시장에 가면 사람의 손을 타지 않고 자연 그대로의 아름다움을 간직하고 있는 야생화가 150여 종이나 출시되고 있다.

야생화를 가꾸려면 햇빛이 충분히 들어야 하고 통풍이 잘 되는 곳을 골라야 한다. 그리고 야생화는 특성과 자생기에 대해 알아보고 그것에 맞추어 물을 주어야 한다. 거름은 발효되지 않은 것을 써서는 안 된다.

봄에 피는 흰색 야생화로는 은방울꽃, 백작약, 봄맞이초롱꽃, 흰 민들레, 그리고 노란색으로는 신괴불주머니, 노랑매미꽃, 피나물, 동의나물, 미나리아재비, 민들레, 땅채송화, 좀씀바귀, 붉은색으로는 할미꽃, 앵초, 갯완두, 족두리 등을 심었다.

여름, 가을에 피는 야생화로는, 흰색 계통으로 흰 비비추, 흰 꿀풀, 까치수염, 구절초를 심었고, 노란색으로는 기린초, 금미타리, 금불초, 곰취, 그리고 붉은색으로는 하늘아리, 땅나리, 원추리, 패랭이꽃, 노루오줌, 보라색으로는 산꼬리풀, 도라지, 자주꽃방망이, 꽃창포 등을 심었다.

새벽 동이 트면 소희는 장미원에 나갔다. 태양이 피부를 괴롭히기 전에 꽃들을 돌보기 위해서였다. 가지치기 등 대강 일이 끝나면 집에 들어와 우유와 함께 시리얼을 먹었다. 늦잠 자는 버릇이 있는 현우는 그제야 일어나 커피와 함께 토스트를 먹었다. 아침은 각자 해먹었다.

아침을 먹은 현우는 천천히 채전에 나갔다. 널찍한 밀짚모자를 쓰고서. 채전에 쪼그리고 앉아 흙을 북돋아주고 상추의 곁가지 잎을 쳐내 주거나 쑥갓의 웃자람을 억제해줬다. 아욱도 심었다. 방울토마토도 심어보고 본격적으로 토마토를 재배해봤다. 가지를 세우고 토마토 모종을 사다가 토마토를 길렀다. 토마토는 곁가지 사이로 나오는 순만 따내면 저절로 잘도 자랐다.

오이도 같은 방법으로 길렀다. 가지를 세우고 오이순이 위로 올라오도록 유도해 주기만 하면 되었다. 오이는 기둥을 움켜쥐는 갈고리 순이 있기 때문에 이 순이 기둥에 잘 달라붙도록 손질만 하면 되었다. 문제는 수확물을 처리할 방법이 없다는 것이었다. 둘이 아무리 먹어도 남아돌았다. 현우는 수확한 농작물을 가지고 시내 장터에 갔다. 시내 장터 한 귀퉁이에 어떤 할머니가 고구마순, 상추, 총각무 등을 좌판에 벌이고 파는 것을 보아 두었기 때문에 그 할머니에게 수확한 농작물을 무상으로 드리겠노라고 제안하였다.

처음에는 의아해하던 할머니에게 취미로 기르는 농산물이니 대가를 바라지 않는다고 말하자 반색을 하며 언제든지 가져오라고 하며 고마워했다.

한편 소희도 문제에 봉착하였다. 장미는 개화하면 대개 10~20일이면 제 모습을 잃는다. 한참 예쁠 때 사진을 찍어 '소희의 뜰'이란 홈페이지를 만들어 장미이름과 함께 장미사진을 인터넷에 올리지만 시들어 가는 장미가 아까웠다. 그래서 장미를 절화하여 상자에 넣은 다음 친한 친구들에게 예쁜 카드와 함께 택배로 부치는 것을 시작했다. 먼 거리로 장미를 보내려면 봉오리 상태에게 수확하여야 했다.

전정에서 개화까지 장미는 약 40일이 걸린다. 일반적으로 노란색 장미는 봉오리 상태에서 수확되고 붉은색이나 분홍색 장미는 좀더 늦은 시기에 수확된다. 꽃봉오리가 너무 오므라져 있는 상태에서 잘린 꽃들을 상온에서 개화하지 않는다.

　친구들이 한 떼 몰려왔다.
　"얘, 너 공주같이 사는구나. 장미나 가꾸면서."
　"말 마. 내가 정원사지 공주냐? 너도 한번 해 봐. 장미 가꾸는 것이 얼마나 손이 가는데."
　"집도 참 예쁘다. 마치 스위스에 온 것 같아."
　"집은 내 남편 작품이야. 나는 손도 안 댔어. 인테리어에 의견을 좀 제시하긴 했지만."
　점심을 바비큐 파티를 하였다. 뒷마당 잔디밭 파이어 플레이스에 조개탄을 피우고 그 위에 스테이크, 햄버거, 소시지, 감자, 옥수수 등을 구웠다.
　불 피고 고기 굽는 일은 현우가 도맡아 하였다.
　"다영이 아빠는 참 애처가인가 봐요."
　"애처가요? 경처가이지요. 마누라만 보아도 경기가 돌아 꼼짝 못하는 경처가입니다."
　"호호호, 하하하, 내 남편도 다영이 아빠 같으면 부러울 게 없겠어요."
　"많이들 드십시오. 포도주도 마음껏 드시고요. 점심 먹고 나서 거나하면 백마강 뱃놀이에 안내하겠습니다. 그리고 모처럼 오셨으니 고란사와 낙화암도 구경하셔야죠."
　"하기야 우리 주부들도 정년퇴직이 있어야 해요. 시집와서 일생 동안 시부모님 모시고, 애들 키우고, 밥·청소·빨래하고, 남편 시중들고, 친척 대소사 챙기기, 집안에 날아오는 각종 고지서 처리하기 등 1인 3역, 4역을 거쳐온 역전의 용사들이랍니다."

입이 걸쭉한 대기업 사장 출신의 부인인 백민자 여사의 말이었다.

"암요, 암요. 숙녀 분들도 정년퇴직이 있어야지요. 오늘부로 밥, 청소, 빨래는 일체 하지 마십시오. 제가 통지문을 보내겠습니다."

현우의 유연한 대꾸에 모두들 깔깔댔다.

"내 남편은 정년퇴직했기에 하는 일 없는데 운동 겸 청소 좀 하라고 했더니 막 화를 내더라. 그래서 그 뒤로 얘기도 못 꺼냈어."

남편이 고급 공무원을 하다가 정년퇴직한 김옥숙의 이야기였다.

"내 남편은 내가 외출하려 하면 점심부터 해 놓으라고 챙긴단다. 그까짓 점심 하나 스스로 못해 먹는 게 무슨 인간이라고. 내가 먼저 죽으면 어떡하나 위에서 내려다 볼 거야."

역시 남편이 공무원하다가 퇴직한 서향순 여사의 말이었다.

"자, 그런 남편 분들은 모두 여기로 내려보내 주십시오. 두 주만 특별훈련 시키면 딴 사람 만들어 올려보내겠습니다."

현우가 또 농담을 했다.

"야, 우리 기립박수 치자. 대환영이다. 그런데 수강료는 얼마지요?"

백민자가 리드를 잡았다.

"수강료는 우리 소희 여사가 정할 겁니다. 말만 잘하면 공짜로도 강의할 수 있지요."

X

　가을이 깊어감을 알리는 바람소리가 스산한 어느 날 백제중학교 교장에게서 전화가 왔다.

　"안녕하십니까? 저는 백제중학교 교장 박수철입니다. 유 행장님께서 시간이 나시면 한번 찾아뵐까 합니다."

　"네, 저는 언제라도 좋습니다."

　찾아온 용건은 경제강의를 좀 해줄 수 없느냐는 것이었다. 대상은 중학교 2학년, 시간은 일주일에 한 번, 90분 정도면 좋겠다는 것이었다. 보수는 무보수.

　별 할 일도 없기 때문에 소일도 할 겸, 그리고 무언가 사회에 봉사를 하여야겠다는 생각을 하고 있었던 터라 기꺼이 박 교장의 제의를 수락하였다.

　바로 다음 주부터 경제강의에 들어갔다. 처음에는 자본주의 경제체제가 왜 사회주의 경제체제보다 우월한가, 물가는 왜 오르고 내리는가, 환율이 오르내리면 국민경제에 어떤 영향을 미치며 환율은 어떻게 결정되는가, 대기업과 중소기업은 어떤 관계를 가져야 하는가, 이자율은 어떻게 결정되는가 등 학교수업에서 구체적으로 다루지 않는 문제를 알기 쉽게 설명해 나가다가 우리나라 근대화의 주역은 박 대통령이며 우리나라 경제발전에 박 대통령이 지대한 역할을 하였다고 평소 유현우의 철학을 역설하였다.

하루는 강의 마치자 교장이 만나자고 전갈이 왔다. 차 한 잔을 마시자 교장이 무겁게 입을 뗐다.

"유 행장님께서 박 대통령이 우리나라 경제발전에 지대한 역할을 한 위대한 지도자라고 역설을 하셨다면서요?"

"그랬지요. 그게 뭐 잘못됐습니까?"

"잘못된 게 아니고 전교조 소속 선생들로부터 항의가 들어왔습니다. 인권을 탄압하고 독재정치를 한 대통령을 그렇게 미화할 수 있냐고요."

"그러면 교장 선생님 의견은 어떻습니까? 교장 선생님은 저와 동년배는 아니지만 같은 경험을 한 세대이신 것 같은데 박 대통령이 우리나라 국민에게 미친 영향에 대하여 부정적 의견을 가지고 계십니까?"

"천만의 말씀입니다. 저도 유 행장님의 의견에 전적으로 동감합니다. 하지만 학교를 관리하는 입장에서 전교조와의 충돌은 매우 바람직하지 않습니다. 그들은 물불을 가리지 않을뿐더러 무엇과 무엇도 가리지 않는 딴 부류의 사람들입니다. 제 고충도 이해해 주십시오."

"좋습니다. 다음 주부터 경제강의를 그만두겠습니다."

"그렇게 섭섭하게 그만두시면 제 마음도 좋지 못하니 제가 다른 제안을 하나 하겠습니다. 유 행장님의 경력을 보니 해외경험이 있으신데 영어교실을 하나 맡아 주시면 어떻겠습니까? 이곳은 시골이라서 영어학원도 신통치 않고 영어선생도 도회지에 비하여 실력이 떨어집니다. 특히 영어회화는 수준 차가 심하지요. 수고스럽겠지만 회화중심의 영어교실을 하나 운영해주시면 고맙겠습니다."

남아도는 것이 시간이고 특별히 할 일도 없기 때문에 현우는 이에 응하였다.

방을 보고 처음에 찾아 온 학생은 십여 명이었다. 딱 좋은 인원이었다. 《English 900》을 교재로 테이프를 틀어주고 일대일 형식으로 대화를 하였다.

이에 한계를 느낀 현우는 교장에게 말하여 교실 하나를 빌려 사재를 털어 Lab 시설을 깔았다. 학교재정이 나빠 이 학교에는 아직 Lab 교실 하나 없었던 것이다. 현우의 영어교실은 인기폭발이었다. 몰려드는 학생을 도저히 감당할 수 없었다.

어느 날 강의가 끝나자 교장이 만나자고 했다. 교장실에 들어가자 어느 50대 초반의 여자가 앉아 있었다.

"인사 나누시죠. 이쪽은 유현우 은행장이시고 이쪽은 백수정 보건 소장이십니다. 백 보건소장님은 외교관이셨던 아버님을 따라 중학교 때 미국에 건너가 미국에서 의대를 나오시고 로드아일랜드대, 조지타운대 등에서 신장전문교수로 활동하신 분입니다. 유 행장님께서 우리학교에 영어교실을 개설하신 후 수강생이 폭주한다는 얘기를 듣고 도울 일이 없을까 하여 찾아 오셨습니다."

화려한 경력과 미모, 기품 있는 얼굴. 그런데 왜 이런 데서 보건 소장을 하고 있을까?

"저로서는 대환영입니다. 그렇지 않아도 학생이 많아 지도에 애로가 많던 참이었으니까요."

백수정과 반을 나누었다. 그러나 우열은 금방 판정이 났다. 백수정의 영어발음은 원어발음, 그 자체이었고 미국에서 교육을 받았기 때문에 영어를 어떻게 가르치는지를 잘 알고 있었다. 거기다 젊은 미모이니 현우의 인기가 있겠는가.

그나마 A반 B반으로 구획을 나누었기 때문에 현우의 A반이 유지는 되었으나 A반 학생은 호시탐탐 B반으로 옮겨가려고 노리고 있었다.

겨울이 닥쳐왔다. 장미는 겨울나기가 힘들다. 소희는 동네 할아버지를 한 분 고용하여 장미를 하나씩 짚으로 싸주었다. 겨울 동안 얼어죽지 않게 보온하기 위함이었다.

소희는 장미 가꾸랴, 현우는 채전 가꾸랴 틈이 없어 미국여행을 마친 후 골프채는 창고에서 잠자고 있었다.

"여보, 겨울에 할 일도 없는데 우리 골프여행이나 갑시다."

현우가 제안했다.

"좋아요."

"어디로 갈까?"

"골프여행은 일본, 중국, 하와이, 호주, 뉴질랜드, 태국 등으로 많이 가는데 태국이 제일 싸고 그런 대로 좋다고 해요."

절약가인 소희가 어디서 들었는지 태국을 추천했다.

현우는 묵은 신문을 뒤지기 시작했다. 태국 골프투어로는 방콕, 니치코, 치앙마이, 치앙나이 등이 있었다. 치앙마이에는 국적기가 직접 들어가고 가격도 저렴하여 2주짜리 골프투어를 신청하였다.

서울은 겨울이었지만 치앙마이에는 따사로운 햇빛과 상쾌한 바람이 감돌고 있었다. 여기저기 꽃들이 골프코스를 더욱 빛내 주고 있었다. 골프는 평생 동안 자신의 실력과 수준에 상관없이 즐길 수 있는 운동이니까 그들은 점수에 구애받지 않고 즐기는 골프로 투어를 보내기로 하였다. 스코어도 적지 아니하였다.

그렇지만 골프는 인정사정 없는 스포츠이다. 둘이 아무리 즐기는 골프로 일관하자고 약속했지만 골프는 플레이어의 감춰진 성격, 인격을 자연스럽게 노출시키는 힘을 가지고 있다.

스포츠 중 유일하게 심판이 없는 골프는 플레이어들간의 신뢰를 바탕으로 이루어지며 명예를 존중한다. 골프에서는 플레이어가 규칙준수와 집행을 동시에 떠맡아야 한다. 골프는 너무나 어려우면서 동시에 너무나 유혹적이다.

서머셋 몸은 도박을 해보면 그 사람의 인격이 드러난다고 말했지만 골프야말로 플레이어의 인격이 적나라하게 드러나는 게임이다. 평소에는 드러나지 않는 성격상의 미묘함과 인격상의 결점까지 모두 낱낱이 드러난다.

18홀을 치는 동안 플레이어가 인내심이 있는지, 성격이 조급한지, 유머감각이 있는지, 질투를 하는지, 화를 잘 내는지 아닌지 등 모든 것을 볼 수 있다.

현우는 약속대로 소희에게 S-Yard 골프채를 선물하였다. 소희는 단순한 취미가 아니라 열정과 신념을 가지고 골프를 치는 스타일이다.

치앙마이에는 치앙마이 람푼 골프클럽, 로얄 치앙마이 골프리조트, 그린 밸리 골프클럽, 란나 골프클럽 등 4개의 골프장이 있었다.

S-Yard가 효과가 있어서인가, 소희가 파를 잡거나 버디를 잡는 경우가 현우보다 훨씬 많았다. 한팀이 된 압구정동에서 왔다는 50대 부부가 말을 걸었다.

"사모님 솜씨가 아저씨보다 낫네요."

"네, 우리 마누라는 밥 먹고 골프만 쳐요. 이런 말이 있지요. 골

프에서 100타를 치는 사람은 골프를 소홀히 하는 사람이고 90타를
치는 사람은 일을 소홀히 하는 사람이고 80타를 치는 사람은 가정을
버리다시피 한 사람이고 싱글골퍼는 골프 이외의 모든 것을 다 팽개
친 사람이란 말이 있습니다. 우리 마누라는 밥하는 것조차 소홀히
하는 주부입니다."

"여보, 당신 정말 골프 안 된다고 그렇게 헐뜯어도 되는 거예요?"

"잘못했소, 사과하리다."

50대 부부는 남자는 잘 치는데 부인은 완전초보였다. 공을 굴리
고 다녔다. 그 주부가 공을 치고 있는 동안은 현우 부부는 꽃 감상
을 하고 있었다.

XI

또 봄이 찾아왔다. 둘은 동면에서 깨어나 바빠지기 시작했다.

한소희는 장미 가꾸기에 한껏 재미를 더해 가고 있었다. 묘목을 심은 지 두 해가 되는 장미는 닭똥거름의 힘으로 왕성히 자라나고 있었다. 아카시아 향기가 진동하는 5월 중순쯤 개화하기 시작한 장미는 유월이 되자 절정을 이루었다.

하루는 영어수업이 끝날 무렵 보건소장 백수정이 현우의 교실로 찾아왔다.

"선생님 댁 장미원이 참 아름답다고들 하던데 구경 한번 시켜 주실래요?"

"아, 장미원은 아내 것입니다. 저는 손도 대지 않습니다. 아내에게 물어보고 내일 대답을 드리겠습니다."

그렇지 않아도 누구에게 자랑하지 못하여 안달인 한소희는 보건소장이 장미원을 구경온다니까 수선을 떨었다. 예쁜 초청장 카드에 저녁까지 초청한다고 써서 현우 편에 보냈다.

유월의 해는 길었다. 현우가 영어교실을 끝내고 집에 있자니 백수정이 은색 렉서스를 몰고 현우의 집에 도착한 것은 6시 30분경. 그래도 대낮이었다.

백수정은 예쁜 고급 밀짚모자를 상자에 넣어 선물로 들고 왔다.

"장미 가꾸실 때 쓰세요."

"잘 오셨어요, 닥터 백. 장미부터 구경하러 가실까요? 장미원을 나름대로 제 이름을 따서 '소희의 뜰'이라고 붙였어요."

"'소희의 뜰', 참 이름도 예쁘네요."

장미원에 다다른 백수정은 만발한 장미에 감탄했다.

"참 예쁘네요. 어떻게 이 많은 장미를 혼자서 가꾸셨어요? 아! 이 장미는 사피나네요. 향기가 좋아 제가 참 좋아하는 장미인데. 그리고 저것은 온리 러브, 제 남편이 시시때때로 선물했던 장미예요."

"장미에 대하여 많이 아시네요. 지금도 남편께서 온리 러브를 선물하시나요?"

"글쎄요. 저 하늘나라에서 꿈속으로 보내실지 ⋯."

백수정은 쓸쓸한 미소를 지었다.

한소희는 직감적으로 백수정이 남편과 사별했음을 감지하고 화제를 옮겼다.

"닥터 백은 미국 계실 때 장미를 가꾸신 적이 있으세요?"

"미국생활이 워낙 바빠서 그럴 만한 시간을 가지지 못했어요. 아침 일찍 출근하면 저녁 늦게 퇴근하고 어떤 때는 연구실에서 밤을 새기도 하기도 하고. 그래서 아기도 갖지 못했어요. 아! 제가 별 얘기를 다 하네요."

둘은 처음 만났지만 오랜 친구처럼 친밀한 대화를 나눴다.

"우리 이제 저녁 먹으러 가요. 저녁은 아마 우리 남편이 준비해 놓았을 거예요.”

“유 행장님이 그렇게 자상하세요? 소희 씨는 참 행복하시겠어요.”

과연 집에 들어가자 촛불이 켜진 식탁에는 나이프, 포크, 냅킨이 세팅되어 있었다.

“자, 숙녀 분들, 손 씻고 오세요.”

우선 와인잔에 포도주를 따랐다.

“우리 닥터 백의 방문을 위하여 건배합시다.”

“치어스!”

크리스탈 잔이었다.

요리는 슈림프 칵테일부터 나왔다.

“칵테일 한 잔 하시죠. 닥터 백, 무엇으로 하실래요? 웬만한 건 다 준비되어 있습니다.”

“그랑 마르니에 가능해요?”

그랑 마르니에는 여성용 칵테일이기 때문에 현우가 소희를 위하여 평소 준비해 둔 것이기에 주저 없이 서브할 수 있었다. 소희는 블러드 메리를 약하게, 현우는 마티니를 마셨다. 다음은 샐러드, 그리고 메인 디시. 메인 디시는 스테이크였다. 그리고 나서 디저트. 디저트는 소희가 오븐에 직접 구운 것이었다.

“디저트가 빵집 제품 같지 않은데 직접 구웠어요?”

“네. 아내가 준비한 것입니다.”

“디저트가 참 맛있네요. 그릇도 레녹스. 레녹스는 백악관에서 쓰는 그릇이라던데. 그리고 식탁은 해리돈 제품 맞죠?”

“네, 모두 아내의 콜렉션입니다.”

모든 서브는 현우가 하였다. 실은 대부분의 요리는 소희가 해 놓았지만. 커피는 소파에 자리를 옮겨 앉아 마시기로 하였다.

"유 행장님, 요리솜씨가 보통이 아니에요. 참 맛있게 먹었어요. 호텔요리보다 더 맛있게 먹었어요. 다음 번엔 저희 집으로 초대할게요. 하지만 전 요리솜씨가 없어서 용기가 안 나네요."

"초대만 해주신다면 라면 하나라도 좋습니다."

백수정은 떠나가고 한소희가 한마디했다.

"인상이 참 좋네요. 교양도 있고 얼굴도 예쁘고. 그런데 남편이 죽었나 봐요. 자녀도 없다고 하던데."

"왜 죽었을까?"

현우는 그것이 궁금하였다.

"거기까진 물어보질 못했어요. 초면에 꼬치꼬치 사생활을 물어볼 수는 없지 않아요?"

"그건 그렇지."

백수정은 수수께끼의 여자였다. 그들은 백수정에 대하여 아는 게 없었다. 몇 시간 식사를 같이 하였지만 자기 얘기는 일체 하지 않았다. 그저 자기 고향이 부여라는 것뿐, 누구와 살고 있는지, 어디에 살고 있는지, 왜 보건소장 노릇을 하고 있는지 이야기가 없었다. 소희도 궁금했지만 백수정이 스스로 이야기하기 전에는 물어볼 수가 없었다.

하루는 채소 할머니가 꼬깃꼬깃한 돈 얼마를 현우에게 내밀었다.

"이게 무엇입니까?"

"그동안 채소를 공짜로 받기만 해서 미안해서 …. 쬐그만 성의니까 받아 주서유. 그래야 저도 마음이 편하겠구만유."

"아닙니다. 저는 채소가 처치 곤란해서 가져다 드리는 것이니까 아무런 부담을 가지지 마시고 열심히 파세요. 돈은 받을 수가 없습니다."

“그래두 그런 게 아니지유. 세상이 공짜가 어딨어유. 저도 성의를 표시해야 마음이 편하겠구만유.”

“자꾸 그러시면 저는 이제 여기 못 옵니다. 제 성의를 이해해 주십시오. 제가 차로 제 채전을 구경시켜 드릴 테니 그러고 난 다음에 말씀을 하십시오.”

현우는 할머니를 차에 태우고 채전으로 갔다. 시장에서 채 5분도 안 걸리는 거리였다.

“자, 저희는 두 식구입니다. 두 식구가 이 많은 채소를 어떻게 다 먹습니까? 그리고 채전을 가꾸는 것은 제 취미입니다.”

채전을 둘러본 할머니는 조심스럽게 제안을 했다.

“지가 일손을 좀 거들었으면 하는디유. 그래야 지 맴이 편하겠구만유.”

“좋습니다. 그렇지 않아도 일손이 모자라던 터이니 잘 되었습니다. 참, 어디 사세요?”

“요기 저 아래 동네에 살아유.”

“아, 중탑리 말인가요?”

“예, 그렇구만유.”

할머니는 농사일에 전문가였다. 일생을 농사짓는 일에 매달렸던 그녀는 농사에 관한 한 모르는 것이 없었다.

하지만 하나밖에 없는 아들이 농사짓기 싫다면서 사업을 한답시고 손자만 맡겨놓고 며느리와 대처(大處)로 나간 뒤, 사업에 실패하여 빚 갚느라고 논밭을 전부 팔아버려 삶의 터전을 잃어버린 처지가 된 것이다.

그래서 처량하게 시장 한 귀퉁이에서 채소장수를 하고 있었던 것이었다. 불쌍한 할머니였다. 마음은 한없이 착하였다.

현우는 할머니를 돕고 싶었다.

"소희, 우리 할머니를 도와주자."

"어떻게?"

"시장 바닥에 조그만 가게 하나 얻어주고 싶은데 ···."

"당신 좋은 대로 하세요. 누구는 수십억 수백억씩 자선사업을 하는데 이런 조그만 베풂에 당신의 행복을 얻을 수 있다면 더 큰 값어치가 있는 거겠지요."

"고마워."

현우의 제의에 선선히 응해주는 소희의 마음에 현우는 눈물이 났다.

이제 채전은 할머니 것이 된 셈이었고 점점 두렁을 넓혀 갔다. 땅은 많았다. 유현우의 채전 가꾸기는 이제 완전히 소일거리에 불과하게 되었다.

서울에서 3시간 걸리는 거리지만 친구들이 별로 찾아주질 않았다. 그저 호기심에 한 번씩 들릴 뿐 누가 이 먼 곳을 자주 찾아 주겠는가.

그렇다고 현우도 특별한 용무가 없는 한 서울에 올라가지를 않았다. 골프도 지난겨울 치앙마이를 다녀온 후 손을 놓았다. 현우는 외로움을 타지 않는 성격이다. 이른바 고독이란 사치를 모른다. 아직 종교는 없지만 고승(孤僧)이 되었으면 하고 생각한 적이 있었다.

외로이 첩첩산중 암자에 앉아 가부좌를 틀고 세상만사를 다 잊어버리고 화두에 사로잡혀 용맹정진을 한다면 얼마나 행복할까.

현우는 군중 속에 묻히기를 싫어했다. 군중에 묻혀 살다보면 이런 사람 저런 사람 만나게 되고 그러다 보면 말 한마디에 상처를 받게 되고 상처가 치유될 때까지 진통을 겪어야 하기 때문이다.

고독의 아픔, 짜릿한 고독의 아픔을 현우는 즐겼다. 특히 눈 오는

겨울날 벽난로에 불을 피고 코냑 한잔을 한없이 핥으며 느끼는 고독
이야말로 행복의 극치였다. 그러기에 현우는 부여생활이 전혀 심심
하지가 않았다.

　대외활동이라곤 백제중학교의 영어교실뿐이었다. 하루는 부여고
등학교의 이시성 교장으로부터 전갈이 왔다. 경제특강을 맡아달라
는 교장선생님의 간청이었다.

　"경제특강을 맡는 데 선생님 같은 적임자는 부여읍내에 없습니다.
꼭 수락해 주시기 바랍니다."

　"백제중학교에서 있었던 일은 들으셨겠지요?"

　"네, 그래서 저희 학교 전교조 대표단에게 미리 다짐을 얻어 두었
습니다. 유 행장님께서 어떤 내용으로 경제특강을 하시던 전교조는
개입하지 않겠다는 약속을 받아 두었습니다."

　"좋습니다. 그럼 당장 이번 주부터라도 시간을 짜주시면 강의를
맡도록 하겠습니다."

　경제에 관한 사회과목의 책을 구하여 내용을 훑어본 다음, 책에
나와 있는 이론은 생략하고 우선 기초를 다지기 위하여 실물경제 중
심으로 강의를 하였다. 미시경제나 거시경제의 차이점, 규모의 경
제, 시장실패와 미시경제정책, 균형 국민소득의 결정, 절약의 역
설, 이자율의 결정, 국가의 경제적 역할, 재정정책의 수단과 목표,
디플레 갭과 인플레 갭, 금융정책의 수단, 실업, 인플레이션, 스태
그플레이션, 국제무역과 정부의 역할, GATT와 다자간 무역협상,
세계무역자유협정(WTO), 환율의 결정, 국제수지, 경기순환의 원
인, 경제성장과 그 요인, 경제발전의 조건, 경제발전전략 자본주의
와 사회주의의 미래 등 경제신문을 읽는 데 도움이 되는 내용을 중
심으로 강의를 하였다.

　그런 다음 시장경제에 정부의 역할은 무엇인가, 환율이 등락할 때 정부가 어떻게 대처하여야 하는가, 환율과 이자율 결정 등에 한 국은행과 정부가 어떤 교감을 가져야 하는가, 재테크는 어떻게 해야 하는가, 이자율이 내려가면 국민경제에 어떤 영향을 미치는가, 제조업 위주의 경제가 좋은 것인가, 생산성도 없는 서비스업은 왜 육성해야 하는 것인가, 증권시장은 경제에 어떤 역할을 하는가 등등 사례 중심으로 강의를 해나갔다.

　해박한 유현우의 강의에 때론 사회과목 선생도 청강하곤 하였다. 투자상품 운용방법과 주식투자 시간에는 교장선생님도 참관하였다.

　채전은 이제 할머니가 거의 돌보았고 현우는 강의준비에 많은 시간을 할애하였다. 고등학생을 상대로 한 강의라 할지라도 즉흥적으로 그저 아는 상식을 두서없이 지껄일 수는 없는 일이었다.

　소희는 장미 한 다발을 꺾어서 포장한 다음 보건소에 가는 게 일과였다. 보건소장은 그리 바쁜 일이 없었다. 보건소장실은 매일 신선한 장미로 빛났으며 둘은 십년지기라도 된 양 이런 얘기 저런 얘기 하다가 점심 먹고 헤어지는 게 일과가 되다시피 하였다.

　마땅한 이야기 상대가 없던 소희는 좋은 친구를 만나게 된 것이다. 나이는 4~5세 차이가 났지만 미국생활, 그릇이야기, 꽃이야기, 여행이야기, 골프이야기 등 대화소재는 수없이 많았다.

　"어떻게 혼자 되었어요?"

　"남편은 미 교육보건부 산하 3대 연구소의 하나인 메릴랜드 국립보건원에 에이즈담당 연구원으로 근무하고 있었는데 폐암으로 돌아가셨어요. 담배를 참 좋아해서 담배를 즐겼는데, 저는 담배냄새를 지독히 싫어하거든요. 제가 조지타운대 의대에 근무하고 있을 때인데 아시다시피 미국 동부의 겨울은 몹시 춥잖아요. 실내에서 담배를 피우면 제가 잔소리를 하니까 그 추운 겨울에 베란다 창 밖으로 나가 담배를 피다가 폐렴에 걸렸어요. 병원에 가니까 폐암이라는 겁니다. 그때까지 폐암이라는 것도 몰랐어요. 흔히 의사들은 건강진단 받기를 싫어하잖아요. 제 남편은 몇 년간 건강진단을 소홀히 한 거지요. 급성폐렴에 폐암이었으니 몇 달 고생하시다가 가버리셨어요. 저는 제가 남편을 죽였다는 죄책감에 한없이 괴로워했지요. 직장도 사표를 내고 두문불출하며 거의 밥도 먹지 못했어요. 수면제를 먹지 않으면 잠을 잘 수 없고 자살까지 생각했지요. 미국에 사는 오빠가 위로차 저의 집을 방문했다가 저의 이런 상태를 보고 저를 정신병원에 입원시켰지요. 거기서 한 의사를 만나게 되었는데 미국인이면서 특이하게 불교신자였어요. 불교 이야기를 많이 해주면서 단순하면서도 가난하되, 절제된 아름다움을 지닌 삶을 추구해 보라고 하셨어요. 불필요한 것으로부터 자유로워져서 단순하되 충만된 삶을 살라는 거지요. 즉, 마음을 비우라는 겁니다.

저는 여기서 깨달음을 얻었어요. 퇴원하자마자 미국생활을 정리하고 고향인 이곳에 정착하게 된 거지요. 고란사에 다니며 설법을 듣고 불교공부에 열중하고 있었는데, 하루는 군청에 볼일이 있어 갔다가 이곳 보건소장을 공모한다는 방이 붙었기에 이력서를 넣었더니 자리를 주데요. 직원은 꽤 많습니다. 의사도 2~3명 있고 간호사, 보건원 등 직원이 약 50여 명 됩니다. 그렇지만 저는 주로 행정업무만 하기 때문에 그리 바쁘지 않아요."

백수정은 한소희에게 속내를 다 털어놓았다. 부여에 와서 어느 누구에게도 하지 않았던 이야기였다. 이러한 이야기를 듣고 나니 한소희는 백수정에게 더욱 친밀감을 느끼고 동생같이 보살펴 주고 싶은 애정이 생겼다.

“우리 자매해요.”

소희가 제의했다.

“좋아요. 그럼 지금부터 언니라고 부르겠어요.”

“그럼 나는 동생이라고 불러야겠네. 반말해도 되겠지?”

“그럼요.”

십년지기가 금방 백년지기가 되었다.

“언니 종교 있어요?”

“아직 없어.”

“불교는 참 오묘해요. 알 듯 모를 듯 너무나 은유적인 것이 많아요. 미국에 있을 때 성당에 다녔는데 불교는 카톨릭과 비슷한 듯도 하고요. 특히 의식은 상통하는 점이 많아요. 종교는 다 귀일(歸一)하는 게 아닌가 싶어요.”

며느리 민채영이 한 달 동안 해외연주를 떠나게 되어 소희는 손녀 예솔이를 돌봐주기 위해 서울로 올라갔다. 올라가며 현우에게 ‘소희의 뜰’을 잘 보살펴 달라는 말을 잊지 않았다.

“내가 장미에 대하여 뭘 알아야지.”

“할머니 도움을 받으면 되잖아.”

하루는 백수정으로부터 전화가 왔다.

“요즈음 얼마나 적적하세요. 밥은 챙겨 잡수시고요? 자주 찾아 뵙지 못하여 죄송해요.”

“괜찮습니다. 그런데 무슨 일로?”

“언니의 장미원이 궁금해서 오늘 새벽 한번 들러봤더니 가지가 너무 웃자랐더군요. 곁순도 여기저기 너무 많고요. 가꾸시는 분이 없는가 봐요.”

"네, 제가 돌보지 않는데 가꿀 사람이 없지요."

"언니가 내려올 때까지 제가 가꾸면 안 될까요?"

"닥터 백이 시간이 되겠습니까?"

"9시 출근이니까 새벽 일찍 나가면 충분해요."

"나보다 아내의 허락을 받아야 하니까 서울 전화번호를 알려 드릴 테니 전화 한번 해 보세요."

그즈음 소희는 장미원 걱정에 편한 날이 없었다.

'소희의 뜰은 어떻게 되었을까?'

눈을 감고 가만히 누워 있으면 한 그루 한 그루 장미들이 마음속으로 파고들었다.

'장미원은 점점 황폐화되어 가고 있겠지? 장미는 아이들과 같아. 하루만 돌보지 않아도 제멋대로 웃자라고 마는데 ….'

이때 백수정으로부터 전화가 왔다.

"언니 장미원이 궁금하여 들렀더니 가지가 너무 웃자라고 곁순도 여기저기 너무 많아 안타까웠어요."

"가꿀 사람이 없으니까 어쩔 수 없지 …."

"언니 내려오실 때까지 제가 가꾸면 안 될까요?"

"가꿀 수 있겠어?"

"책을 보고 배우고 모르는 게 있으면 군청 정원사에게 자문을 구하면 되겠죠."

"그렇게 해주면 얼마나 고마울까!"

시냇가에 얼음 깨지는 소리가 들리면서 들강아지 꽃망울이 피어오를 무렵이 되어도 소희는 내려오질 않았다. 가끔 안부전화만 오갈 뿐.

현우는 외로이 서 있는 커다란 집에 혼자 앉아 있으려니 아내의 자리가 그리 커 보일 수 없었다. 적막강산. 초봄의 따사로운 햇볕은 거실 깊숙이 파고들어 그나마 울적한 마음을 달래주었다.

외로움에는 자신이 있다는 둥, 고독이란 내 사전에는 없다는 둥, 고승(孤僧)이 되어 깊은 산 속에서 가부좌를 틀고 하나의 화두에 매달려 용맹정진하는 게 소원이라는 둥 어쩌구 저쩌구 하며 소희의 여린 가슴에 시도 때도 없이 상처를 주어 왔는데 이 모두가 허세였다는 것이 뼈저리게 느껴졌다. 이런 순간은 아무나 붙잡고 이야기하고 싶었다.

노을이 지면서 주위가 붉은 빛으로 타오르기 시작했다. 이윽고 주위에 어둠이 찾아왔다. 현우는 소파에 꼼짝않고 앉아서 불 켤 생각을 하지 않았다.

'소희! 괴괴한 정적만 흐르는 이 거실에서 나는 당신과 술 한잔을 나누고 싶소. 영원한 나의 사랑, 세월이 흘러가면 갈수록 그대가 더욱더 그리워진다오. 얼마가 지나면 다시 만날 사람이지만, 아니 당장이라도 차를 몰고 올라가면 이날 밤 안에 만날 수 있는 사람이지만 이 찰나 이 순간이 불현듯 그대가 내 옆에 자리해주지 않을까 하는 신기루 같은 꿈에 사로잡힌다오.

들새도 잠들고 달빛도 시들었는데 훈훈한 봄바람, 나른한 내 마음에 소나기를 내려주는구려. 아련한 천국의 순간은 파도처럼 밀려갔고 그대의 손길은 구름처럼 잡힐 듯 말 듯 내 가슴으로만 스쳐가는구려. 하늘의 별들도 다 숨어 버리고 휘황하던 달도 어느새 산등성이 뒤로 사라져 버렸다오.

소희! 밤도 점점 익어 갑니다. 그 젊은 날, 우리는 참 행복했었지. 낙산 해수욕장의 그 열정적이던 여름밤의 젊음을 불태우던 짜릿한 추억이 이 밤의 내 몸을 다시 불태워 당신에게로 옮겨갑니다.'

현우는 서재에 가서 서정주의 시집을 꺼내들었다. 눈에 들어오지를 않았다. 금방 싫증을 느끼고 혹시 마음의 위안의 얻을까 하여 법정 스님의 《텅 빈 충만》을 꺼내왔다. 두어 줄 읽다가 이것도 내팽개쳤다.

평소 제일 좋아하던 차이코프스키의 심포니 오케스트라 〈피아노 콘체르토 No. 1〉을 플레이어에 올려놓았다. 이마저 귀에 들어오질 않았다.

술 찬장에 가서 '로얄 살롯'을 꺼내 왔다. 치즈를 안주 삼아 얼음도 없이 조그만 잔에 원샷으로 입안에 털어 넣었다. 평소 현우는 독한 술은 즐기지 않았다. 제일 좋아하는 술은 쌀로 빚은 동동주, 법주, 백세주, 설화, 그리고 포도주 등 16도 이내의 술이었다.

양주를 아무리 먹어도 취하질 않았다. TV를 켜 보았다. 물론 눈에 들어올 리 없었다. 장식장 위에 있는 소희 사진을 내려놓고 한없이 물끄러미 쳐다보았다.

'소희! 이 세상에 둘도 없는 내 사랑이여, 당신이 떨어져 있으니 그대의 귀중함과 사랑의 깊음을 새삼 느끼게 되는구려. 이 세상 둘도 없는 내 사랑이여! 지난 30년간 즐거움보다는 괴로움을, 환희보다는 고통을 더 많이 안겨준 듯하여 내 마음, 못 견디게 아파 옵니다.

왜 그대에게 좀더 상냥하고 부드럽게 대해 주지 못했는지 …. 왜 그대에게 좀더 많은 행복의 순간을 안겨 주지 못했는지 …. 조용하고 우아하며 가을의 호수 같은 여인이여! 밤은 점점 깊어 갑니다.'

현우의 소희에 대한 상념은 한없이 이어졌다.
곡절 많았던 결혼작전이 생각났다.

하루는 소희 아버지가 좋아하신다는 술과 과일바구니를 사 들고 신문로 집을 방문하였다. 소희 아버지와 어머니는 널찍한 안방에 앉아 계셨다. 화려한 자개장과 보료가 소희 아버지의 위엄을 한껏 돋보이게 하였다. 현우는 우선 넙죽 큰절을 올렸다.

"자넨 누군가?"

"네, 소희 씨와 사귀고 있는 유현우라는 사람입니다."

"직장은 있는가?"

"네, 은행에 다니고 있습니다."

"학교는 어디를 나왔는가?"

"S 법대를 나왔습니다."

"음, 그래? 나와 동문이네 그려. 나는 경성제대를 나왔지."

경성제대라면 일제시대 때 조선학생은 50명밖에 뽑지 않았다는 명문이다. 전국의 내노라 하는 수재만이 들어갈 수 있었다고 들었다.

"고향은 어디인가?"

"충청도 부여입니다."

"양반이군. 어디 유씨인가?"

"문화 유가입니다."

거기까지는 잘 나갔다.

"양친은 구존해 계신가?"

"어머니만 모시고 있습니다."

"형제는 어떻게 되는가?"

"형제는 없습니다."

"음…. 쓸쓸하구먼. 홀어머니에 외아들이라….."

두 부부는 실망의 눈빛을 교환하더니 침묵이 흘렀다.

"궁합이 맞아야 되니까 가서 기다리게. 일간 연락해 줄 테니까."

소희 어머니가 잘라 말했다.

이제나저제나 기다려도 소식이 없었다. 소희 말로는 궁합은 보러 가지도 않은 눈치이고 홀어머니 모시는 외아들에게 어떻게 딸을 시집보내느냐고 교제를 끊으라고 닦달을 한다는 것이었다.

현우는 다시 소희네 집을 찾아갔다.

"저희 어머니를 한번 만나 보십시오. 저희 집도 한때는 잘 살았습니다. 그리고 따님 고생은 절대 시키지 아니 하겠습니다. 저희 어머니는 며느리 시집살이 시킬 분이 아니십니다. 그리고 이 근방 사직동에 크지는 않지만 방 세 개짜리 집도 있습니다."

소희 어머니는 묵묵부답이었다. 사윗감은 좋은데 사돈끼리 너무 수준차가 난다는 것이겠지! 이른바 집안이 기운다는 것이었다.

다음 날 명동 돌체다방에서 만난 그들은 '은성'이라는 탤런트 최불암의 어머니가 경영하던 대폿집에 가서 막걸리를 엄청나게 마셨다. 은성은 지금은 없어졌지만 1950 ~1960년대만 해도 명동의 명물 가운데 하나로 가난한 예술가들의 단골집이었고, 작가 이봉구 씨는 그 집의 비품인 양 언제나 카운터 앞 지정석에 앉아 막걸리를 마시고 있었다.

이 은성에는 명동백작이란 별명이 붙어 있는 이봉구 씨 외에도 테너가수 임만섭 씨, 극작가 이봉래 씨, 여류수필가 이명은 씨, 그리고 독일유학을 마치고 막 귀국한 천재교수 전혜린 등이 단골이었다.

은성에선 대개 두서너 사람 합석하여 어울리게 되는 때가 많았다. 해방 전 이상(李箱)이 청진동 어귀에 문을 연 '제비'라는 다방에 문인들이 많이 몰려들었는데 1960년대에는 '은성'을 중심으로 한 그 일대에 예술가들이 자기집 사랑방 드나들듯 하는 다방과 술집이 많았다.

지금 보면 아무것도 아니지만 1960년대에는 센세이션을 일으킨

이화여대 학생이 쓴 앞서 가는 성(性) 문화를 그린 소설의 배경이 된 돌체다방, 동방살롱, 모나리자다방, 갈채, 엠프레스 등….

"어이, 젊은이들, 이리 좀 오게. 웬 술을 그리 많이 마시나?"

마침 혼자 앉아있던 명동백작이 호출을 했다.

"선생님, 저는 이 여자를 무지무지하게 사랑하고 이 여자도 저를 매우 사랑하는데 제가 홀어머니를 모시고 있는 외아들이라고 딸을 안 주는 겁니다. 이래도 되는 겁니까?"

"허, 참! 딱하게 되었네. 처자 부모님께서 딸을 못 주겠다면 어쩔 수 없는 일 아닌가?"

역시 세대 차는 어쩔 수 없는 것 같았다. 백작다운 점잖은 말씀이었다. 이때 막 들어오던 전혜린이 채 앉기도 전에 분연히 외쳤다.

"이래서 틀려먹었다는 거예요. 결혼이란 무릇 두 사람의 사랑이 가장 소중하지 집안이 무엇이며, 학벌이 무엇이며, 가문이 무엇이란 말입니까? 홀어머니 모신다 하여 결혼시키지 못하겠다면 그건 연좌제나 다름없는 것 아니겠어요? 홀어머니라고 해서 모두 악독하란 법 있습니까? 이런 고정관념에서 탈피해야 해요. 젊은이! 아가씨 데리고 사랑의 도피여행을 떠나 버리게. 얼마나 낭만적이야. 그러면 아가씨 부모님이 놀라서 금방 결혼시켜 줄 거야. 왜냐하면 사랑의 도피행각을 벌이면 아가씨는 이미 때가 묻은 여자가 되어 값이 뚝 떨어지니까 왕창 세일로 아무에게나 팔아 버리는 거지. 하하하…."

현우의 S 법대 선배인 전혜린의 거침없는 열변이었다. 독일 유학을 오래 했고 변호사인 아버지 밑에서 유복하고 자유분방하게 젊은 시절을 보낸 여자다운 얘기였다. 지금은 독문학 교수로 출강하는데 학생들과 어울려 막걸리도 자주 마시고 어느 날은 과음하여 학생들이 전 교수를 떠메고 집에 데려다 줄 때도 있다 했다.

　결단력이 있는 현우는 전혜린의 술주정 같은 얘기대로 망설이는 소희를 꼬셔서 배낭 하나씩 메고 설악산으로 향하였다. 은행에는 휴가를 내었고 어머니에게는 며칠 등산을 다녀오겠다고 말씀드렸다.

　떠나기 전 소희는 저녁을 먹으며 어렵게 얘기를 꺼냈다.

　"두 가지만 약속해 줘."

　"무언데?"

　"첫째, 평생 동안 나만을 사랑해 줄 것과, 둘째, 시집살이 시키지 않을 것."

　"첫째는 자신 있게 약속할 수 있는데 두 번째 것은 어머니께 여쭤 보아야겠지만 어머니는 며느리 시집살이 시키실 분이 아니야."

　"그러면 만약 어머님께서 나를 구박하면 옆에서 도와줄 거지?"

　"그럼, 도와주고 말고. 면전에서 도와줄 수는 없고 뒤에서 사랑으로 배로 갚아줄게."

　"한 가지 더. 결혼 전까지 순결은 지켜줄 거지?"

　"내 양심을 걸고 맹세하지. 그러나 나를 시험하려 들지는 마. 즉, 유혹하지 말란 말이야. 하하하."

　버스를 타고 인제 원통을 거쳐 한계리에서 밤늦게 민박을 하고 다음 날 새벽 5시에 십이 선녀탕 등산길에 올랐다.

　십이 선녀탕은 폭포와 탕이 연속으로 구슬 같은 푸른 물이 우레와 같은 괴성을 지르며 온갖 변화와 기교를 부리면서 흐르고 있는 명계곡이었다. 오랜 세월 동안 폭포가 떨어져 자연적으로 만들어진 탕의 물이 하도 아름다워 하늘의 선녀들이 밤이면 내려와 목욕을 하였다는 전설이 있는 이 십이 선녀탕은 실제로는 용탕, 북탕, 독탕, 무지개탕, 그리고 복숭아탕 등 8개가 구비구비 한 줄기로 이어져 흘러내리고 있었다. 옛말에 12탕 12폭을 흔히 12선녀탕이라고 불러 이 곳도 실제는 8탕이지만 12탕이라고 불리는 것이다.

장구한 세월에 걸친 하상작용에 의해 반석이 오목하거나 넓고 깊은 구멍을 형성하는 등 신기롭고 아름답기 그지없는 형상을 이루고 있으며 계곡 주위에는 잣나무, 박달나무, 소나무 등 거목이 우거져 있어 계곡의 아름다움을 더욱 빛나게 하여 주고 있었다.

12선녀탕 계곡은 전형적 브이(V)자 협곡이므로 폭우가 내리면 매우 위험하여 가을 단풍철을 제외하고는 찾는 사람이 그리 많지 않은 호젓한 등산로였다.

버너로 점심을 해먹고 내려오다 보니 큰 폭포의 우렁찬 소리가 들렸다. 그 옆에 항아리 같이 움푹 패인 12선녀탕이 보였다. 이것이 바로 12선녀탕의 상징인 복숭아탕이었다. 물 위에 한가로이 떠 있는 붉은 단풍잎이 맑은 햇살에 비쳐 마치 황금꽃 같은 착각이 들었다.

"차라리 황금탕이라고 하는 것이 낫겠어요."

대승령까지 약 두어 시간 올라가는 등산길에서는 힘들어하던 소희가 이제 내려가는 길만 남았다고 하니까 힘이 나는 모양이었다. 하산 목표지점인 인제군 북면 남교리까지는 한계령에서 8km로 보통 7~8시간이면 하산할 수 있는 거리였다.

복숭아탕을 한참 감상하고 있는데 빗방울이 조금씩 떨어지기 시작했다.

"가을에 웬 비지?"

"가을이라고 비 오지 말란 법 있나요?"

소희의 한가로운 소리였다.

"여기 12선녀탕에 큰 비가 오면 큰일나. 그래서 여름에는 여기에 잘 오지 않는데 대학생들이 무모하게 여기를 찾아왔다가 변을 당한 경우가 여러 번 있었어. 2년 전 10월에 카톨릭 의대 산악회원들이 갑자기 쏟아진 폭우로 물이 불어난 계곡을 건너다가 7명이나 희생된 적도 있었어. 서울 문리대 국문학과의 이숭녕 교수라고 알지? 그분의 수필집을 보면 그 분은 등산광이었는데 여름에 12선녀탕에서 비를 만났는데 빗물에 바윗돌이 굴러 내리고 그 소리가 천둥 번개치는 소리보다 더 컸다는 거야."

"아이구, 무시무시하네요. 우리 빨리 내려가요."

응봉폭포를 지날 쯤에는 빗줄기가 더욱 굵어졌다. 물이 점점 불어났다. 등산로 위에 물이 넘쳐 길이 보이지를 않았다. 등산화 위로 물이 넘쳐 들어왔다.

"안 되겠어. 이러다간 큰일나겠다. 우리 계곡 위로 물을 피하자."

그러나 계곡은 너무 가파르고 물을 먹은 흙은 너무 연약하여 자꾸 미끄러져 발을 떼기가 힘들었다.

"나무를 붙잡고 있어."

배낭의 줄과 혁대를 이용하여 소희의 허리를 묶은 다음 현우는 나뭇가지를 붙잡고 엉금엉금 기어 산비탈을 조금씩 위로 올라갔다. 얼마큼 올라가면 밧줄을 이용해 소희를 끌어 올렸다.

마침내 호랑이가 아가리를 힘차게 벌리고 있는 형국의 바위를 발견할 수 있었다. 그리 크지는 않지만 겨우 둘이서 비를 피할 수는 있었다.

비는 이제 폭우로 변하여 밑을 내려다보니 계곡 밑은 강이 되어 쏜살같이 흐르고 있었다.

"소희! 여자의 마음은 갈대와 같다던데, 이 12선녀탕의 복숭아탕처럼 아름답다가 어느 순간 포악하고 무시무시하게 변해서는 안 돼. 소희, 약속할 거지?"

"지금 이 마당에 농담이 나와요? 사람 목숨이 왔다갔다하는데 …."

산중의 어둠은 빨리 찾아왔다. 어느덧 비는 그치고 보름달이 떠올라 격류에 산산이 부서졌다. 밤은 점점 차가워지고 젖은 옷은 그들을 더욱 괴롭혔다. 밥을 해먹을 공간도 없었다. 그나마 버너를 꺼내 두 손을 녹였다. 현우는 소희에게 잠옷으로 가져온 옷을 젖은 옷과 바꾸어 입으라고 넘겨주었다. 소희의 잠옷은 면이 아니라서 별 도움이 되지 아니하였다. 주저하던 소희도 어쩔 수 없다는 듯 한 가지 다짐을 했다.

"내가 눈뜨라고 할 때까지 돌아앉아 눈을 감고 있을 거지?"

"응, 약속할게."

그러나 현우는 한 가지만 약속을 지켰다. 돌아앉되 눈을 뜨고 맹렬히 흘러가는 물살의 높이를 살피고 있었다.

추위에 대비하여 예비로 가져온 스웨터를 소희에게 건네주고 양말도 갈아 신겼다.

"춥지 않아?"

"아니, 이제 견딜 만해."

"우리 체온을 합치자."

"무슨 짓을 하려고?"

"그래도 날 못 믿어?"

"믿어볼게."

바람이 나뭇가지를 훑고 지나가고 있었다. 우르릉 쾅쾅 물 흐르는 소리에 그들은 정글 속에 갇혀 있는 한 쌍의 작은 다람쥐 같은 두려움과 고독에 사로잡혔다.

소희의 가슴에는 한 줄기 피를 타고 현우에게 매달리고 싶은 욕구가 솟아올랐다. 사선에서 헤매고 있는 지금, 순결이 무슨 의미가 있단 말인가? 여자에게 순결이 목숨보다 더 소중한 것일까? 나를

죽음에서 구해준 현우에게 모든 것을 바치고 싶었다. 그러나 현우
는 석고상이라도 된 양 묵묵히 한마디 말도 없이 물줄기만 내려다보
고 있었다.

'지금 무슨 생각을 하고 있는 걸까? 현우도 사람인데, 더구나 혈
기왕성한 남자인데 나를 탐하려는 욕구가 없지는 않을 텐데 …. 내
가 너무 강하게 약속을 지키라고 몰아 부친 것일까? 사정변경의 원
칙이라는 것도 있다던데 …. 지금은 상황이 좀 다르지 않은가?'

소희는 졸린 듯 현우의 뺨에 스르르 머리를 기댔다. 비는 멎었지
만 이젠 말끔히 건조시킨 소희의 머리카락에서 은은히 뿜어 나오는
냄새는 현우의 마음을 격랑 속에 몰아넣었다.

어느덧 현우의 입술이 소희의 긴머리를 헤치고 소희의 새하얀 목
덜미를 부드럽게 애무하기 시작했다. 시리도록 밝은 달빛은 그녀의
새하얀 목덜미에 쏟아져 내렸다.

현우의 입술은 차츰 위로 올라가 소희의 귓불을 자근자근 깨물
더니 귓속에 뜨거운 입김을 불어넣었다. 소희의 호흡이 거칠어지
기 시작했다. 목구멍 깊은 곳에서 낮은 신음소리가 뜨겁게 새어나
오는 것을 현우는 아득히 깨닫고 있었다. 그녀는 그를 원하고 있었
던 것이다.

드디어 두 입술이 포개졌다. 누가 누구를 먼저 원했는지도 모르
게 그들은 깊은 키스를 하고야 말았다.

두 사람의 약속은 아득한 망각의 블랙홀에 흘러보낸 채 미친 듯이
껴안고는 서로 뜨거운 애무를 했다.

둘을 부둥켜안고 밤을 샜다. 희미하게 날이 밝아왔다. 새벽이 오
나 보다. 물은 현저히 줄어들었다. 햇살이 비치자 길이 드러났다.
그들은 조심스럽게 산비탈을 내려갔다. 남교리 민박집에 방 하나를

구하였다. 방에 불을 지펴 달라고 부탁하고 민박집에서 해준 아침을
먹은 후 정신없이 잠에 곯아떨어졌다.

XII

현우는 늦잠 자는 버릇이 있기 때문에 백수정과 마주칠 기회가 없었다. 백수정은 새벽 일찍 장미원에 와서 장미꽃 손질을 하고 사라지곤 하였다. 야생화는 별다른 손질을 하지 않아도 계절 따라 피고 지고 하였다.

어떨 땐 문 앞에 장미다발이 놓여져 있는 때도 있었다. 유현우는 그것을 소중히 집어 식탁 위 꽃병에 꽂아 두곤 하였다.

현우는 채전일을 마치고 가끔 '소희의 뜰'에 가 보았다. 장미가 잘 가꾸어져 있었다. 백수정이 정성을 다한 덕택이리라. 꽃들도 아름답게 피어 있었다. 채소 할머니는 장사를 마치고 집에 돌아가는 길에 현우의 집에 들러 청소도 해주고 빨래도 해줬다. 어떤 때는 저녁상도 차려줬다. 이럴 땐 한사코 사양하는 할머니와 저녁을 먹으며 이런저런 이야기를 나누었다. 돌아가신 어머니 생각이 나기 때문이었다.

여름이 무르익어 가고 며느리가 귀국하였건만 소희는 시골에 내려오질 않았다. 늙으면 남편이 별로 그리워지질 않는 모양이었다.

가끔 밥은 잘 해먹고 있느냐는 안부전화만 올 뿐이었다. 아마 그동안 못 만났던 서울에 있는 학교동창, 그리고 이런저런 친구들과 어울리느라고 그 재미에 푹 빠져 있겠지. 이 시골에 와봤자 고목 둘에 할 일도 없고 할 말도 없는 쓸쓸한 나날을 무료하게 지낼 일밖에 없을 터이니까 자꾸 하향을 미루는 거겠지.

늙어 가면 부부애가 깊어진다는데 그건 다 옛말이다. 옛날에야 대가족 제도로 늙으면 육체적 노동에서 해방되고 그저 손자들 재롱 떠는 모습을 지켜보며 시끌벅적한 집에서 하루하루를 보내니 젊었을 때 억눌렀던 애정이 새삼 솟아날 수 있었다.

그러나 지금은 애정과 사랑은 젊은 시절 한껏 다 소진하고 늙으면 자식 손자 다 떠나 버리고 늙은 노친네 둘만 외로이 방치되어 있으니 그동안 쌓아온 사랑이 한 꺼풀 한 꺼풀 허물어지고 서로 상대방에 대한 실망감, 섭섭함, 노여움만 더해갈 뿐인 것이다. 그저 점점 덤덤해지는 것이다.

어느 날 백수정이 장미 한 다발을 가지고 느닷없이 방문하였다.

"포도주 한 병을 누가 선물로 주기에 같이 들려고 찾아왔어요. 결례가 되지 않을까요?"

"괜찮습니다."

"언니는 아직도 안 내려오신 모양이죠? 같이 들려고 했는데 섭섭하네요."

"곧 올 겁니다."

"얼마나 적적하세요? 서울 올라간 지 꽤 오래 된 것 같은데…."

현우는 포도주 잔과 치즈, 땅콩, 비프저키 등 준비된 안주그릇을 가져왔다.

"자, 치어스!"

“브라보!”

“와인 맛이 참 좋네요. 첫사랑의 키스 맛 같아요.”

“유 행장님, 너무 낭만적인 말씀 구사하지 마세요. 절 시험하려 하지 마세요.”

“내가 시험한다고 시험에 빠질 닥터 백입니까?”

“유 행장님 같이 멋있는 남자라면 혹시 모르지요. 호호호.”

“닥터 백은 왜 재혼하지 않으세요?”

“저는 중학교 때 아버지를 따라 미국에 건너가 공부를 했기 때문에 중학동창이 있나, 고교·대학동창이 있나, 동창 하나 없고 직장 동기도 없어요. 정말 외톨이인 셈이지요. 그래서 고독이 제 친구예요. 누구와 같이 생활하면 불편해요. 그게 이유라면 이유이고, 실은 저를 사랑이라는 용광로에 던져 넣을 수 있는 남자를 만나지 못하고 있기 때문이랍니다.”

백수정의 대리석 같은 뺨을 타고 한 줄기 눈물이 흘러 내렸다. 백수정의 고통에 젖은 목소리에 현우도 바람 따라 어디론가 휘날려가고 싶은 충동을 느꼈다. 현우는 자신의 가슴 안에 풍부한 감정이 도사리고 있었다는 사실에 놀랐다.

현우는 백수정의 숨결을 느꼈고 가벼운 떨림이 그녀의 온몸을 훑고 지나가는 것을 느꼈다. 그 순간, 두 사람의 시선이 얽혔다. 현우는 백수정의 살결에서 풍기는 매혹적 향기를 느끼며 그녀 옆으로 다가갔다. 백수정이 현우의 가슴을 파고들었다. 현우는 백수정의 목덜미에 키스를 퍼부었다. 그리고 입을 찾아 위로 올라갔다. 깊은 입맞춤이 아닌 맞대는 정도의 키스였다. 그때 백수정의 혀가 현우의 입술을 파고들었다.

그녀의 격렬한 반응에 현우는 소희에 대한 생각이 뇌리에서 까마

득하게 사라지고 오로지 지금 이 순간만이 중요하다고 생각했다. 현우는 백수정을 안고 있는 팔에 힘을 주었다. 그녀의 부드러운 몸이 가볍게 떨리고 있었다. 그녀의 향기는 참으로 매혹적이었다. 게다가 그녀의 풍만하면서도 탄력 있는 몸매는 너무나 자극적이었다.

현우는 생각 외로 적극적인 그녀의 반응에 놀랐지만 끝까지 갈 생각은 없었다.

순간 장식장 위에 환히 웃는 소희의 사진이 현우를 내려다보고 있었다. 현우는 황급히 일어나 밖으로 나왔다. 찬 바람을 쏘이니 포도주가 깨고 불탔던 열정이 식었다. 현우가 급히 일어나는 바람에 소파에 쓰러진 백수정은 한동안 소파에 파묻혀 '안 돼, 안 돼' 하고 흐느꼈다.

백수정은 소파에 얼굴을 세차게 좌우로 부딪치며 모멸감과 회한 속에 괴로워하다가 렉서스를 몰고 인사도 없이 서서히 사라졌다.

다음 날 소희가 오래간만에 내려왔다.

"너무 오랫동안 집을 비워서 미안해요."

"괜찮아. 혼자 밥 해먹는 건 이제 이골이 났고 채소 할머니가 가끔씩 대청소를 해주곤 하니까 불편한 거 없었어. 그래, 서울에서는 재미있었고?"

"그저 그랬죠, 뭐. 예솔이 뒷바라지하느라고 별로 쉬지도 못했어요."

"애들은 모두 잘 지내나?"

"그저 그래요. 참, '소희의 뜰'이 궁금한데 같이 나가볼래요?"

"그럽시다."

"장미원이 참 잘 가꾸어져 있네. 야생화도 잘 자라고 있고. 장미원은 누가 관리했어요?"

"닥터 백이 자진해서 장미원을 가꿔보겠다고 해서 당신한테 전화

해보라고 서울 전화번호를 가르쳐 주었는데 ···."

"아, 전화 한 번 받은 적 있어요. 그땐 그저 한두 번 장미원에 들르려나 하고 생각했었는데 이렇게 열심히 가꿀 줄은 몰랐네."

"나도 몰라. 새벽 일찍 와서 장미원을 돌보고 출근했던 모양이야. 나는 원래 늦잠꾸러기 아닌가. 그래서 마주칠 기회가 없었지."

그때 소희의 눈빛에 무언가 알 수 없는 의혹의 안개가 지나갔다. 여자의 육감이라고 할까. 자기보다 젊고 아름답고 생기발랄한 백수정이 매일 새벽 이곳을 방문하며 한 번도 남편과 마주치지 않았다는 것은 이해하기 힘들었다. 남편의 사랑은 믿었지만 가슴속 심연에서 솟아오르는 본능적 질투심은 억제하기 힘들었다.

그날 밤 현우는 새삼 샤워를 하고 면도까지 하고 랠프 로렌 폴로 애프터 쉐이브를 바르고 침대에 들었다. 오래간만에 만나는 아내인지라 잔뜩 기대를 하고 소희에게 다가가 젖가슴을 더듬었다.

"아이구, 무얼 발랐어요? 역겨워 죽겠네. 오늘은 피곤해서 딴 방에서 잘래요."

소희는 매정하게 베개를 들고 게스트 룸으로 가버렸다.

폐경기를 맞아 고통스러워하는 아내를 이해하면서도 현우는 좀처럼 잠을 이루지 못했다. 옛날의 소희가 아니었다. 왜 짜증을 낼까? 그렇게 남편에게 헌신적이던 아내가 이제는 남편을 배려하지 않았다.

다음 날 아침, 시리얼로 아침을 때운 현우는 야채죽을 쑤고, 말린 해삼, 홍합, 우둔살 등으로 삼합 미음을 쑤었다. 피곤에 젖은 소희의 식욕을 돋구게 하려는 배려였다.

죽이 다 준비되어 9시가 되었건만 소희는 일어날 생각을 하지 않았다.

"죽하고 미음을 쑤어 놓았는데 좀 들지 그래?"

“당신이나 드세요.”

현우는 할 수 없이 죽과 미음을 냉장고에 넣어 두었다.

이럴 땐 그냥 내버려두는 게 상책이다. 현우는 차를 몰고 부여군 임천면에 있는 대조사로 향하였다.

이곳은 현우에게 깊은 추억이 서려 있는 곳이다. 대학 3학년 때 어머니 강권에 못 이겨 법과대학생들이면 연례행사인 방학중 입산 수도를 떠난 곳이다.

대조사는 백제 성왕 5년에 도승 겸익이 지은 절이라고 한다. 절 뒤에는 보물 제 217호인 석조 미륵보살입상이 있는데 높이 10m로 논산 관촉사의 석조 보살입상과 그 모양이 매우 흡사하다.

이곳에서 우연히 대학입학 동기인 조기정과 최지연을 만났다. 며 칠을 그런 대로 공부에 용맹정진하였다. 그러나 그것도 작심삼일. 심심해진 현우는 그들을 꼬드겨 고스톱을 치자고 하였다. 판돈은 담 배 한 개비씩이었다. 워낙 군자금이 모자라니까 돈을 놓고 노름할 처지는 되지 못했다. 도박이란 것은 돈이 왔다갔다해야 하는데 고작 담배 한 개비가 판돈이니 흥미를 끌 수가 없었다. 그래서 노름은 금 방 시들해지고 말았다.

다음은 운동이었다. 현우가 절에 올 때 야구 글러브 두 개와 공 몇 개를 가지고 왔다. 처음에는 캐치볼만 하였으나 마침 절에서 같이 공 부하고 있던 학생들이 편을 짜서 시합을 하자고 제의가 들어왔다.

야구방망이는 주시가 땔감으로 잘라놓은 나무 중 적당한 것을 골 라 사용하였으나 야구장이라기에는 너무나 좁은 절 마당이기에 홈 런이라도 치면 주지가 애써 가꾸어 놓은 화단이 망가지기 일쑤였다.

이에도 싫증을 느낀 그들은 영양보충으로 닭 한 마리를 잡아먹자고 합의를 본 후, 하루는 대낮에 마을에 내려갔다. 그러나 시골이어서 삼계탕 집은 없었고 무슨 옥(屋)인가 하는 집에서 백숙을 판다기에 들어갔다. 닭이 삶아지기 전에 빈속에 막걸리를 잔뜩 먹고 호연지기를 부린답시고 대청마루에 있던 장구를 마구 치며 엉터리 춘향가를 불러대니 주인이 말리다 못해 파출소 순경을 데리고 왔다. 파출소 순경에게 '우리 아버지가 충남도경국장인데 …' 어쩌고저쩌고 하니까 순경은 혹시나 말썽이 생길까 하여 물러가 버렸다.

다음은 닭서리였다. 그러나 농가에 몰래 잠입하여 닭장 문을 열려고 하니 가난한 농민이 닭 한 마리 한 마리를 애지중지할 것을 생각하여 차마 닭서리를 할 수가 없었다.

돌아오는 길에 수박밭을 발견하고 수박밭으로 포복자세로 기어가는데 마침 원두막을 지키고 있던 수박밭 주인아들에게 들키고 말았다. 아들은 그저 고등학생 정도였다. 현우는 오히려 큰소리를 치며 우리가 토끼를 잡아가지고 오는데 토끼가 수박밭으로 들어가 이를 포획하려고 수박밭을 조용조용 뒤지고 있다고 마구 큰소리로 되지도 않는 소리를 떠들어대었다. 수박 서리하러 온 도둑놈이 도리어 큰소리로 하도 당당하게 나오니까 수박집 아들이 어리벙벙하는 사이 두 친구는 수박 한 개씩을 잽싸게 따 가지고 저 멀리 가고 있었다. 밤은 칠흑 같아서 가슴에 수박이 있는지 없는지 구별할 수 없었다.

마지막 대미는 송별파티였다. 막걸리 한 통과 주지가 겨울 땔감으로 마련해놓은 나뭇단을 하나씩 둘러메고 대조사 뒷산에 있는 표고 140m의 성흥산성으로 올라가 카니발을 벌인 것이다. 이 성의 둘레는 약 800m이며 성벽의 높이는 3~4m로 백제 부흥운동 때 중요한 근거지였다.

성 평평한 곳을 골라 가운데에 불을 피고 그 주위를 아프리카 원

주민처럼 돌며 아는 노래란 노래는 모두 불러제친 다음, 이것도 지쳐 옷을 하나하나 벗어 던지다가 마침내 전라의 몸으로 〈센트 고마치니〉를 불러대며 불꽃 주위를 돌고 뛰고 목이 터져라 광란극을 펼쳤다.

마침 절 마당에 나왔던 주지가 산꼭대기에 불꽃이 솟아오른 것을 보고 뛰어 올라와 내갈일싱하는 바람에 광란극은 막을 내렸다.

조기정과 최지연이 산사에서 유현우를 만난 건 이들의 인생에서 행운인지 불행인지는 신만이 판단할 수 있는 일이다.

애당초 고시에 뜻이 없었던 현우 때문에 그들이 고시공부에 전념할 수 없었지만 그들은 그 뒤 그 나름대로 사회에 진출해서 각자의 분야에서 두각을 나타내었기 때문에 무엇이 성공한 인생이라고 단언할 수는 없는 것이다. 그리고 그들도 고시에 뜻이 없었는지도 모른다. 그러나 현우는 그때 생각을 하면 그들에게 약간의 죄책감을 느끼곤 했다.

30여 년 만에 가보니 대처승이었던 주지는 이미 바뀌었고 대조사 관음전 앞에 있는 석탑은 그동안 말끔하게 단장되어 있었다. 언뜻 보기에는 4층탑이나 탑의 기단이 2중으로 되어 있어 3층석탑이라 불린다.

마을로 내려와 무슨 옥(屋)인가 하는 술집을 찾았으나 흔적도 없고 그곳에는 상가들이 들어서 있었다. 여기저기를 기웃거리다가 어느 허름한 집에 들려 국밥 하나로 점심을 때웠다. 국밥은 누추하고 주인이 할머니일수록 맛이 나는 법이다.

집에 돌아와 보니 아내는 어디엔가 외출하고 없었다. 냉장고에는 죽과 미음이 그대로 있었다. 혼자 밥을 지어 먹고 자서전 준비를 하였다. 현우는 자신이 특별히 성공했다고 생각하지는 않지만 광복,

190

6 · 25, 4 · 16, 5 · 16, 12 · 12, 그리고 민주화 운동 등을 거쳐 우리나라가 근대화 · 민주화 · 국제화의 과정을 밟아 오는 과정에서 나름대로의 시각이 있고 그 과정에 미력하나마 참여한 기록을 남기고자, 그리고 노후의 소일거리로 자서전을 쓰기로 한 것이다. 아직은 자료수집 단계이지만 자료수집이 끝나면 가속이 붙을 터였다.

밤 10시나 되어서야 문소리가 났다. 그러더니 인사도 없이 게스트 룸으로 들어갔다. 현우는 어디에서 무엇을 하고 지금에야 들어오느냐고 물어보지 않았다. 하기야 현우가 직장생활을 할 때 수없이 많은 밤을 전화 한 통 없이 밤 12시 넘어 들어오곤 했는데 그때도 아내는 현우에게 왜 늦었냐고 꼬치꼬치 따져 물어오지 않았었다.

다음 날 아침도 9시가 되어도 일어나질 않았다. 현우는 잣죽을 끓여 가지고 쟁반에 받쳐 방문을 두드렸다.

"죽이라도 먹어."

"괜찮아요."

"우리 점심에 맛있는 거 먹으러 가자."

"생각해보고."

싫다는 아내를 꼬드기고 타일러 차에 태웠다. 차에 올라타자마자 타박이었다.

"당신, 아침에 양치질했어요?"

"왜?"

"웬 입 냄새가 그리 고약해요? 껌이라도 씹어요."

자일리톨 두 알을 건네주었다.

권태기일까? 아니면 갱년기 현상일까?

서울에 몇 달 있는 동안 애인이 생긴 것은 아닐 거고. 혹시 백수정과 벌렸던 해프닝을 알아차리기라도 했단 말인가? 결혼생활

30년 동안 이런 일은 없었다. 애정이 식은 것일까?

한편 한소희는 왜 이렇게 현우에게 쌀쌀맞게 대하는지 자신도 알 수가 없었다. 그렇게 사랑하던 남편이 아니었던가? 그런데 머리는 희끗희끗해지고 입 냄새 등 몸에서 늙어 가는 남자 특유의 냄새가 나고. 아무 활동도 않고 집에만 틀어박혀 있는 남편이 왜소해 보이기만 하였다. 그리고 세 끼 밥해 바치기노 짜증이 났다. 그래서 밥은 긱자 해먹자고 무언의 파업극을 벌리고 있는 것이었다.

지금까지는 코 고는 소리도 자장가 같았는데 이제는 신경이 쓰여 남편이 코를 골면 잠이 오질 않았다. 심하게 고는 것도 아닌데 딴 사람이 옆에 누워 있는 듯한 생각이 드는 것이었다. 잠자리만 해도 그렇다. 소희 자신이 잠자리를 원하지도 않고 귀찮기만 하여 그저 의무적으로 받아들여 주었지만 이제는 수개월째 아예 현우가 잠자리를 같이 하려고 시도하지도 않았다. 남성의 기능을 아주 상실한 것일까?

젊었을 때라면 자신을 위해서라도 남편에게 보약이라도 지어 먹였겠지만 스스로 잠자리를 원하지 않으니 남편의 양기보강에 관심이 없었다.

그래도 소희는 장미원은 열심히 돌보았다. 장미원이 새로운 애인이라도 된 듯 장미에게 온갖 정을 쏟아 부어 넣었다.

장미의 꽃말은 붉은색은 욕망, 열정, 기쁨, 아름다움, 절정, 하얀 장미는 존경, 순결, 매력, 분홍 장미는 맹세, 행복한 사랑, 노란 장미는 질투, 사랑의 감소, 빨간 장미 봉오리는 순수한 사랑, 사랑의 고백, 하얀 장미 봉오리는 '나는 당신에게 어울리는 사람이에요', 장미 한 송이는 단순, 장미 다발은 '비밀스런 사랑을 하고 싶어요'를 나타내는 등 실로 다양하다. 한마디로 장미는 여성의 상징이다.

　　장미는 흔히 다섯 장의 꽃잎을 가지고 있는데 이는 출생, 생리, 잉태, 폐경, 그리고 죽음을 뜻한다. 1230년 무렵 프랑스 작가 G. 토리스는 여섯 잎 장미를 증오, 비열, 탐욕, 선망, 슬픔, 노경(老境) 등으로 표현하기도 하였다.

　　장미는 하루에 3시간 이상 햇빛이 쬐는 곳에 심는 것이 좋으며, 오후 반나절 조명보다는 오전 반나절 조명이 관리상 편리하다. 큰 나무 밑, 늘 센 바람이 부는 곳 등에는 심지 말아야 한다. 그리고 통풍이 잘 되는 곳에 심어야 병충해를 입지 않는다. 물이 괴어 있는 곳에서는 뿌리가 썩으므로 높은 자리에 심어야 하나 심한 건조지는 매일 아침 물을 주어야 한다. 토양은 점토질이 좋으나 적토나 흑토도 나쁘지 않다.

　　물은 사흘에 한 번, 적어도 1주일에 한 번은 주어야 하며, 특히 한여름에는 한 그루에 큰 양동이 하나 정도의 물을 주어야 하고 눈이 트는 시기나 개화 직전에도 마찬가지다. 장미원에 수도관을 끌어다 놓았기 때문에 물 주는 데는 큰 힘이 들지 않았다. 그리고 덧거름도 때맞추어 잘 주어야 한다.

　　다음 손이 많이 가는 것은 가지치기인데 봄철 가지치기는 발아 직전인 3월 상순 무렵에 해야 한다. 전년 가을에 성장한 가지높이의 2분의 1 정도 부분에서 가지치기를 한다. 가지치기는 장미의 중앙에서 보아 각 가지의 바깥쪽에 있는 눈 가운데 알찬 것을 고르고, 이 눈의 윗부분에서 이 눈의 방향을 따라 조금 비스듬히 가지를 자른다. 단, 장미의 중앙에 복잡하게 얽힌 가지는 가능한 한 많이 잘라내며 전체적으로 술잔 모양의 형태로 가지치기를 하는 것이 좋다.

　　장미원을 돌보는 일은 병충해 예방, 장미 옮겨심기 등 끝이 없다.

　　아침시간이 넘었는데 소희는 들어올 생각을 않았다.

'때를 건너뛰면 건강에 안 좋을 텐데…'

현우는 그렇게 생각하면서도 소희를 불러오지를 못했다. 화를 낼 것이 분명하기 때문이었다. 제 밥을 제가 좋아하는 것으로 해 먹겠지 하고 생각하며 현우는 우유에 콘후레이크를 넣어 먹고 커피 한 잔을 만들어 가지고 서재로 갔다.

이 서재는 현우에게 은밀한 휴식처였다. 이곳에만 들어오면 모든 게 편안해졌다. 한 장 한 장 사진을 들추어보거나 몇 페이지씩 이런 저런 잡지에 기고한 글을 읽으면 과거의 추억도 있고, 특히 소희에 게 보낸 편지들을 보고 있노라면 애틋하고 애잔한 소희와의 사랑이 새삼 살아나곤 했다. 고맙게도 소희는 그간의 편지를 버리지 않고 스크랩북에 잘 정리해 놓았다. 받은 편지보다는 준 편지가 훨씬 많 았다. 그렇다고 해서 현우의 사랑이 소희의 사랑보다 더 컸다는 것 을 의미하는 것은 아니다. 다만 그것은 현우가 편지 쓸 기회가 훨씬 더 많았다는 것을 의미할 뿐이었다.

현관문 여닫는 소리가 들렸다. 아마 소희가 일을 마치고 아침을 먹으러 들어오는 것이리라. 시계를 봤다. 오전 10시. 아침 먹기에 는 너무 늦었다. 잔소리를 할까 하다가 그만두었다.

현우는 파울로 코엘료의 《연금술사》를 빼어들고 흔들의자에 앉아 읽기 시작했다. 읽기 쉬운 편안한 내용의 소설임에도 불구하고 30 분이 안 되어 오수에 빠져들었다. 늙음의 탓인가?

일어나 보니 1시. 점심을 먹으라는 소리가 없었다. 인스턴트 스 파게티를 데워서 먹었다. 아내와의 대화가 없었다.

부부란 무엇인가? 어려울 때 서로 도와주고 즐거움도 슬픔도 같이 나누며 오순도순 살아가는 게 부부 아닌가? 대화가 없는 부부는 부부 라고 할 수 없다. 이건 사랑의 열정이 얼음과 같이 식은 것이다.

왜 이렇게 되었을까? 현우는 도저히 이해할 수가 없었다. 그렇다
고 꼬치꼬치 따져 물으면 싸움밖에 되지 않을 터이니 묵묵히 눈치만
보고 있을 뿐이었다.

그러던 어느 날 소희는 자기도 주체할 수 없는 열화에 휩싸여 대
청소를 하기 시작했다. 마침 남편은 요즈음 무척 교우가 잦아진 부
여고등학교장 이시성 씨와 백제중학교장 박수철 씨와 점심 약속이
있다며 외출중이었다.

커튼도 다 뜯어내고 카페트도 걷어내고 소파 바닥을 청소하려고
소파 깔개를 걷어내니까 소파 바닥 한 귀퉁이에서 하얀 진주가 눈에
띄었다. 집어보니 14K 진주귀고리였다. 직감적으로 집히는 게 있었
다. 백수정은 검정색 터틀 스웨터 입기를 즐겨 하였고 그럴 때면 꼭
진주목걸이에 이와 크기가 같은 진주 귀고리를 하곤 하였다.

자기는 6월생이어서 어느 해 생일, 남편이 탄생석으로 진주세트
를 선물해주었는데 귀 뚫기가 싫어서 귀고리는 끼고 다닌다고 이야
기한 생각이 났다.

순간 머리가 멍해지는 것을 느꼈다. 마치 둔기에 맞은 듯 하였다.
간신히 식탁까지 기어가 물 한 컵을 마시고 이마에 손을 대고 멍하
니 앉아 있었다.

사랑의 배신. 그토록 믿었던 남자로부터의 철저한 위장. 그 살갑
게 굴던, 친동생 같았던 백수정의 비웃는 얼굴. 이 모든 게 어지럽
게 교차되어 정신착란에 빠질 것만 같았다.

이래서는 안 되겠다 싶어 상비약으로 준비해논 우황청심환 한 알
을 약장까지 기어가 간신히 꺼내어 입에 넣었다. 머리는 약간 진정
되었으나 마음의 상처는 어쩔 수가 없었다. 존재의 의의를 상실해
버린 것이다. 이마에 땀이 촉촉이 뱄다. 식은땀이 나는 것이다. 침

대에 가 누웠다. 아스피린이나 타이레놀 2알을 찾아 먹었으면 좋으
련만 또다시 약장까지 갈 엄두가 나질 않았다.

밤늦게 남편이 들어오는 소리가 났다. 교장들과 한잔 한 것이겠
지. 노래방까지 들렀는지도 모르고 고스톱을 쳤는지도 몰랐다.

거실의 불을 켠 현우는 깜짝 놀랐다. 어지러이 펼쳐진 소파 조각
들이며 뜯겨진 커튼, 말려진 카펫⋯. 마치 이사가는 집 같았다.

소희 방으로 쫓아간 현우는 다짜고짜 물었다.

"어찌 된 일이야?"

"이야기하고 싶지 않으니까 쉬게 내버려두세요."

"그래도 알 건 알아야지."

"차차 알 거예요."

"도대체 무슨 일이기에 이 난리를 쳐 놓은 거야?"

"난리라니? 난리는 누가 쳐 놓았게? 식탁에 가보면 찔리는 데가
있을 거예요."

현우는 식당 불을 켜고 식탁 위에 놓인 진주귀고리를 발견했다.

"이게 뭔데? 나는 모르는 물건이야."

"정말 몰라?"

"그래, 정말 모른다."

현우가 그 진주귀고리가 누구 건지 알 턱이 없었다. 현우는 귀금
속에 대하여 별 관심이 없고 소희도 평소 귀금속을 탐하지 않았기
때문에 외국에 가더라도 귀금속 가게를 기웃거리는 일이 없었으며
더구나 다른 여자가 패용하고 있는 귀금속에 대하여는 그저 그려러
니 하고 별 아름다움을 느끼지 못하고 지내온 터였다.

"내가 꼭 내 입으로 말해야 실토를 할래?"

"정말 나는 몰라."

"이 귀고리는 오늘 거실 청소하다가 소파 방석 속에서 발견했어. 나 없는 동안 이 소파에 앉은 여자 있지? 있지?"

"난 기억 안 나는데 …."

"당신은 위선자야. 결혼 전 내가 뭐라 그랬어? 오로지 나만을 사랑해 달라고, 그것 하나만 약속해 달라고 …. 그런데 지금 이건 무어야. 우리의 사랑은 깨어져 버렸어. 나는 허깨비를 사랑한 거야. 당신의 진심은 당신의 육체 밖으로 이미 떠나 버렸어. 이제 남은 것은 텅 빈 당신의 잔해뿐이야."

"난 절대 당신을 배신하지 않았어. 조목조목 반증할 수도 있지만 지금 그렇게 하면 당신만 자극할 테니까 오늘은 당신이 진정되기만 바랄 뿐이야."

그러나 중년에 한 번 깊이 파열된 골짜기는 쉽사리 메워지지 않았고 건너갈 수도 없었다.

포도주 기분에 도취되어 백수정을 포옹하고 가벼운 키스를 나누었을 때 귀고리가 소파에 떨어졌으리라고 짐작하였다. 여자를 생각만 해도 간음이 된다고 믿는 것은 유대인들의 히브리적인 도덕적 사고방식의 희생물일 뿐인 것이다.

두 사람 사이에 사랑한다는 말 한마디라도 있었던가. 다만 현우가 백수정을 예쁘다고 본 것은 사실이다. 그리고 백수정의 현우에 대한 인상도 나쁜 것은 아니었다. 그러나 깊은 입맞춤도 아니고, 그저 가볍게 입술을 스치고, 이어서 입술을 맞대는 정도의 키스로 끝난 행동이 간음이라고 할 수 있는 것일까?

백수정과는 우정관계 이상을 넘지 않으려고 결심했었는데 남녀간에 우정이란 존재하지 않는단 말인가? 그날 밤 백수정이 날 유혹하러 온 것일까? 나도 유혹당하고 싶은 잠재의식이 있지 않았을까? 그

렇다. 해답은 분명하다. 남성의 본능은 언제나 여자의 유혹을 기다
리고 있는 것이다. 그것을 억제하지 못하는 것은 의지가 약해서일
것이다.

　고려시대 생불(生佛)이라 일컫던 지족선사(知足禪師)도 황진이의
유혹에 넘어갔다고 하지 않는가. 어쨌든 과(過)의 대가는 치러야 한
다. 씻지 못할 과오. 용서받지 못할 과오. 아무리 너그러운 소희라
도 이러한 과오를 눈감아 주지는 않을 것이다.

　정말 그날부터 한 집 두 살림이었다. 의사소통도 최소한으로 하
였고 꼭 필요한 경우는 메모지를 이용하여 의사소통을 하였다.

　그런 와중에도 소희는 장미원을 열심히 가꾸었다. 그것만으로도
현우는 고맙게 생각하였다. 왜냐하면 소희가 딴 마음을 먹고 있지는
않다는 것을 나타내주는 행동이었으니까.

XⅢ

현우가 저녁을 먹고 있는데 전화벨이 울렸다.

"유현우 선생님이시죠? 천안경찰서까지 좀 나와 주셔야겠습니다."

"무슨 일이시죠?"

"교통사고가 났습니다."

"누가요?"

"한소희 씨가 부인 맞죠?"

"네? 곧 가겠습니다."

화들짝 놀란 현우는 입던 옷차림으로 급히 논산-천안 간 고속도로를 이용하여 시속 160㎞로 전력질주하였다. 지나치는 속도측정기마다 속도위반 플래시가 터졌다. 경찰서 교통사고계에 가니 천안 순천향병원 응급실로 안내했다.

"어떻게 된 겁니까?"

"차가 천안-논산 간 고속도로에서 중앙분리대를 들이받고 튕겨나와 갓길로 추락했습니다. 다행히 뒤따르는 차는 없어 딴 차에 대한 피해는 없고 차 속에 약병이 쏟아져 있었는데 혹시 부인께서 평소 자시던 약이 있었습니까?”

현우는 직감적으로 느끼는 바가 있었다.

‘갑자기 협심증이 발작한 것이구나. 그래서 고속도로에서 핸드백에 있는 니트로 글리세린 약병을 꺼내 뚜껑을 열다가 사고를 일으킨 거구나.’

“약의 성분이 무엇인지 병원에 의뢰하고 사고원인은 교통사고 처리반에서 조사하겠습니다.”

사고소식을 듣고 아들 내외도 달려왔다. 사고조사 결과 원인은 역시 현우가 예측한 대로였다. 니트로 글리세린이 차 속에 어지럽게 쏟아져 있는 것으로 보아 협심증 발작에 의한 운전 부주의로 판정이 났다.

예솔이를 보고 싶다면서 핑계 겸 서울로 가는중이었다. 소희는 손녀 예솔이를 매우 귀여워했고 예솔이도 할머니를 무척 따랐다. 유치원생인 예솔은 방학 때면 할머니 집에 와서 살다시피 하였다. 그럴 때면 현우는 예솔을 차에 태워 백마강에 가서 물놀이를 하였다. 백마강은 금강의 중류로 오메가형을 이루고 있어 범람이 잦아 백사장이 넓었다. 그리고 수심도 낮았다. 고무튜브를 타고 또는 풍선공을 가지고 노는 예솔이를 어떤 때는 소희도 따라와서 같이 놀곤 하였다.

응급처치를 한 다음 서울의 S병원으로 긴급 수송하였다. 현우는 타고온 차는 버려둔 채 구급차에 동승하였다.

차량전복으로 머리를 다쳐 뇌에 큰 충격을 받았다고 했다. 뇌압이 높고 부풀어올라 이를 안정시키는 게 급선무라고 했다.

수술은 4시간에 걸쳐 진행되었다. 현우는 수술실 밖에서 서성대며 이제나저제나 소희가 나올 때를 기다리고 있었다. 일각이 여삼

추었다.

'뇌압이 높으면 두개골 일부를 떼어내어 뇌감압술을 시술해야 한다고 하는데 혹시 그 정도는 아니겠지 ….'

만감이 교차했다.

한편 현우는 수술실 밖 벤치에 앉아 소희와의 옛 추억에 빠져들어 갔다.

'신문로길을 열심히 뒤따라 다니던 시절, 당신은 너무나 청순했어. 내 눈엔 천사 같았지.

약혼 전에는 극장 한번 같이 못 가다가 약혼식을 올리고 난 다음 중앙일보사가 주최하는 낙산해수욕장 여름캠프에 당신을 초대했을 때 당신은 주저 없이 나의 제의에 응해 주었지. 당신은 뺄 때는 한없이 빼다가 나갈 때는 기병대보다 더 용감히 돌진하는 박력이 있었어.

둘 다 모두 난생처음 타보는 비행기에 가슴 설레며 속초공항에 도착하여 버스로 낙산해수욕장으로 이동하였지. 당신은 어떤 아줌마들과 합류하였고 나는 주최측 사람들과 같은 방을 썼었지.

일정은 일주일, 정말 꿀맛 같은 일주일이었어. 새벽이면 일찍 일어나 둘이 해변을 산책하며 미래를 설계하고 꿈을 나누며 사랑을 속삭였지. 구름이 끼지 않는 날이면 장엄하게 떠오르던 일출. 바다 수면이 황금빛으로 변하면서 서서히 오메가형을 그리며 자태를 나타내는 태양. 마치 커다란 달걀 노른자위 같다고 네가 말했지. 이 장엄한 의식은 5분도 안 되어 순식간에 끝나곤 했지만 내일 다시 떠오를 태양이기에 우리는 섭섭해하지 않았어.

낮이면 수영하고 모래찜질하고, 설악산에도 가곤 했지. 설악산에 갔다가 폭우가 쏟아져 울산바위 근방에서 사다리를 타고 올라가는

데 위에서 폭포수처럼 쏟아지는 빗물을 흠뻑 얻어맞았던 일도 즐거운 추억이야.

밤에는 시트 한 장을 들고 나가 그것을 뒤집어쓰고 키스를 나누던 때의 추억. 친해질 만큼 친해진 사이라 사실 키스 이상의 일을 저질러도 별 이상할 게 없는 사이였어. 너의 비누향 냄새와 머리카락에서 은은히 풍겨져 나오는 여성 특유의 샴푸 냄새는 나를 자극했고 관능적 분위기는 나를 더 이상 절제하지 못하게 하고 말았지. 둘 사이의 좁은 공간을 없애고 너의 육체를 느끼고 싶은 욕망이 점점 강해졌던 거야. 그날 초생달만 희미하게 걸려 있어 너는 천사처럼 칠흑 같은 밤만큼이나 비밀스럽고 신비로워 보였어.

그러나 당신은 이미 설악산에서 첫 키스를 허락한 후였는데도 또 다른 키스조차도 거부했었지. 그런데 그날은 어찌된 까닭인지 내가 당신의 귓불을 애무해도 당신은 가만히 있었어. 그 다음에 나의 입술이 당신의 입술에 포개졌지. 당신은 얼굴을 돌리지 않았어. 당신의 첫 번째 반응은 떨림이었지. 순수한 흥분의 전율, 당신의 호흡이 격해지고 긴장이 등을 타고 고조되는 것을 느낄 수 있었지. 그러더니 당신은 입술을 움직였어. 나는 너의 향기를 깊이 들이마시고 좀 더 강하게 애무를 하였지. 나는 혀로 당신의 입술을 벌리고 당신 입술을 흡입하기 시작했지. 윗입술, 아랫입술, 그리고 위아래 함께 흡입하기도 했어. 나의 혀가 조심스럽게 너의 혀에 닿으면서 도톰한 입술은 장밋빛을 내며 내 입속에 빨려 들어왔지. 이것은 당신이 한 번도 밟지 못한 길이었다는 것을 나는 느꼈어. 나도 마찬가지였지만. 당신의 손은 나의 등 뒤를 더욱 조여왔고. 참지 못한 나는 브래지어 밑으로 당신의 가슴에 손을 넣었지.

안 돼 하며 당신은 화들짝 놀라 시트 밖으로 뛰어나가 버렸어. 나의 흥분한 육체가 차갑게 식고 온몸을 감싸던 열정과 거칠고 대책 없는 욕망이 사그라질 때까지 나는 한참 그 자리에 앉아 있었지. 그러나 다음 날 새벽 6시에 어김없이 당신은 약속장소에 나타났어.

밤새 가슴 졸인 나는 얼마나 안도했는지.

결혼생활 30년! 꿈길에서 헤쳐온 양, 찰나의 스침인 양 흘러간 30년. 그윽한 사랑의 향기와 장미 속의 가시가 뒤엉킨 요철의 나날들 속에서, 환희와 희열의, 번민과 갈등이 뒤엉킨 포말 속을 그대와 가시밭의 숲 속을 거닐 듯, 아카시아 꽃향기 속을 거닐 듯 용케도 서로가 서로를 부둥켜안고 헤쳐 나왔는데 그대는 지금 생사를 헤매고 있구려.

산새도 잠들고 달빛도 시들고 이슬 젖은 이 응급실에서 그리운 당신에게 메아리 없는 대화를 보냅니다. 당신 없이 보내는 이 허전한 응급실에는 미소짓는 당신과의 추억뿐. 우아하고 순결한 그대의 숨결 속에 커 온 우리의 사랑이 이렇게 무참히 무너져도 된단 말입니까?

지나온 일들을 돌이켜보면 어떤 일들은 낯이 뜨뜻해 올 정도로 부끄러운 일도 있었고 어떤 일들은 지금 생각해도 잘했다 싶은 자랑스런 일도 있었어.

낙산해수욕장의 그 불타는 여름, 시트를 뒤집어쓰고 벌이던 도깨비 장난으로 이어진 모래톱. 서로 증오했던 기억은 없다. 싸웠던 기억도 희미하다.

그리운 사람이여! 이른 봄 목련같이 청초한 그대여! 오월의 아카시아 향기 같은 여인이여! 가을철 들국화같이 우아한 소희여! 이 세상에 당신같이 착하고, 아름다우며, 사랑스러운 여인이 또 있을까! 이 순간 당신이 여보 소리와 함께 내 곁에 나타날 수 있다면! 그대

로 가면 절대 안 돼!'

마음속으로 절규했다.

다행히 생명에는 지장이 없고 장기입원이 필요하다고 했다. 현우
는 소희 의식이 깨어날 때까지 침상을 떠나지 않았다. 하루종일 기
도로 시간을 보냈다.

'슬기롭고 착하고 지혜로운 내 아내를 살려 주십시오. 12선녀탕,
낙산 해수욕장에서 젊음을 불태웠던 그 열정이 아직도 기억에 생생
한데 그대는 생사의 기로에서 어느 쪽으로 가야 할지 결정을 하지
못하고 있단 말입니까? 그때의 풋사랑은 초가을의 풋사랑처럼 싱싱
하고 향내 깊었는데 좀더 농익은 사랑을 만들어야 되지 않겠소? 여
보! 당신 빨리 깨어나서 아름답고 고귀한 사랑의 탑을 쌓아 봅시다.
인생의 보람이 여러 길이 있겠지만 사랑하는 아내와 일생을 보내는
것이 최고일 것이오. 부와 출세는 이를 위한 수단이고 방편일 뿐,
그것이 목표가 될 수는 없을 것이오.

괴괴한 정적만 흐르는 이 병실에서 나는 당신과 이야기를 나누고
싶소. 영원한 나의 사랑, 세월이 흘러가면 갈수록 더욱 원숙해지는
당신. 모두 잠든 이 밤에 그대의 손길은 구름처럼 잡힐 듯 말 듯 내
가슴으로 스쳐가는구려. 지난 30년간 즐거움보다는 괴로움을, 환희
보다는 고통을 더 많이 안겨준 듯하여 내 마음, 못 견디게 아파 옵
니다. 왜 그대에게 좀더 상냥하고 부드럽게 대해 주지 못했는지 ….
왜 그대에게 좀더 많은 행복의 순간을 안겨주지 못했는지 …. 조용
하고 우아하며 가을의 호수 같았던 여인이여! 젊은 그때, 우리는 참
행복했었지. 낙산 해수욕장의 그 열정적이던 한여름의 젊음을 불태

우던 그때가 한없이 그리워집니다. 지금 밤을 잊고 망각의 상태에 있는 당신과 그때를 함께 회상하고 싶소.

나의 영원한 여인! 밤이 점점 깊어 갑니다. 아니 새벽이 엷어지고 있소. 제발 빨리 회복하여 내 곁에 있어 주오.’

의식은 열흘 만에 돌아왔다. 소희는 희미하게 현우를 알아보았다.

“여기가 어디예요?”

“병원이야.”

“내가 왜 병원에 있어?”

“교통사고가 났어.”

“내가 교통사고를 낸 거야?”

“말을 너무 많이 하지 말고 안정하고 있어. 당신이 좀더 좋아지면 자세히 이야기해 줄게.”

지금까지 현우는 소희의 침상을 떠나지 않았다. 속옷도 갈아입지 못했고 대강 양치질만 하였다. 수염이 덥수룩했다. 소희가 잠든 틈을 타서 근처 공중목욕탕을 찾아 면도를 하고 몸을 씻었다. 내복은 며느리가 가져다논 가방에서 대강 갈아입었다.

소희의 병상생활은 세 달간 계속되었다. 현우는 세 달 동안 소희의 곁을 떠나지 않았다. 보다못한 아들 지민이가 그러다가 아버지까지 병이 나시겠다고 걱정을 해줬다. 그럴 땐 지민이보고 어머니를 지키라고 하고 근처 찜질방에 가서 눈을 붙이곤 하였다.

준수하고 항상 말끔하던 현우의 외모는 후줄근해지고 마음은 아내에 대한 안쓰러움으로 너덜너덜해졌다. 현우는 모든 힘이 소진돼 버린 것 같았다. 벌써 한 달간 잠을 자는 둥 마는 둥 선잠에 시달려 몸은 쇠잔해지고 밥도 제대로 챙겨 먹을 수 없었다. 소희의 곁을 떠나기 안쓰러워서이기 때문이다. 그저 마음속으로 눈물만 흘리고 있을 뿐이었다.

"여보! 이러다가 당신마저 쓰러지겠어. 제발 밥 좀 먹고 와요."

"응, 지금은 배고프지 않아. 좀 있다가 갔다 올게."

소희의 현우에 대한 태도가 많이 호전되었다. 그렇다고 해서 앙금이 완전히 씻긴 건 아니었다. 아빠가 엄마 혼수상태이었을 때 잠시도 떨어지지 않고 잠도 제대로 자지 않고 간호하였다는 이야기를 듣고 남편의 자기에 대한 사랑이 식지 않았음을 확인하였을 뿐, 남편의 외도(外道)에 대하여는 도저히 용서할 수 없었던 것이다. 그렇기에 백수정이 의식불명 상태에서도 두어 번 문병을 왔고 정신이 돌아왔을 때 문병을 왔을 때도 쏘아붙였다.

"나 죽은 것 확인하려고 온 거야? 내 장미원에는 얼씬도 하지 마."

얼굴이 벌겋게 달아오른 백수정은 아무 말도 못하고 병실 문 밖으로 뛰쳐나갔다.

"쫓아가시지 그러세요?"

병자는 신경이 날카로운 법. 갖은 신경질을 내어도 현우는 그저 묵묵부답이었다. 평소답지 않게 저렇게 교양 없이 입 돌아가는 대로 말을 뱉어내는 소희도 진심은 아니리라….

슬픔의 강은 여울져 점점 좁아졌다. 그리고 세월도 흘러갔다. 드디어 의사의 퇴원허락이 떨어졌다. 현우는 지민이가 모는 차로 조심스럽게 소희를 보호하여 서울역에서 고속철 1등석을 타고 논산역에 내려 미리 수배해논 고급승용차를 타고 오래간만에 집에 돌아왔다.

"역시 집이 좋네요. 마음이 안정이 돼요. 마치 어머니의 품 안에 안긴 것 같은 느낌이 와요."

저녁은 채소 할머니가 준비하였다. 야채죽을 쑤고 찹쌀, 인삼,

대추, 황률 등을 넣은 속미음을 만들었다. 식욕이 없는 소희의 식욕을 돋우려는 배려였다. 그리고 그간 쇠잔한 현우를 위하여 시원하고 맑은 조개탕을 끓이고 모두를 위하여 새우, 갑오징어, 모시조개, 양파, 붉은 고추, 풋고추, 팽이버섯, 쑥갓, 대파 등을 넣고 담백한 해물전골을 만들었다.

저녁 설거지를 하면서 할머니가 무심히 한마디했다.

"식탁 위에 있던 진주귀고리 한 짝은 백 소장님 것 같은디 찾아가지를 않네유. 지가 전화해드릴까 하다가 주제넘은 일 겉어서 찬장 찻잔 속에 넣어 두었어유."

"할머니는 그 귀고리가 백 소장 것인 줄 어떻게 알았어요?"

"언젠가 지난여름, 사모님이 서울 가시고 안 계실 때 백 소장님이 이 댁을 방문하셨는데 그때 귀고리가 예뻐서 보아두었던 거지유. 그날 저는 세탁실에서 세탁을 하고 있었는데 세탁을 끝내고 나와보니 벌써 가버리셨데유."

남편은 알 듯 모를 듯 야릇한 미소를 짓고 있었다. 그렇다. 그렇다면 백수정이 우리 집에 와서 머문 시간은 대략 30분. 용건은 무엇이었을까? 그것을 구태여 따져 캐어내야 할 가치가 있는 것일까? 아니면 덮어두는 게 더 좋은 것일까? 따져 캐낸다면 남편과 백수정밖에 없었다. 남편은 나를 이미 큰 가슴으로 포용해 주었고 병실에서 백수정에게 한 폭언은 찾아가 사과하면 충분히 용서해 줄 백수정이었다.

이 세상에 수많은 남자가, 남편들이 바람을 피는데, 아니 주부들조차 바람을 피는데 이를 그냥 가슴에 파묻고 잊어버리는 것이 더 현명하지 않을까? 처녀 때 한 약속은 그냥 그때 기분으로 한 언약이고 그것을 평생 동안 지켜지리라 굳게 믿는 자신이 어리석은 여자가 아닌가?

결혼한 사람이 외도라도 하면 이마에 생리적으로 주홍글씨 같은 것이라도 표시된다면 이 세상에 감히 결혼할 사람이 몇이나 될까?

한소희는 자신이 연애 한번 못해보고 그 흔한 카바레 같은 데 가서 외간남자의 팔에 매달려 본 적도 없어 이렇게 마음의 상처를 입고 있는지도 모른다고 생각했다.

다음 날, 한소희는 진주귀고리 한 짝을 잘 포장하여 백수정에게 찾아갔다.

"어머나, 언니, 퇴원하셨다는 얘기는 들었지만 저에게 좀 오해가 있는 것 같아서 찾아 뵙지 못하여 죄송해요."

"오해는 무슨 오해. 병원에서는 내가 신경과민 상태라서 좀 오버했어. 사과할게. 그리고 이 귀고리, 동생 거 맞지? 우리 집에 떨어져 있기에 주인 찾아주려고 왔어."

"네, 제 거 맞아요. 그렇지 않아도 어디서 잃어버렸나 여기저기 꽤 찾아보았는데 언니에 집에 떨어트렸나 보네요. 제가 제일 아끼는 귀고리거든요."

백수정은 얼굴을 붉혔다. 그날 밤, 용광로로 이어질 뻔했던 가벼운 입맞춤이 기억난 모양이었다.

여자의 투기심에는 정년이 없다 하지만 한소희는 자제력을 발휘하기로 하였다.

"봄이 되면 장미원 일 좀 도와줄 거지? 교통사고 후유증으로 몸이 옛날 같지 않아."

"그럼요. 기꺼이 도와 드려야죠."

둘은 퇴원을 축하한다는 수정의 제의로 부여에서 가장 잘한다는 일식집에 가서 이런저런 얘기를 나누며 맛있게 점심을 들었다.

첫눈이 내렸다. 소복소복 쌓이던 눈은 어느 순간 땅을 뒤덮더니 온갖 나무에 흰 꽃을 연출해냈다.

"소희, 눈 내리는 것을 보면 무엇이 생각나?"

"에릭 시걸 원작의 〈러브스토리〉란 영화에서 법대생 올리버와 음대생 제니가 하버드 캠퍼스에서 눈장난 치던 장면이 생각나요."

"나는 우리가 겨울방학을 이용해 아이들을 데리고 제주도에 갔을 때 탐스럽게 쏟아지던 눈으로 나무마다 피어오르던 눈꽃이 생각나. 그때 당신도 감탄에 감탄을 연발했었지. 아이들은 좋아서 어쩔 줄 몰라 했고."

페치카 앞에 앉아 탁탁 참나무 타는 소리를 들으며 그들은 추억의 날개 속에 묻혀 양털같이 보드라운 사랑을 느꼈다.

현우는 두문불출. 보다 못해 소희가 권했다.

"내 걱정은 말고 외출 좀 하세요."

"내가 원래 고요함을 좋아하는 거, 소희가 더 잘 알잖아. 전생이 아마 외기러기였나 봐. 창공을 홀로 나는 외기러기 말이야. 기러기는 군집성이 있어 선두 기러기를 따라 브이(V) 자를 그리며 따뜻한 남쪽에서 저 멀리 시베리아까지 날아가곤 하지. 그리고 겨울이면 또 떼를 지어 시베리아에서 남쪽으로 내려오고. 그런데 그 먼길을 혼자 난다고 생각해 봐. 얼마나 외롭겠는가. 외로움도 내성이 생기면 외로움을 잊어버리게 되는 거야. 나는 고 3때 아버지가 돌아가시고 형제자매도 없이 홀로 어머니의 과보호 밑에서 살았기 때문에 외로움을 잘 몰라. 지금도 오직 당신 하나만의 과보호에서 살고 있지만."

어느 날 채소 할머니가 문을 두드렸다.

"사모님 건강은 좀 회복되셨남유? 그동안 지도 가을 추수하랴, 겨울 준비하랴, 이러저런 일로 자주 문안드리지 못하여 죄송스럽기 짝이 없구만유."

"그래, 겨울이 되어서 팔 것도 없고 우리 채전도 소출이 없으니 미안합니다. 비닐하우스나 해야 생산이 있는데 내가 비닐하우스를 할 형편은 되지 않고 …."

"괜찮구먼유. 그동안 도와주셔서 겨울나는 데는 아무런 걱정이 없구만유. 아이구, 마루 청소 좀 해야겠네유."

아무리 말려도 막무가내였다. 욕조, 변기, 베란다, 테라스 등 현우가 소홀히 할 데를 말끔히 청소하더니 빨래통에 쌓여 있는 빨래를 손빨래하기 시작했다. 아무리 말려도 황소고집이었다. 늙은이의 고집은 아무도 꺾을 수 없는가 보다.

이게 인정이라는 것이겠지. 주는 정이 있어야 오는 정도 있다고 하지 않았는가. 이 참에 할머니는 그간 입은 신세를 갚으려는 모양이었다. 주기적으로 와서 청소와 빨래를 해주곤 했다. 현우도 모른 척 했다. 너무 사양해도 할머니를 괴롭히는 일이 될 것이고 수고비를 주면 할머니의 마음이 상할 것임을 알기 때문이었다.

주말이면 꼬박꼬박 아들 내외가 예솔이를 데리고 문안차 왔다. 예솔이가 오면 갑자기 집에 활기가 찼다.

"할머니! 할머니는 어디가 아파요? 왜 의자에 가만히 앉아만 있어요? 할머니, 나하고 술래잡기해요."

"그래, 봄이 오면 날이 따뜻해지고, 날이 따뜻해지면 밖에 나갈 수 있으니까 그때 밖에 나가 술래잡기하자꾸나. 오늘은 할아버지하고 밖에 나가 눈사람 만들기나 하렴."

예솔이는 현우에게 쪼르르 달려갔다.

"할아버지, 할아버지. 우리 눈사람 만들기 해요."

"그래, 눈사람 만들기 하자."

예솔이에게 장갑을 끼우고 털모자를 씌우고 외투를 입힌 다음 뒤

뜰로 나갔다.

눈은 아직 소복히 쌓여 있었다. 우선 두 손으로 뭉쳐서 축구공 크기만큼 만든 다음에 눈 위에 굴려 나갔다.

"나도 할래요."

"그래, 이제 네가 해도 되겠다."

몸체를 만들고 머리를 만들어 머리를 몸체 위에 올려놓았다.

"눈, 코, 입은 예솔이가 만들어라."

숯, 솔가지, 솔방울 등을 예솔이에게 넘겨주고 예솔이 키보다 더 큰 눈사람 키 높이로 예솔이를 번쩍 안아 들었다.

한여름이었다. 매미소리가 온 동네에 울려 퍼지고 있었다. 노을이 지면서 주위가 붉은 빛으로 타오르기 시작했다. 이윽고 주위에 어둠이 찾아왔다. 저 아랫마을 집들에서 점점이 새어나오는 불빛을 현우는 물끄러미 바라다보고 있었다.

하늘에는 여름을 알리는 독수리자리의 1등성 견우(알타이르)와 거문고자리의 1등성 직녀(베가)가 나타났다. 날이 저물 무렵, 동쪽을 향해 하늘을 올려다보면 아직 희미하게 밝아 있는 동쪽 하늘 높이에서 3개의 1등성이 큰 직각삼각형을 그리며 반짝이는 것을 발견할 수 있다. 그 중 가장 높은 곳에서 가장 밝은 청백색광을 내는 것이 직녀성이고 그 훨씬 오른쪽의 아래에서 양 옆에 작은 별을 감추고 희게 빛나는 것이 견우성이다. 이 두 별 사이에 흰 구름과 같은 은하수가 흐르고 있다.

"소희, 달도 밝은데 백마강에 별구경 가자."

"이 밤에?"

"오늘이 칠석이잖아. 견우-직녀 상봉하는 거 보러 가자구."

별로 마음내켜 하지 않는 소희를 차에 태웠다. 모포를 두어 장 준비하였다. 중정리를 거쳐서라면 차로 5분 정도의 거리였다.

둘의 관계는 아직도 서먹서먹했다. 예전 같지 않았다. 그래도 그나마 대화라도 나눌 수 있는 게 다행이었다. 소희는 거미인 양 자기 방에서 벗어나지 않고 있었다. 잠도 따로 자고 TV도 각자 봤다. 외식을 하러 다니는 적도 없고 더구나 여행은 꿈도 못 꿨다.

제일 곤란한 것은 현우 친구에게서 부부동반으로 모임을 가지자는 연락을 받을 때였다. 그럴 땐 가지각색의 핑계를 대고 빠져나가곤 하였다. 친구들은 아직 둘의 관계를 몰랐다. 자존심이 극히 강한 소희가 내색을 하지 않을뿐더러 교통사고의 후유증이려니 하고 짐작할 뿐이었다.

이 와중에도 장미원은 열심히 가꾸어 서울에 있는 친구들에게 장미꽃 봉오리를 정기적으로 택배로 보내주었다. 읍내에 있는 꽃집에서 사가겠다는 제의는 거절하였다. 온갖 정성을 들여 자식같이 키운 장미를 돈을 받고 파는 것은 불결한 생각이 들어서였다.

반찬거리는 둘 중 필요한 사람이 장을 보아와 냉장고에 넣어 놓으면 각자 요리해 먹는 식이었다. 내가 시장봐 왔으니까 건드리지 말라는 옹졸한 짓은 하지 않았다.

세탁도 마찬가지였다. 세탁기에 옷이 차면 필요한 사람이 세탁을 하였다. 청소는 힘이 들기 때문에 현우가 주로 하였다. 채소 할머니가 가끔 들러 대청소를 해주곤 했지만.

이건 부부라고는 할 수 없고 공동체 생활이었다. 소희는 아직도 진주귀고리에 대한 의혹을 씻어내지 못하고 있었다. 여자의 가슴에 박힌 대못은 영원히 뽑히지 않는 법이다.

현우는 가져온 담요를 백사장에 깔고 누웠다. 마치 푹신한 침대 같았다. 하늘에는 보름달이 두둥실 떠 있고 그 위에는 수많은 별들이 빛나고 있었다.

"견우별을 찾아봐요."

"저게 독수리자리의 1등성인 견우성이야. 날이 저물 무렵 동쪽을 향해 밤하늘을 올려다보면 아직 희미하게 밝아 있는 동쪽 하늘 높이에서 3개의 1등성이 큰 직각삼각형을 그리며 반짝이는 것이 보이지? 그 중 높은 곳에서 가장 밝은 청백색광을 내는 것이 직녀성이고 그 훨씬 오른쪽의 남쪽 아래에서 양 옆에 작은 별을 감추고 희게 빛나는 것이 견우성이야.

두 별 사이에는 흰 구름과 같은 은하수가 흐르고 있어서 칠석 전설의 인상을 한층 선명하게 하고 있지.

여름에는 남쪽 하늘에 목동자리, 땅꾼자리, 헤라클레스, 왕관자리, 전갈자리, 천칭자리, 돌고래자리, 궁수자리를 볼 수 있고, 북쪽 하늘에는 북두칠성을 품고 있는 큰곰자리, 작은곰자리, 용자리 등이 있지."

현우의 별에 대한 상식은 끝없이 이어졌다.

그때 소희의 손가락이 현우의 입술을 막았다. 그러면서 현우를 바라보는 눈은 이글거렸고 얼굴은 여름밤의 열기 탓인지 붉게 물들었으며 손은 경련까지 일으켰다.

소희는 심장의 고동소리가 점점 빨라지는 것을 느꼈다. 그러면서 서서히 현우의 얼굴을 애무했다. 얼굴에서 목으로, 목에서 남자의 부풀어 오른 돌기로.

갑자기 흥분에 사로잡힌 현우는 소희를 끌어안고 하반신을 밀착

시키면서 힘을 주었다. 그리고 오른손을 그녀의 등으로 돌리고, 왼손은 그녀의 가는 허리를 쓰다듬으며 목에 키스를 하였다.

언제부터인지 그녀의 입에서 거친 숨결과 자극적 신음소리가 계속 흘러나왔다. 신음소리라도 제압하려는 양 현우는 뜨거운 입술을 소희의 입술에 포개넣었다.

소희는 온몸이 떨림과 동시에 오랫동안 잠자고 있던 욕망이 다시 피어오르는 황홀감을 느꼈다. 소희는 온몸 깊숙이 현우의 키스를 느낄 수 있도록 몸을 밀착시켰다. 그리고 팔로 그의 몸을 감싸안으며 관능의 소용돌이 깊숙이 파고들어 갔다.

현우는 소희를 안고 있는 팔에 힘을 주었다. 그녀의 부드러운 몸이 가볍게 떨리고 있었다. 그녀의 향기는 참으로 매혹적이었다.

현우는 소희의 입술을 탐닉하며, 한편으로 그녀의 허리를 감싸안아 들어올린 다음 백마강 물속으로 걸어 들어갔다. 소희는 저항하듯 신음을 토했지만 그녀의 손은 그의 어깨에서 떨어질 줄 몰랐다.

강물이 가슴까지 차자 현우는 그녀를 백마강에 내려 놓고 물속에 잠긴 그녀의 온몸을 양손으로 훑어 내리며 부드러운 촉감을 즐겼다. 그녀가 입고 있는 얇은 블라우스는 물에 젖어 몸의 곡선을 그대로 드러내고 있었다. 그는 그녀의 몸에서 블라우스를 떼 내어 백마강에 흘려 보냈다. 그녀의 크지는 않지만 도자기처럼 단단하고 백옥같이 흰 가슴이 터질 듯 팽팽하게 앞을 향해 돌출해 있었다. 브래지어는 하지 않고 나온 것이다.

그의 입이 그것을 지그시 물었다. 욕망이란 이름의 바람에 작은 깃발처럼 그녀의 젖가슴이 춤췄다.

그는 그녀의 스커트도 강에 흘려 보낸 다음 그녀의 검정색 빅토리아 시크릿 팬티를 벗겼다. 그런데 팬티는 물에 젖어 무릎에 걸렸다.

그러나 그는 당황하지 않고 부드럽게 그녀의 무릎을 매만지면 벗겼다. 그리고는 큰절이라도 하는 듯 몸을 구부리고는 두 팔로 그녀의 엉덩이를 힘껏 껴안고 머리는 약간 벌려 있는 그녀의 다리에 힘껏 비벼댔다. 때로는 핥고, 때로는 지그시 물고, 때로는 힘껏 빨면서 그녀를 음미하였다. 더 이상 물속에서 견디지 못한 그는 서서히 몸을 일으켰다.

"아! 황홀해요."

그녀가 그의 어깨에 얼굴을 기대며 나직이 속삭였다. 그는 그녀가 몹시 흥분한 상태라는 것을 알아차렸다. 그는 그녀의 딴딴한 엉덩이를 두 손으로 감싸안고 그녀의 숲을 마음껏 탐험하였다.

그녀의 온몸이 격렬하게 떨렸다. 현우도 자신의 상징이 주체할 수 없을 정도로 흥분한 상태라는 것을 깨닫고 그녀를 물에서 안아 올려 담요에 뉘었다.

하이얀 보름달이 그녀의 나신에 쏟아졌다. 더없이 아름다운 육체의 신비함이여!

사방은 괴괴한 정적에 휩싸여 풀벌레의 낮은 연주만 들릴 뿐이었다. 그녀가 나직한 음성으로 '현우 씨' 하고 자신의 이름을 속삭이자 그는 이 순간 터질 듯한 욕망을 주체할 수가 없었다. 하지만 그녀와 함께 리듬을 타기 위해 가까스로 자신을 억눌렀다.

부드러운 애무를 하자 그녀는 거친 숨을 몰아 쉬며 몸이 점점 뜨거워졌다. 그도 거친 신음을 토하며 그녀의 안으로 깊숙이 들어갔다. 그녀가 엉덩이를 들어올리며 자신을 받아들이는 게 느껴졌다. 그는 그녀의 여성을 부드럽게 애무하며 그녀의 안에 자신을 묻었다.

그가 더욱 깊숙이 파고들자 그녀는 그의 몸 아래서 비명을 지르며 몸을 부르르 떨었다. 휘영청 은빛 같은 달빛이 그녀의 얼굴에 쏟아져 방금 환락의 여행을 다녀온 방랑객의 땀방울 땀방울에 꽃무늬를 넣어주었다.

옷을 모두 백마강에 떠내려 보낸 소희는 담요를 덮고 현우의 팔을 베개로 삼고 오른쪽 손으로 현우의 가슴을 애무하며 말했다.

"나 궁금한 게 한 가지 있는데 물어도 돼?"

"얼마든지."

"그 진주귀고리 어떻게 된 거야?"

잠시 현우는 갈등을 느꼈다. 사실대로 말해야 하나, 그렇지 않으면 모른다고 해야 하나? 사실대로 말하면 소희가 상처를 받을 것이 분명하고 모처럼 복원된 부부관계가 도로 원점으로 돌아가고 말 것이 확실했다. 모른다고 말하면 이야기가 되지를 않았다. 백수정이 집 안에 들어왔으니까 귀고리를 떨어뜨린 것이고 집 안에 들어왔다면 무슨 일로 들어왔느냐가 중요했다. 그리고 들어와서 어떤 행동을 했느냐가 문제였다.

소희는 어떤 대답을 원하고 있는 것일까? 분명 아무 일도 없었다는 대답을 원하고 있을 것이다.

현우는 결심하였다. 일생에 단 한 번 소희에게 거짓말하기로 결심을 한 것이다.

"그날 현관 벨이 울리기에 나가 보았더니 백수정이 장미꽃을 꺾어서 집 안에 꽂아 놓으라고 왔더라구. 그냥 보내기 미안해서 차 한잔 하고 가라고 해서 거실에 들어온 거야. 그날 채소 할머니도 집에 있었고 백수정이 집에 머문 시간은 30분도 되지 않아. 장미 가꾸는 얘기, 영어교실 얘기 등을 나누다 보니 차 한잔 먹을 시간이 다 되더라구. 나는 차 대접을 하느라고 부엌을 자꾸 왔다갔다했으니까 아마 그때 귀고리를 소파에 떨어뜨렸을 거야."

소희의 얼굴이 환히 밝아왔다. 모든 의혹에서 해방된 환희의 표정이었다. 동시에 가슴속 깊이 응어리져 있던 납덩이도 산산히 용해되어 흘러내리는 기분이었다.

누워서 하늘을 쳐다보니 은하수가 바로 머리 위에 쏟아질 듯했다.

"우리, 견우 직녀가 되어 다시 만난 걸까요?"

"그래, 그동안 난 참 마음고생 많았어."

"미안해요!"

"미안해할 것까지는 없고, 다 내가 세심한 배려를 하지 못한 탓이지! 여자는 질투 빼놓으면 시체라는 말이 있지 않아?"

"하지만 이제는 현우 씨가 아무리 여자에게 곁눈질해도 투기를 부리지 않을게."

"약속하는 거야?"

"그럼. 여자 입에서 나온 말이라고 다 가볍나요? 여자일언중만금(女子一言重萬金)이란 말 모르세요? 21세기는 여성 트렌드예요. 당신 바람피우는 것 한 번 봤으면 좋겠어. 어떻게 피나. 호호호."

"별 얘기 더 해줄까?"

"그래요."

"세 별 중 직녀성은 영등성으로 가장 밝고 1등성인 견우성은 양쪽에 흐린 두 별을 거느리고 있어서 다시 쉽게 구별할 수 있어. 어떤게 직녀성이고 어떤 게 견우성인지 구별할 수 있겠지?"

"응, 금방 알아볼 수 있네."

"직녀성은 거문고자리(Lyra), 견우성은 독수리자리(Aquita)에서 가장 밝은 별이기 때문에 선명히 보이는 거야. 삼각형을 이룬 단 하나의 별은 백조자리(Cygnus)의 알파별인 데네브(Deneb)지. 은하수를 따라 남쪽으로 내려오면 왼편에 찻주전자의 모습처럼 배열된 한

묶음의 별들을 발견하게 되는데 이것이 바로 궁수자리(Sagittarius)
라고 하지. 궁수자리의 바로 오른쪽에는 커다란 S자 모양으로 별들
이 박혀 있는 전갈자리(Scorpius)가 보여. 전갈의 심장 부분에 위치
하고 있는 알파별은 적색 거성으로 안타레스(Antares)라는 이름을
갖고 있지.”
　어느새 소희의 나신은 현우의 몸에 문어처럼 감기어 새록새록 코
를 골고 있었다.
　“왜 문어자리는 없는 거지?”
　현우는 소희가 감기라도 들까 봐 모포를 조심스럽게 덮어 주고 소
희가 깰 때까지 지나온 몇 개월간의 처절한 악몽을 기억에서 떨어내
어 강물에 흘러내려 버렸다.

　나의 첫 장편소설 《골든 에이지》를 출간하고 나서 많은 찬사를 들었다. 우선 재미있다는 것이었다. 그리고 문장이 간결하고 스토리 전개가 스피디하며 문장에 군더더기가 없다는 평들이었다. 반면 후반부를 왜 불륜의 쌍곡선으로 그렸느냐는 비난도 있었다. 특히 전형적인 한국형 주부인 민지혜를 바람 피는 주부로 만들어서 실망했다는 얘기도 들었다. 한 장(章)만 더 썼더라면 하는 아쉬움이 있었다.

　그래서 《골든 에이지》 후기에서 후편을 나이 70 전에 쓰겠다고 약속했지만 감연히 곧 펜을 들게 된 것이다. 펜을 든 사연은 이 소설을 보면 금방 해답이 나올 것이다.

　나는 작가들의 난삽하고 추상적이며 난해한 후기를 좋아하지 않는다. 무슨 소리인지도 모르겠고 솔직히 끝까지 읽을 인내심조차도 없다. 억지로 억지로 읽어나가지만 주역 읽기보다도 더 읽기 힘들고 괴롭다.

　소설을 쓰기 위해서는 능력, 자질, 열성, 그리고 끈기가 필요하다고 한다. 하지만 나는 네 가지 중 어느 하나도 가지질 못했다. 그저 노년의 취미생활 또는 시간 보내기로 소설을 쓴다. 이렇게 말하면 소설가들은 발끈할지도 모른다. 그렇지만 바둑도 목숨을 걸고 한 판의 바둑을 두는 프로기사도 있고 소일거리로, 심심풀이로 두는 아마추어도 있지 아니한가.

나는 아마추어이다. 한국 소설가협회에 편집국장을 하는 친구의 애기인즉, 소설 2권을 내고 2년을 기다린 다음 기성 소설가의 추천을 받으면 정식 소설가가 된다고 한다.

그러나 나는 아무런 구속도 받지 아니하는 아마추어가 좋다. 자유분방하게 쓰고 싶으면 쓰고, 쉬고 싶으면 쉬는 그런 작가가 되고 싶다.

나는 남은 나의 생을 글쓰는 데 바치려고 한다. 어떤 사람은 여생을 골프나 바둑 또는 등산, 그리고 여행, 낚시, 독서, 사회봉사 등에 전념하지만 나는 그것들도 즐기면서 동시에 글쓰기를 주업으로 할 생각이다.

톨스토이는 80까지 집필을 멈추지 않았다고 하지 않는가? 톨스토이까지 들먹이는 것은 외람되기 짝이 없는 일이지만 글쓰기는 치매 방지에 큰 도움이 된다고 의사가 말한다. 요즈음 수명도 길어지고 하여 치매를 얼마나 겁내는가. 치매가 두려운 사람은 소설을 쓰시라. 자서전도 좋고 주위의 신변잡기도 좋다. 꼭 출간하려고 애쓰시지 말고 친지들과 나누어 보는 것으로 만족하면 별 무리가 없을 것이다.

소설을 쓴다는 것은 고통과 노력을 요구하는 작업이지만 모든 취미생활이란 게 다 그런 게 아닌가? 골프도 어느 정도의 실력을 갖추려면 피땀어린 연습을 하여야 하고 바둑도 머리가 깨어지도록 기보를 외워야 하며 등산도 땀 범벅이 되고 심장이 터지는 듯한 고통을 겪어가며 산정에 오르는 것이다.

나는 이번에는 3편을 언제 낼지 약속을 하지 않는다. 약속에 구애받기 싫어서이다. 《골든 에이지》를 발간하고 나서 많은 친구들로부터 후편은 언제 나오냐는 질문을 받았다. 그때마다 나는 괴로웠다.

이 《사랑의 전설》도 은퇴 후의 삶을 그린 이야기이다. 즉, 60대를 겨냥한 소설인 것이다. 삶의 질이란 것이 무엇인가? 진정한 삶의 질이란 노년기의 의미를 제대로 이해하고 노년기의 즐거움을 찾는 것이 아닐까.

나는 청장년 시절의 피땀어린 일에 대한 노력은 노년기의 즐거움을 대비한 작업이라고 생각한다. 젊음은 과정이다. 은퇴 후는 마무리인 것이다. 인생은 마무리가 좋아야 하는 것이다.

그래서 만약 내가 소설을 또 쓴다면 주제는 역시 은퇴 후의 생활, 노후생활, 참다운 인생, 참다운 부부생활, 가족의 가치 등이 될 것이다.

노익장! 은퇴하신 분들이여! 힘을 내시라.

2005년 봄
광교 산장에서
최 영 롱

서희를 위한 노래
길상을 위한 눈물

土地

긴긴 밤이 온다
사람들은 허전하다

무엇이 완성이고
무엇이 불멸인가?

소설다운 소설 하나 보고 싶다

인간의 긴긴 江을 읽고
생각의 노을이 되고 싶다

- 전권 21권 세트판매 (각권 9,500원으로 낱권으로도 사실 수 있습니다)
- 등장인물 600여 명의 토지인물사전 (이상진 저, 150p)을 증정합니다.

박경리 장편소설 〈김약국의 딸들〉, 〈파시〉, 〈가을에 온 여인〉, 〈시장과 전장〉, 〈표류도〉, 시집 〈우리들의 시간〉, 기행문 〈만리장성의 나라〉 절찬 판매중!